Les Révoltés d'Ottendorf

Du même auteur :

Nouvelles :

Achtung, se kumma ! (IO/18)
La contre-performance (Marabout)
Plutonium (Argon)
Laissez crever Federspiel (Magazine du Mystère)
La Tanière (Editions bf)

Récits :

Le retour du Grand Duc (Editions du Rhin)
Ces maires qui ont fait Mulhouse (Editions du Rhin)
Histoires troublantes et criminelles d'Alsace (Editions du Rhin)

Bernard FISCHBACH

Les Révoltés d'Ottendorf

Roman historique

Préface : Henri GOETSCHY

Illustrations : Bernard LATUNER

ALSATIA-UNION ÉDITEURS

Peinture de Couverture : Bernard LATUNER

Chenapan : *emprunté par les soldats français pendant la guerre du XVII*e *siècle à l'allemand Schnapphahn ''voleur de grand chemin'' (depuis 1494) au sens de voleur de grand chemin monté à cheval, d'après Weigand ; l'allemand est composé d'une forme de verbe schnappen ''attraper'' et Hahn qui, au sens propre de ''coq'' serait complément du verbe (allusion au vagabond faisant main basse sur la volaille du paysan), ou qui, au sens figuré de gaillard (début XVI*e *siècle dans Weigand) serait sujet du verbe.*

Trésors de la langue française.
(Editions du centre national
de recherche scientifique)

PREFACE

Tant qu'il y aura des Alsaciens attachés à la recherche de leurs racines, de leur histoire et de leurs traditions nos bibliothèques s'enrichiront d'alsatiques. Il est heureux pour la survie de notre identité culturelle que des hommes profondément attachés à ces valeurs consacrent leur temps, leurs connaissances et leur talent à sauvegarder ce patrimoine auquel nous tenons tant.

Bernard Fischbach n'en est pas à son coup d'essai. C'est, il est vrai, son premier roman, mais il en est déjà à sa quatrième oeuvre, sans compter plusieurs nouvelles dont il est l'auteur.

Le hasard m'a fait croiser Bernard Fischbach, au détour d'un chemin de terre, dans la forêt qui mène au Château du Morimont. C'est ainsi que nous avons échangé les raisons de notre intérêt pour ce monument. L'un mû par le souci de le faire revivre dans l'Histoire, l'autre, pour assurer la consolidation et la restauration de ces ruines dont la dégradation par l'érosion du temps s'accélère au risque de les voir disparaître à tout jamais.

C'est ce château du Morimont, haut lieu du Sundgau, qui est le point central de ce roman dont l'histoire relate les affres de la guerre de 30 ans. Guerre des plus cruelles pour l'Alsace qui trop souvent fut le théâtre de combats désastreux de l'enjeu d'affrontements sanglants. Une époque qui marque un tournant dans l'histoire de notre province puisqu'elle met fin à son appartenance de plus de trois siècles à l'Autriche pour la rattacher au royaume de France par le traité de Westphalie. Guerre des plus meurtrières aussi pour l'Alsace dont le petit peuple pourtant pacifique a failli être anéanti et qui, comme toujours à travers son passé mouvementé, s'est relevée de ses meurtrissures fortifiée, est réssuscitée de ces cendres avec détermination pour se tourner vers l'avenir, peut-être plus belle qu'avant.

Bernard Fischbach, journaliste et grand reporter aux Dernières Nouvelles d'Alsace, est à l'image de nos rivières poissonneuses, rempli de connaissances foisonnantes et d'imagination cristalline. Il nous entraîne dans une époque dont la tradition orale a amené jusqu'à nous les péripéties sanglantes. Il nous la fait vivre en nous captivant, en nous donnant le frisson. Nous suivons Ludan Hold, le héros malheureux de cruels événements et d'un enchaînement inéluctable des faits et nous rencontrons ses compatriotes qui malgré eux subissent les exactions de cette guerre.

Ce récit basé sur des faits authentiques c'est, avec le recul de plus de trois siècles, l'éternel recommencement de l'Histoire.

Bernard Fischbach à travers "Les révoltés d'Ottendorf", du nom de Courtavon avant le traité de Westphalie, village qui se situe à l'extrême Sud de l'Alsace à la frontière suisse actuelle, aux confins de l'Ajoie, nous offre un nouvel alsatique. Nous pouvons être sûrs que son enthousiasme, son talent souriant, nous gratifieront d'autres oeuvres qui sauront éveiller notre curiosité et nous transmettre sa passion de sa terre natale.

So lang as es noch Fischbach geht
wo ni verzehla vum Elsass vu gestert un het
derfaner noch net d'flinta ens Korn warfa
un hoffa as unser Landla net ka verderwa.

Dr Vét. Henri GOETSCHY
Sénateur du Haut-Rhin
Président de la Commission de
l'Environnement

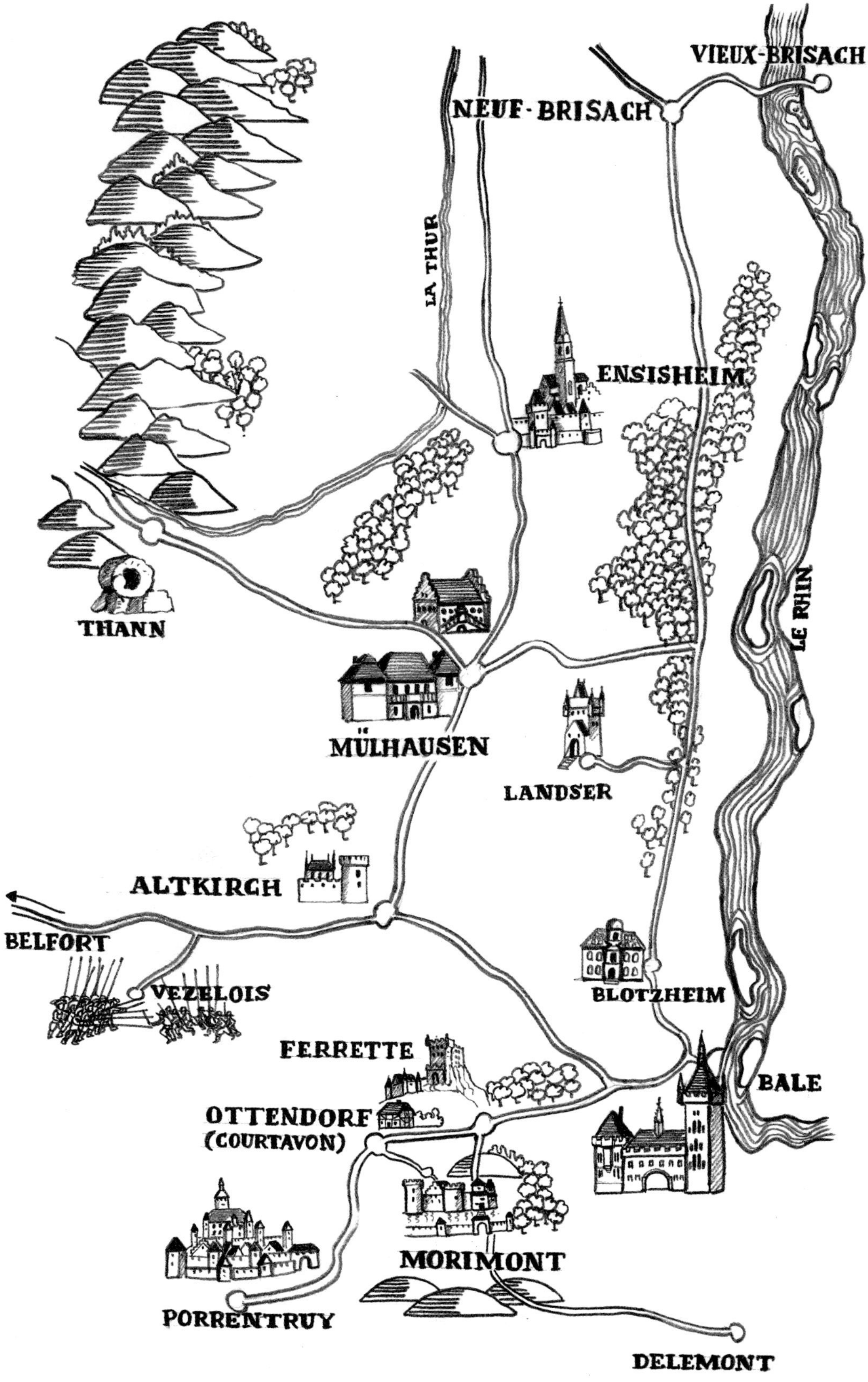
VIEUX-BRISACH
NEUF-BRISACH
LA THUR
ENSISHEIM
LE RHIN
THANN
MÜLHAUSEN
LANDSER
ALTKIRCH
BELFORT
VEZELOIS
BLOTZHEIM
FERRETTE
BALE
OTTENDORF
(COURTAVON)
MORIMONT
PORRENTRUY
DELEMONT

AVANT

Quand elle pénétra dans la ''Stube'', la sage-femme s'immobilisa et se signa, Jeses-Marià. Et elle pensa qu'elle ferait mieux de retourner chez elle au plus vite.

Son comportement lui parut si étrange qu'elle l'analysa un court instant. Sacrédjé, ce n'était pas vraiment de la peur, pas encore, mais une sorte d'appréhension malsaine. Dans cette chambre chauffée à l'agencement on ne peut plus banal, tout lui semblait soudain anormal.

Le regard étonné que lui lança Mathias Hold la persuada de rester.

Il bourrait le poêle de bois de genévrier et de branches de sapin afin de conférer à cette nuit mémorable un parfum plus capiteux que les senteurs de lard fumé, d'échalote et d'étable. Puis il alluma une deuxième chandelle.

Il en profita pour scruter plus longuement la matrone qu'il avait fait chercher d'urgence dans le village voisin. Il aurait voulu lui signifier de se hâter. Mais l'injonction lui parut si incongrue qu'il ne parvint pas à la formuler.

Le genévrier, en craquant dans le fourneau, les fit sursauter dans un surprenant mouvement d'ensemble : leurs yeux se portèrent en même temps sur Marguerite, la jeune épouse de Mathias. Les douleurs de l'enfantement l'avaient clouée au lit le jour où le monde chrétien s'apprêtait à fêter l'avènement d'un nouveau siècle.

La sage-femme et Mathias découvrirent alors simultanément ce qui leur était apparu si peu ordinaire : Marguerite ne gémissait plus, ne marmonnait plus ô Jeses, ô Jeses, en battant des paupières et en tenant son gros ventre à deux mains. Elle fixait le ciel de lit en bois de sapin comme si une scène merveilleuse s'y jouait.

Ses lèvres gercées, légèrement entrouvertes, dessinaient un sourire satisfait. Alors que cet accouchement coïncidant avec le passage du seizième au dix-septième siècle était imminent, Marguerite semblait déjà goûter à la béatitude de la délivrance !

La matrone, forte personne dont le bout du nez violacé était si gros qu'on avait l'impression qu'il suffirait de le presser pour remplir un godet de ''schnaps'', voulut tancer Mathias : ''Sacrédjé, vous m'avez gâché mon réveillon pour rien''. Mais, au même moment, Marguerite leva lentement la main droite et prononça d'une voix de petite fille que la sage-femme et Mathias ne lui connaissaient pas :

- Je vous le dis, quand ce siècle aura l'âge du Christ, paysans, bourgeois, prévôts, baillis et seigneurs seront accablés de terribles et inhumaines souffrances. Des hordes sauvages d'hérétiques viendront tout dévaster, pire que la pire des tempêtes. Nos villages seront la proie des flammes. Un flot de sang coulera sur nos terres. Les hérétiques violeront les femmes et tueront leurs maris et leurs enfants. Je vous le dis, quand ce siècle aura l'âge de la mort de notre seigneur Jésus-Christ, des hordes sauvages prendront notre blé, notre vin et notre argent. Le Sundgau connaîtra la famine, plus meurtrière que la peste. Les paysans mangeront leurs enfants. Dieu abandonnera les paysans et les catholiques. Et nos seigneurs abandonneront leurs biens et notre pays aux étrangers. Ce sera, terrible, terrible, terrible !

La sage-femme, en écoutant, changeait de couleur. Elle calcula mentalement : dans trente trois ans, en 1633, elle ne serait plus là, mais ses enfants, ses petites filles et ses petits fils. Puis elle se ressaisit car Marguerite, tout en se taisant, releva sa chemise en toile écrue et commença à pousser.

La matrone retrouva aussitôt ses gestes de praticienne et l'aida à mettre au monde un petit garçon dont les premiers cris furent à peine audibles. Comme si elle n'avait jamais prononcé son horrible prédiction, Marguerite murmura, le visage rayonnant :

- Je savais que nous aurions un fils, Mathias. J'ai toujours dit que notre premier enfant serait un garçon. Il s'appelle Ludan.

Mathias se sentit également soulagé et ne dissimula pas sa joie. Il ne pouvait cependant pas s'empêcher de fixer la sage-femme. Il crut déceler sur son visage une expression révélant qu'elle ne pensait plus à l'étrange sentence rendue par Marguerite.

Il se trompait.

La matrone n'oublia pas.

Le lendemain elle raconta au maire comment Ludan Hold était venu au monde. Sa narration apocalyptique parvint aux oreilles du bailli et à celles de l'intendant de la seigneurie de Morimont. Dix jours plus tard, le Tribunal des Maléfices décida d'interroger Marguerite Hold, soupçonnée de sorcellerie.

Lorsque le bourreau attacha ses mains à une poulie et lesta ses pieds de deux lourdes pierres, la jeune femme continua de gémir, ô Jeses, ô Jeses, je vous jure que Saint-Morand m'a inspiré cette prédiction. Mais quand il lui enferma les chevilles dans des brodequins et qu'il tourna la vis jusqu'à ce que jaillisse le sang et craquent les os, Marguerite avoua tout ce qu'ils voulaient qu'elle avoue : Oui, je suis une servante de Lucifer ; oui, j'ai signé un pacte avec lui au cours du sabbat qui s'était tenu à minuit à la Roche du Corbeau où j'ai mangé trois crapauds vivants et où je me suis rendue à califourchon sur un fagot d'épines.

Les juges étaient satisfaits : la vérité éclatait.

Marguerite Hold fut condamnée à être brûlée vive. Le bûcher, dressé à Ottendorf au bord de la Largue, l'embrasa à la veille de la Chandeleur.

Le verdict et l'exécution ne révoltèrent personne.

Justice était faite car seul Satan avait pu lui inspirer ces inepties.

PREMIERE PARTIE

INVASION

I

Mathias eut un mouvement de recul. Il ne parvenait décidément pas à se convaincre que la bête était apprivoisée. Aussi inoffensive qu'un chat. Elle était étendue à ses pieds, chauffant son ventre au soleil et venait de s'étirer en bâillant.

Le charbonnier avait alors découvert ses crocs luisants et constaté qu'ils devenaient de plus en plus pointus ! Une observation d'autant plus inquiétante que le loup-cervier n'avait pas encore atteint l'âge adulte.

Une fois de plus Mathias Hold pensa que Ludan était bien imprudent.

Ludan était toujours imprudent. Le charbonnier soupira. Le garçon n'avait pas cessé de lui procurer des soucis. Il ne semblait pas s'améliorer malgré son âge. Un homme de bientôt trente-trois ans. Costaud, l'esprit vif, la répartie facile. Qui s'était mis en tête d'élever un lynx. Un fauve haï et honni par les paysans, les bourgeois et les seigneurs.

Un loup-cervier à la maison ! Dans la cuisine afin de laper une écuellée de lait ou de croquer une cuisse de poule. A côté du lit de Ludan pour se mettre au chaud ou pour jouer avec une baguette de saule que son maître agitait devant lui. Comme si l'on pouvait domestiquer ce félin sorti tout droit de l'enfer pour délivrer les messages du démon. Un monstre que l'on disait capable de terrasser un cerf.

Mathias se demanda si la sagesse ne lui commandait pas de saisir une fourche et de le transpercer avant qu'il ne devînt trop sauvage. Mais le lynx s'étira encore et se mit à ronronner, comme pour transmettre un message d'amitié à celui qui réprimait avec peine des impulsions assassines.

Il avait deux oreilles pointues qui se terminaient par de longs poils noirs, une somptueuse robe ocre sur laquelle apparaissaient des taches plus claires et de plus en plus nombreuses. Il n'arrêtait pas de lécher le plastron blanc, en forme d'étoile, qui s'étalait sur son garot.

Ludan l'avait ramené au printemps. Petit boule fauve et blanche au museau rose qui miaulait comme un jeune chat. Le jeune homme avait réalisé son rêve. Un rêve ! Un cauchemar oui, pensa Mathias qui ne pouvait s'empêcher d'être partagé entre deux sentiments : il était à la fois fier et contrarié.

La connaissance qu'avait Ludan des choses de la nature forçait l'admiration. Le père Hold devait reconnaître que ce fils unique qu'il avait élevé seul, ne se trompait jamais lorsqu'il s'agissait de plantes ou d'animaux ; surtout d'animaux.

Deux ans auparavant il avait nourri à la cuillère un louveteau dont la mère avait été tuée au cours d'une battue organisée par le Prince-Evêque de Bâle.

''Les loups ne sont pas les bêtes féroces et malfaisantes comme tout le monde le croit'', avait-il annoncé.

Ludan avait eu raison : le jeune mâle qu'il avait arraché à la mort et nourri au lait de brebis, était devenu docile comme un chien. Mais Ludan avait dû s'en séparer car les villageois avaient menacé de mettre le feu à la chaumière et de détruire la meule.

Pensant à la meule, Mathias se redressa. Il fit la grimace en se levant et en s'éloignant du tronc d'arbre où il était assis. Il avait mal aux reins. L'âge lui faisait des misères. Il portait une culotte en velours noir serrée aux genoux et une longue chemise de lin.

En marchant, il appuya sa main noircie par la poussière de charbon sur sa hanche qui lui faisait mal. Il s'approcha ainsi lentement du cône fait de mottes de terre et de rondins d'où, deux ou trois heures plus tard, il extrairait une nouvelle fournée de charbon de bois.

Ludan ferait mieux de l'aider plus souvent au lieu de courir la forêt, s'entretenir avec les hiboux ou dénicher les grands corbeaux. La réserve de charbon serait d'autant plus fournie. Il n'ignorait pourtant pas que tous les hivers elle se révélait insuffisante.

Le lynx observa l'homme au travers de ses yeux mi-clos. Puis, lentement, se redressa à son tour. Sa petite queue pointa vers le ciel, droite comme une chandelle. Mathias saisit un gourdin mais regretta aussitôt ce geste qu'il jugea lui-même puéril : il savait bien que le lynx ne bondirait pas.

Le félin progressa ainsi avec souplesse jusqu'à la clôture de pieux délimitant la bauge où s'ébattaient les trois cochons que les Hold avaient le droit de conduire à la glandée. Il se frotta le flanc contre l'une des poutres formant le chambranle d'une porte constituée par une claie. Au même moment une libellule passa à portée de son museau rose et il sauta pour l'attraper. Mais ses pattes, toutes griffes dehors, balayèrent l'air en vain.

Mathias sourit. C'était décidément un gros chat ce loup-cervier que Ludan avait appelé Léopold en hommage, avait-il déclaré pince-sans-rire, à son altesse l'archiduc d'Autriche, leur souverain bien-aimé. Il l'appelait en réalité Léo et Mathias jugeait ce diminutif plus indiqué pour inciter les habitants d'Ottendorf à accepter l'inacceptable.

Les Hold, depuis que Marguerite était partie en fumée sur le bûcher de l'infamie, étaient à peine tolérés dans le village. Mathias n'avait d'ailleurs pas attendu longtemps pour s'en éloigner sachant que l'accusation de sorcellerie était une maladie contagieuse dont personne ne se sentait tout à fait à l'abri. Il avait emporté le bébé que le curé avait quand même voulu baptiser.

En revanche, pas une âme, ni maire, ni bailli, ni seigneur ne l'avait empêché d'installer sa meule de charbonnier sur le pré du Peccal. Un site idéal pour ce genre d'activité : proche de la forêt, légèrement en pente et traversé par un mince filet d'eau. Mais un lieu maudit dont personne ne réclamait la propriété. Une dame blanche le hanterait et y ferait une apparition surnaturelle, les nuits de pleine lune, en poussant des gémissements inhumains.

Mathias y avait passé ses premières nuits tremblant de froid et de peur. Mais il n'avait pas été long à se réjouir de cette heureuse évidence : aucune dame blanche ne lui était apparue, hormis quelque nappe de brouillard où le vent façonnait d'étranges sculptures cotoneuses et gémissait dans les futaies qui bordaient le pré.

Certes, aux confins de la Haute-Alsace et le l'Ajoie, à moins de dix lieues des Franches Montagnes, là où culminent les derniers monts du Jura alsacien avant de s'étendre en vallonements incessants, le paysage pouvait paraître sauvage et inhospitalier. Une sorte de petit cirque dominé par des montagnes piquetées d'éperons rocheux ou rôdaient les lynx et nichaient les corbeaux géants et les aigles, entouré de forêts denses et impénétrables où chassaient les loups.

Mais Mathias n'avait pas hésité à démonter sa maison poutre après poutre afin de la reconstruire non loin de la meule. Il avait refabriqué le torchis avec de l'argile, de la paille hachée et des épis de seigle et avait eu la bonne idée de remplir le colombage, côté cuisine, avec des galets soustraits au lit de la Largue, la rivière tumultueuse qui traversait Ottendorf. Puis il avait abrité son habitation accolée à une étable et à une petite porcherie, sous un toit de chaume. Un travail de titan accompli en moins d'un an, sans aucune aide, exception faite de celle proposée par le charpentier qui s'était fait payer le double parce qu'il avait osé se rendre sur ce pré ensorcelé.

Il avait vécu à l'écart et presque en ermite pendant près de vingt ans. Jusqu'à ce qu'une comète s'installât dans le ciel d'Alsace annonçant des malheurs que personne n'avait osé attribuer à des pratiques diaboliques.

Des troupes venues d'Espagne traversèrent le Sundgau afin de soutenir la maison d'Autriche dans sa lutte contre l'Union évangélique. Les cavaliers d'Obertraut -au service du comte de Mansfeld- firent trembler les habitants du comté d'Ensisheim et pillèrent le couvent de Schœnensteinbach, histoire de montrer que les papistes n'avaient qu'à bien se tenir s'ils ne voulaient pas être la victime de la juste colère des soldats de la Réforme.

Une demi-douzaine d'années plus tard, la peste noire fit dix fois plus de victimes. Dans les chaumières de la seigneurie de Morimont on n'avait cependant pas attendu les méfaits de l'épidémie pour chuchoter que Marguerite la sorcière avait peut-être quand même eu un peu raison !

Mathias et son fils Ludan avaient ainsi regagné un peu de considération. Leur charbon de bois, c'était vrai, se révélait d'une qualité incomparable dans le comté et ils ne refusaient pas de faire crédit ou d'échanger un sac contre un bon morceau de lard ou une motte de beurre.

Les villageois appréciaient ces facilités de paiement parce que les impôts ces temps derniers se multipliaient plus vite que les miches de pain bis. A la dîme du seigneur et du curé, à la précaire de février et d'automne était venus s'ajouter le dix-huitième boisseau de grains, le dix-huitième gerbe de blé, le dix-huitième ohm de vin, prélevés dans le cadre de l'effort de guerre.

Maintenant Mathias, qui avait eu cinquante-six ans à l'Ascension, attendait le 1er janvier 1633 avec beaucoup d'appréhension. Parfois la préscience d'un grand malheur l'obsédait au point qu'il n'en dormait pas la nuit.

Les tisons dans la meule couvaient bien. Tantôt il devrait la démonter. Il leva la tête et vit un aigle qui planait très haut dans le ciel bleu. Mathias pensa que ce début de septembre encore chaud avait quelque chose de paisible et de réconfortant. Les évolutions silencieuses du rapace semblaient l'exhorter à profiter du bonheur de vivre.

Autant goûter en effet à ces derniers jours de quiétude, se dit-il. Il décida, en conséquence, de se moquer des préjugés séculaires. Un lynx, après tout, est un animal comme les autres, comme le bœuf et l'âne gris. Il lui gratta le garot et passa sa main, à plusieurs reprises, sur son pelage soyeux.

Il jetait néanmoins des coups d'oeil furtifs sur un groupe de paysans et de paysannes qui, à une centaine de mètres, se hâtait de rentrer le regain. Ils n'aimaient pas travailler à proximité du Peccal et, à la dérobée, jetaient des regards à la fois ahuris et apeurés sur le loup-cervier mangeur d'enfants et de moutons. Ce monstre dont Ludan avait réussi à faire un agneau !

- Léo ! Léo ! appela soudain une voix grave.

Surpris, Mathias sursauta car il n'avait pas entendu Ludan arriver. Le lynx cependant ne bougea pas. En bon félin, il fit celui qui n'avait rien entendu. Mais il observa Ludan, son maître, entre ses yeux mi-clos et il recommença à ronronner.

Ludan tira sur les rênes et fit arrêter le chariot entre la chaumière et la meule. Il dit ''ho Schwartzer'' à son cheval qui avait la robe brune. Le corbeau qui était perché sur l'épaule du jeune homme poussa un cri rauque. Il semblait saluer le retour à la maison. Mais il se tenait si près de l'oreille de Ludan que celui-ci dut le chasser car les manifestations de joie de l'oiseau lui faisaient mal au tympan.

Ludan revenait de Porrentruy où, comme tous les jeudis, c'était jour de marché. Il avait livré une demi-douzaine de sacs de charbon de bois. Mathias Hold desservait le château du Prince-Evêque depuis une décennie. Son fils avait pris la suite à mesure que s'amplifiaient ses douleurs dans le dos.

Le jeune homme sauta à terre. Il tenait une arbalète à la main. Encore une de ses excentricités. Encore un travers, selon Mathias, qui lui apportait la conviction que son fils unique n'était pas un garçon comme les autres.

Ludan avait réussi à entrer dans la compagnie des arbalétriers de Porrentruy. Il se rendait régulièrement au stand de tir et les Ajoulots l'avaient adopté avec d'autant plus d'enthousiasme qu'il était devenu, en peu de temps, l'un des meilleurs tireurs de la compagnie.

Mathias trouva que Ludan avait un drôle d'air, quelque chose le tracassait. D'un mouvement brusque, le jeune homme chassa une fois de plus le corbeau qui voulait reprendre sa place sur son épaule droite.

- Va-t-en Gustave, dit-il agacé.

Puis, il regarda autour de lui avec vivacité. Ses yeux cherchaient quelque chose ou quelqu'un. Il examina tour à tour le poulailler, les paysannes qui travaillaient au loin et le lynx.

- Où est Clara ? demanda-t-il enfin.

- Elle est partie à Ferrette.

- A pied ?

- Elle a pris le hongre.

- Alors elle devrait déjà être de retour.

- Tu es rentré plus tôt que prévu. Tu n'es pas revenu avec un chargement de sel ?

Le plus souvent Ludan ou Mathias rentraient du marché de Porrentruy avec un chargement de trois ou quatre sacs de sel provenant de Salin en Franche-Comté, via Montbéliard. Ils fournissaient ainsi le grenier à sel de Ferrette, la petite capitale du comté.

- Je n'ai pas eu le temps, je voulais revenir au plus vite.

- Quelque chose qui ne va pas à Porrentruy ?

- A Porrentruy j'ai appris que la guerre venait chez nous !

II

L'aigle ne formait plus une tache tournante dans l'azur. Il avait fini par piquer sur une proie afin de refermer ses serres sur un lièvre ou sur une perdrix.

Mathias constata, non sans angoisse, que le retour de Ludan avait soudain tout fait basculer. Ce qui avait été un signe de paix était devenu un présage hostile. Les cris de joie du corbeau de Ludan ressemblaient maintenant à des cris d'alarme désespérés.

Les paysannes précipitèrent leurs mouvements et disparurent. Seule Catherine Kieffer resta encore un bref instant. Elle observait Ludan et n'arrivait pas à détacher ses yeux de cet homme qui savait commander aux animaux sauvages. Mathias Hold la remarqua, une fois de plus.

Cathy était une grande femme bien en chair. Aussi grande que Ludan en tout cas et plus grande que lui depuis que son dos l'obligeait à se tenir voûté. Si bien qu'avec ses cheveux blancs et son visage buriné par le soleil et la chaleur dégagée par la fournaise de la meule, il paraissait plus que son âge.

Mathias porta son attention sur son fils. En quelques pas souples, celui-ci le rejoignit. Il marchait sans faire de bruit grâce à une sorte de chaussure haute recouvrant les chevilles, confectionnée avec de la peau d'ours et qui épousait parfaitement la forme des pieds. Inventeur de ces bottines, il en était doublement fier : il avait l'impression de toucher littéralement la terre qu'il sentait ainsi vibrer sous lui ; il avait lui-même tué l'ours dans une sylve inviolée des Hautes Vosges.

Ludan portait également une chemise de drap beige serrée à la taille par une large ceinture en toile écrue verte. Son pantalon brun collait à la peau. Les couleurs de la forêt habillaient le fils du charbonnier qui était de taille moyenne, plutôt trapu, les épaules larges et musclées et le ventre plat.

Rarement Mathias l'avait vu aussi contracté et aussi excité. Ludan se montrait d'une nervosité presque enfantine. Il marchait de long en large et lorsqu'il s'arrêtait, il donnait un coup de pied rageur dans la clôture. Ses yeux aux éclats métalliques lançaient des éclairs.

Les menaces de guerre ne lui faisaient pas peur mais le mettaient visiblement en colère :

- Il est déjà parti ! lança-t-il d'une voix forte et vibrante en pointant l'index en direction du château de Morimont. Le comte d'Ortembourg de la Salamanca, notre Seigneur, est à Porrentruy d'où il s'enfuira sans doute pour l'un des sept cantons catholiques ou pour le Tyrol. Le roi des Neiges[1] lui fait peur.

Ludan nourrissait une aversion chronique et indélébile pour la noblesse. Mais il vouait une haine implacable et à peine dissimulée aux membres de cette caste qui avaient pris le parti de déserter le territoire qui les faisait vivre.

- Alors, c'est vrai, ils arrivent ? interrogea Mathias.

- Oui, c'est vrai. Tout le monde le sait, sauf nous. Le dernier jour d'août. Le maréchal Gustave Horn et le rhingrave Othon Louis ont traversé le Rhin, à Strasbourg, avec leurs troupes.

- Strasbourg, c'est loin. A plus de trente lieues. Strasbourg est la plaine, nous sommes dans la montagne plus difficile d'accès, remarqua Mathias du bout des lèvres.

Ludan commença à dételer le cheval de trait, Machinalement, il passa la main sur le garot humide de sueur. Il n'arrivait décidément pas à décolérer. Il fut gagné par une envie subite de frapper

[1] Le roi de Suède.

quelqu'un et quelque chose. Il se fit violence pour ne pas rabrouer son père avec une insolence répréhensible. Mais il spécifia quand même d'une voix tendue :

- Non, Strasbourg n'est pas loin. Les compagnies de cavaliers avancent vite. Au moins vingt lieues par jour. Les protestants de Basse et de Haute-Alsace sont leurs alliés. Ils remonteront le cours du Rhin, passeront par Colmar et Mülhausen et viendront jusqu'ici, en pays catholique. L'Autriche antérieure est convoitée par le roi de Suède Gustave-Adolphe. Voilà ce qu'on dit à la cour du Prince-Evêque. Il nous prendront tout, de gré ou de force. Surtout de force. Il faut faire des provisions, Vater[1]. Il faut cacher nos réserves d'épeautre, de lard et de florins.

- L'Archiduc ne les laissera pas faire.

Mathias, sans beaucoup de conviction, s'efforçait d'apporter un contre-point optimiste aux affirmations alarmistes et, à son avis, par trop péremptoires de son fils. Il s'était toujours réconforté lui-même en se disant qu'après tout, ce coin isolé du comté de Ferrette, ce réduit niché entre l'Ajoie, le Sundgau et le pays de Montbéliard, là où l'été part tôt et l'hiver reste tard, avait la vocation d'un havre de paix.

- L'Archiduc ! l'Archiduc ! il ne sait même pas que nous existons. Il se contente de lever des impôts et de nous prendre nos derniers guldens sous prétexte de défendre notre foi. La foi ne nous empêchera pas de mourir la bouche ouverte sous les coups d'arquebuse des Suédois. D'ailleurs qui sont ces Suédois ? A Porrentruy on dit que des Suisses, des Français, des Mulhousiens et même des Sundgauviens ont été enrôlés !

Ludan mena le cheval à l'écurie. Puis il se rendit à la cuisine où il se coupa un morceau de pain et de lard. Le lynx l'y suivit et se mit à feuler. Ludan lui envoya un bout de lard que l'animal renifla mais refusa de manger.

- Tu fais déjà le difficile, observa Ludan. Viendra bientôt un temps où tu mangeras n'importe quoi comme tout le monde.

Il frappa du poing sur la table. Plus il pensait aux nouvelles qui avaient fait le tour du marché de Porrentruy, plus il s'énervait. D'ordinaire il en revenait de très bonne humeur. Marchands et chalands admiraient son corbeau dressé et riaient de ses facé-

[1] Père.

ties. Ludan et son oiseau formaient une sorte d'attraction qui lui valait une certaine estime. Mais aujourd'hui personne n'avait eu le coeur à plaisanter et il avait même cru observer une inhabituelle lueur de haine dans les yeux de l'un ou l'autre. D'aucuns n'appréciaient soudain plus les croassements de "l'oiseau de malheur".

- Il faut se défendre, dit Ludan, il faut s'organiser. On ne va quand même pas les laisser faire.

Mathias le rejoignit. Il marchait lentement en s'appuyant sur son bâton noueux, taillé dans un pied de vigne. Il se tenait toujours courbé, une déformation qui lui venait de son métier : le charbon de bois ne se fabriquait pas debout. Il saisit également la miche de pain, mais avant de s'en couper une tranche, il fit un signe de croix sur la croûte avec la pointe de son couteau au manche de corne.

Ludan ne faisait plus le signe de croix depuis longtemps. C'était un mécréant et il s'en cachait à peine. Il se surmontait pourtant en sacrifiant à un certain nombre de rites indispensalbes afin de ne pas scandaliser la population de la seigneurie.

Son aversion pour les choses de la religion s'était déclarée vers l'âge de dix-huit ans. Mathias s'était alors résolu à lui parler de sa mère. A force d'entendre chuchoter, Ludan avait sommé son père de lui dire tout haut ce que tout le monde pensait tout bas.

Fils de sorcière ! Sa généalogie peu commune mais pas forcément exceptionnelle par les temps qui couraient ne lui avait pas déplu. Et il fut définitivement convaincu qu'il n'était pas comme les autres, deux ans plus tard lorsqu'il tua son premier ours avec une seule flèche.

Mâchant avec lenteur un morceau de pain, Mathias dit sur un ton paisible contrastant avec l'excitation de son fils :

- Le roi des Neiges fait la guerre à l'Empereur pour permettre aux protestants de vivre leur foi comme ils l'entendent. Les Impériaux combattent les Suédois pour défendre les catholiques et la vraie religion. C'est une guerre de religion, Ludan.

- Non, c'est une guerre de nobles, une guerre de princes. Ce n'est pas une guerre pour nous, ce n'est pas une guerre pour les paysans. Les Français vont s'y mettre. Le cardinal Richelieu hait les Autrichiens. Il veut donner une leçon aux Habsbourg. Le roi

Très Chrétien[1] et son ministre catholique s'allieront aux hérétiques pour emmerder l'archiduc Léopold. Voilà la vérité. La religion n'est qu'un prétexte pour lever les troupes et imposer les paysans. La seigneurie de Morimont ne sera pas épargnée, le Sundgau sera un champ de bataille comme l'est déjà le Nordgau.

Mathias était admiratif. Ludan se révélait soudain aussi féru en science politique qu'en zoologie. Ses connaissances lui parurent surprenantes et il se demandait s'il devait s'en réjouir ou s'en inquiéter.

Comprenant le désarroi de son père, Ludan lui donna l'explication que visiblement il souhaitait :

- Les Jésuites du Collège de Porrentruy savent tout. Ils sont évidemment en relation avec le Collège d'Ensisheim et les pigeons voyageurs reviennent d'un peu partout avec des messages. Et les Compagnons de Jésus parcourent l'Europe et reviennent informer leur Supérieur. Oui, les Jésuites de Porrentruy savent tout et n'en disent que la moitié !

- Les Impériaux...

- Les Impériaux sont partis, père ! Au moment où ils devaient rassembler leurs forces de ce côté du Rhin, au moment où ils devaient fortifier nos villes et nos villages, les Impériaux foutent le camp avec notre épeautre.

- Ludan ! comment peux-tu être aussi affirmatif ?

- Ce n'est maintenant plus un secret pour personne : tiens-toi bien, le général Montecuculi et le colonel Ossa ont quitté la place de Brisach pour se rendre à Nüremberg, sur ordre de Wallenstein. Pendant ce temps, Gustave Horn envahit Erstein. Père : il n'y a plus personne pour nous défendre, voilà ce qui arrive. Ils laissent les paysans seuls avec l'envahisseur. Le margraf Wilhelm aussi est parti depuis lundi dernier et deux cents hommes ont déserté ses régiments pour rejoindre les Suédois.

Ludan sortit de la cuisine et se planta sur le pas de la porte. Le lynx vint se coucher à ses pieds. Le soleil disparaissait derrière le Glaserberg, le plus haut sommet du Jura Alsacien. Champs, prés et forêts se drapaient d'ombre. Le silence pesait sur le Peccal.

Perché sur le faîte du toit de chaume, le corbeau croassa à la nuit et son cri, comme un appel, comme un signal, résonna si fort

---

1 Le roi de France

sur le Peccal qu'à quelques toises de là, les paysans l'entendirent et allongèrent le pas pour entrer dans le village.

- Qu'est-ce qu'elle attend pour rentrer ? grogna Ludan qui ne s'était toujours pas calmé.

- Laisse-lui le temps de parcourir ces trois lieues et puis elle s'est peut-être arrêtée à Ottendorf.

- Aucun Hold ne s'arrête jamais au village depuis que tu as construit au Peccal.

- Clara n'est pas une Hold. Nos histoires ne la concernent pas.

- Mais ils savent d'où elle vient, alors Hold ou pas Hold, ils ne l'ont quand même pas acceptée.

Le ciel était maintenant inondé de rouge. Dans la forêt, non loin de la chaumière du charbonnier, les animaux nocturnes s'étiraient et sortaient de leur sommeil. Le blaireau s'ébroua, le renard se mit sur ses quatre pattes et renifla l'air, le loup flaira une piste et partit en zigzagant entre les futaies tandis que le cerf se tint sur ses gardes.

Mathias dit qu'il était l'heure de rentrer les cochons et de jeter de l'eau sur le foyer de la meule car le charbon était à point. Il dit aussi qu'il serait heureux si le lynx retournait à la vie sauvage parce qu'il faisait peur aux paysans.

- Ici, les animaux se sont habitués à lui. Il est doux comme un chat.

- Oui, mais incapable d'attraper un rat !

Au même moment, Ludan redressa la tête. La terre transmettait les vibrations d'un galop et le bruit parvint à ses oreilles presque simultanément. Il courut jusqu'au haut du pré d'où l'on apercevait Ottendorf et vit Clara venir à lui à bride abattue, se retenant à la crinière du cheval pour ne pas tomber. Tandis que Marie, leur petite fille, s'accrochait à elle tant bien que mal.

Clara montait en amazone le deuxième cheval de la famille celui qui servait plutôt aux déplacements de longues durée. Un hongre de cinq ans à la robe grise. Elle n'était pas très bonne cavalière et ne savait pas bien se tenir en selle au galop. La peur se lisait sur son visage.

Lorsqu'elle parvint à immobiliser le cheval face à Ludan, Clara appuya la main sur sa poitrine. Elle avait la respiration courte et reprit son souffle avant de parler. La poussière tachait sa longue jupe en toile verte. Son corset en velours noir, agrafé sur le devant, ainsi que sa chemise blanche étaient défaits. Elle avait un foulard bleu noué autour du cou et son chapeau de paille rabattu dans le dos était retenu par une cordelette qui avait fait une marque rouge sur son cou.

Clara était plutôt petite et maigre comme un sarment de vigne. Ses pommettes saillantes étaient roses d'émotion et ses yeux noisette luisaient dans le crépuscule comme des braises. Elle rejeta ses nattes couleur du blé mur en arrière et lança :

- Va te cacher ! Va vite te cacher ! Ils arrivent !

- Qui ?

- Le sergent recruteur et ses deux dragons. Les Impériaux veulent lever une armée en tout hâte en engageant les gens du pays. Le capitaine Klötzlein d'Altenach est à Ferrette et cherche des soldats. Il n'y a guère que les vieillards qui ne l'intéressent pas.

- Pourquoi viendrait-il ici ?

- Je le sais. Je les ai entendus parler de toi parce que tu es le seul capable de mettre une flèche dans la cible à cinquante pieds. Disparais, Ludan. Ils t'emmèneront de force.

- Ils auront trop peur de Léo.

- Non, ils l'abattront à coup de mousquet, un nouveau genre d'arquebuse qui tire au plus vite et que l'on épaule.

- Je connais ces armes. J'en ai vu à Porrentruy. Rentrons, s'ils viennent je me cacherai dans la forêt. Ne t'inquiète pas Clara, ils ne me trouveront pas.

Clara se retourna et eut un haut-le-corps en regardant en direction d'Ottendorf :

- Alors va-t-en tout de suite parce que les voilà !

III

Lorsque le sergent Joachim Ortlieb mit pied à terre, Mathias installa un fanal à côté de la porte d'entrée de la chaumière. Il prit place sur le banc de pierre qui se trouva ainsi éclairé et s'adossa au mur encore chaud.

Une poule caquetait dans l'enclos. La seule vache que possédaient les Hold bougea dans l'étable. Une hirondelle rasait le mur en un ballet aérien incessant. Dans la cuisine, Clara jeta un fagot au feu et mit une soupe de légumes à chauffer.

La petite Marie qui avait eu six ans en juillet, cheveux blonds bouclés, joues rebondies, yeux verts rieurs, sautait à cloche-pied devant son grand-père qui la regardait s'amuser en souriant. Elle lui rappelait Ludan. Il le revit quand il avait le même âge. Il jouait à attraper les hirondelles qui lui échappaient immanquablement en tournoyant. Il était déjà fasciné par le monde animal et ramenait toute sorte de petites bêtes à la maison.

Joachim Ortlieb était un homme trapu et ventru, au visage rong. La moitié du front disparaissait sous un chapeau noir à large bord empanaché de deux immenses plumes blanches. Une ceinture en toile rayée blanche et rouge enserrait son abdomen proéminent et deux pistolets. Il portait une légère armure en acier qui protégeait ses épaules et le haut de la poitrine et avait un mousquet en bandoulière.

En effectuant un premier pas en direction de Mathias, il eut un regard agacé pour le bout de ses bottes noires, montantes au-dessus des genoux, fraîchement cirées, qui se maculaient de terre battue.

Il ordonna à ses hommes de rester à cheval et s'avança lentement vers le charbonnier, se tenant droit comme un "i", le ventre en avant. Le fond de l'air était d'une tiédeur réconfortante. C'était enfin de nouveau, au Peccal, une de ces soirées quiétes que seuls savaient apprécier, après le labeur, les gens de la campagne.

Originaire de Vienne, le sergent Ortlieb n'avait jamais nourri un goût particulier pour la terre. Mais il fut tout à coup saisi par une forte envie de changer de sort avec ce charbonnier apparemment dépourvu de soucis.

Le calme environnant qui faisait étrangement mentir les informations recueillies au village, ne l'intrigua pas lui procurant, au contraire, une sorte de sérénité communicative.

Il s'inclina légèrement devant Mathias, fit une courbette et ota son chapeau, montrant ainsi qu'il entendait lui présenter ses respects. En guise de formule de politesse, il dit avec cet accent autrichien qui ne manquait pas de faire sourire les Alsaciens :

- L'Ill coule où elle veut.

- L'Ill coule où elle peut, répondit Mathias en rectifiant à sa manière le proverbe sundgauvien et avec un sourire qui pouvait être interprété comme un sourire de bienvenue.

Joachim Ortlieb le comprit ainsi et pensa que la démarche difficile qu'il devait mener à bonne fin se présentait bien. Il préférait forcer la sympathie, persuader en douceur au lieu de menacer.

Il interrogea sur un ton amère :

- C'est bien ici que demeure Ludan le célèbre arbalétrier ?

- Oui, c'est bien dans ma maison que Ludan le charbonnier a élu domicile. Il me succèdera un jour comme j'ai succédé à mon père.

Joachim Ortlieb respira profondément puis essuya la sueur qui lui inondait le front. Dieu qu'il avait soudain chaud. Dans ce foutu pays il fait ou trop chaud ou trop froid, du jour au lendemain.

Une fois encore, il se mit à regretter sa ville natale, ses ruelles débordantes de vie, l'échoppe de cordonnier que tenait son père. Un vague de mauvaise humeur le submergea brusquement. Il comprit que sa mission ne serait tout de même pas aussi facile qu'il l'avait espérée et qu'il risquait même d'échouer. Cette perspective lui fit peur. Sakrament, il n'aurait jamais dû s'enrôler dans l'armée de l'Archiduc, il n'aurait jamais dû partir pour l'Autriche antérieure qui plus est.

Il chassa de ses pensées l'évocation affligeante d'une biographie qui passait par Ensisheim et par Ferrette au service du bailli Hans Andlau. Et il réprima en même temps une envie folle de lâcher un coup d'arquebuse tonitruant dans ce décor qui lui paraissait subitement trop paisible.

- Vous devez avoir soif, remarqua Mathias en se levant, voulez-vous goûter mon vin blanc ?

Mais pourquoi, se demanda le sous-officier dans son for intérieur, ne m'a-t-il pas encore interrogé sur les motifs de mon intrusion ? Ce n'est quand même pas tous les jours qu'un sous-officier de l'Empereur vient rendre visite à ce rustaud ! Cependant, l'homme qui a soif remet toujours les questions qui le tourmentent au deuxième ou au troisième verre.

Il suivit donc Mathias dans la maison et répondit presque avec enthousiasme :

- Ce n'est pas de refus.

Les deux hommes entrèrent dans la "Stube", grande pièce plafonnée de larges poutres passées au brou de noix et d'où pendaient à proximité du poêle des quartiers de lard qui finissaient de sècher. Le poêle en faïence bleue et blanche prenait un bon quart de la surface de la "Stube" et, autour de lui, sur des tablettes en bois, sèchaient également des quartiers de pommes et de poires en prévision de l'hiver. A l'opposé, une paroi en bois de sapin permettait d'isoler le lit de Mathias afin qu'il eût la possibilité de dormir sans pour autant chasser le jeune couple de la chambre chauffée. Aux murs peints à la chaux blanche étaient accrochées des guirlandes d'oignons. Ainsi se formait un mélange d'odeur plutôt agréable, qui mettait même l'eau à la bouche lorsqu'on entrait dans la maison le ventre plein.

Le charbonnier invita le sergent à s'asseoir à l'immense table en chêne qui occupait presque la moitié de l'espace de la "Stube" et sur laquelle Clara avait disposé quatre assiettes en terre cuite et quatre cuillères en bois.

En bon professionnel, d'un rapide coup d'oeil, Joachim Ortlieb compta les assiettes. Son attention fut aussi attirée par la paire de chausson bizarre, en peau d'ours, rangée à côté du poêle. Le constat le rasséréna : celui qu'il cherchait n'était pas loin.

Maintenant il pouvait apprécier le vin de son hôte sans appréhension et avec toute la concentration qu'il méritait peut-être.

Mathias s'empara d'une cruche et se rendit dans l'étable où l'on accédait par la cuisine en poussant une porte et en descendant une volée de marches. Tout de suite à gauche, contre le mur, le foudre de vin était installé sur un tréteau. Il remplit la cruche et vint s'asseoir à côté du sous-officier qui observait Clara s'affairant dans la cuisine.

La nuit était maintenant presque complètement tombée. Clara alluma un chandelier et le posa sur la table en regardant Joachim avec haine. Mathias versa du vin dans deux gobelets et dit "Gesundheit"[1] avant de vider le sien d'un trait. Le sergent en fit autant car il savait qu'il aurait manqué de politesse s'il s'était contenté d'une petite gorgée. Les deux hommes firent claquer leur langue.

- Je n'ai jamais bu un si bon vin, dit Joachim Ortlieb avec conviction, satisfait de ne pas être obligé de mentir.

Le cru se révélait effectivement d'une excellente qualité et il s'y connaissait.

- Il vient du Rangen, le vignoble de Thann, précisa Mathias avec fierté. Mon fils le rapporte du marché de Porrentruy.

- Ludan, l'arbalétrier ?

- Ludan, le charbonnier.

- Où est-il ?

- Je ne sais pas.

Maintenant le problème était franchement posé et la confrontation que les deux hommes avaient à la fois redoutée et prévue dès le début, commençait. Mais Joachim tenta de la retarder encore et décida une fois de plus de recourir à la diplomatie. Il prononça sur un ton qu'il voulut solennel :

- Mathias Hold, vous êtes sans doute bon catholique.

[1] Santé

- Par la Très Sainte Vierge oui, approuva Mathias qui était sincère et qui n'ignorait pas qu'à ce genre de question la règle la plus élémentaire de prudence consistait à répondre par l'affirmative.

- Vous êtes un fidèle sujet de notre archiduc Léopold, frère de Ferdinand notre Empereur vénéré ?

- Par la Très Sainte Vierge oui, confirma Mathias sur le même ton.

- Vous savez, bien sûr, que notre foi et que notre Empire sont menacés ?

- Ici, monsieur le sous-officier nous ne savons pas grand-chose parce qu'on ne nous dit rien. On vient chercher notre argent et nos bêtes pour participer à l'effort de guerre mais on ne nous dit rien.

- Si, vous ne pouvez pas ignorer que l'Union Evangélique fait la guerre aux catholiques, vous savez forcément que les Suédois nous envahissent.

Le sergent se leva. Il parlait d'un sujet qu'il connaissait bien et qui l'émouvait immanquablement : la guerre, les mouvements de troupe, le siège des forteresses réputées inexpugnables, les galopades échevelées d'une compagnie de cavaliers. Il se sentait excité et il voulait à tout prix communiquer ses sentiments. Il en avait besoin comme il avait besoin que les hommes de ce pays vinssent le soutenir. En réalité, sans qu'il n'osât se l'avouer, il avait la trouille, la trouille de se faire étriper par les Suédois.

Alors il tint ce discours d'une voix forte en balayant l'air du plat de la main :

- La Basse-Alsace, en l'espace de deux ou trois jours, est tombée sous le joug des hérétiques. Le colonel Hubold est passé dimanche sur le pont de Kehl avec 6 000 gens de pied. A peine arrivé en terre autrichienne, il a fait célébrer un culte, une messe noire hérétique si vous préférez, en suédois, allemand, français et anglais. Des milliers d'hommes s'abattent sur nous comme une nuée de sauterelles. Le feldmaréchal Gustave Horn est déjà aux portes de Benfeld où il a dérobé tout le bétail qui était en train de paître. Erstein a été occupé, les Suédois y ont établi leur quartier général. Les catholiques, nos frères, ont sauvé leur vie en se réfugiant dans les Vosges. Rosheim est tombé puis Molsheim, Kogenheim et Sessenheim.

- Les Impériaux finiront bien par les arrêter, observa Mathias Hold du bout des lèvres, quelque peu impressionné par le bilan angoissant que l'Autrichien venait de dresser.

- Toutes nos troupes sont retenues en Allemagne, l'ennemi nous assaille de toute part. L'heure est maintenant venue d'organiser notre défense. Que ceux qui veulent garder leur terre se battent. Le capitaine Klötzlein a besoin de renfort. Le grand bailli d'Ensisheim lève une armée. La Haute-Alsace est catholique, fidèle à notre Saint Père le pape et veut le rester. Tout le monde, ici, pense comme moi. Tous les Sudgauviens.

- Moi aussi, s'empressa d'ajouter Mathias en vidant son godet. Il voulut servir une nouvelle rasade au sous-officier. Mais celui-ci signifia un refus sans appel en posant la main sur son gobelet. Et il insista :

- La Haute-Alsace a besoin d'hommes comme Ludan. Où est-il ?

Mathias resta muet, regardant tout à tour le dessus de la table et Clara qui demeurait dans la ''Stube'' sans rien faire de particulier afin d'assister à la conversation. Ses yeux ordonnaient à Mathias de résister aux assauts du sergent.

Ce dernier, à bout d'arguments, tonna :

- Sakrament ! Vous êtes des Sundgauviens oui ou non ?

- Mes parents étaient de Ferrette, mais Ludan serait plutôt Ajoulot, hasarda Mathias en ayant conscience que ce genre d'explication n'avait pas beaucoup de valeur.

- Où est-il ?

- Je ne sais pas, je ne l'ai pas vu de la journée. A la chasse peut-être.

- A la chasse, par cette nuit sans lune ?

Clara ne put s'empêcher d'intervenir :

- Ludan chasse souvent la nuit, il a des yeux de lynx.

Joachim Ortlieb perdit patience. Il jugea que cette conversation stérile n'avait que trop duré et qu'il était temps d'entrer dans le vif du sujet.

- C'est pour son fantôme que vous avez mis une quatrième assiette ? Et ça, ces bottines en peau d'ours, il les met sans doute pour aller au lit ! Il n'est tout de même pas parti chasser pied nu ! Il ne veut pas se battre pour sa patrie, c'est un lâche et un couard, voilà la vérité. Nous lui payerons un gulden à l'engagement. Il est nourri et logé et il reçoit un autre gulden à la fin de chaque mois. Sans parler des prises de guerre.

- Les prises de guerre ?

- Ne faites pas l'innocent Mathias Hold. Je parle des bonnes fortunes des champs de bataille, dit le sous-officier en faisant un clien d'oeil malicieux, l'écot du soldat, l'écot de ceux qui risquent bravement leur vie pour leur Empereur, leur Archiduc et leur foi.

Et il se pencha en avant pour chuchoter dans l'oreille de Mathias : ''Il y a aussi les avantages en nature.''

- Aha ! les soldats de la foi se transforment en sacripans ! s'offusqua Mathias. Ludan fait ce qu'il veut. Ce n'est pas à moi de le commander. Il a bientôt trente-trois ans et femme et enfant. Et puis je vous le répète : il n'est pas là, revenez un autre jour.

- S'il ne signe pas aujourd'hui, je suis en droit de vous demander une participation à l'effort de guerre. Vous n'avez ni champ de blé, ni pré, on ne nous a donc pas prélevé de dix-huitième gerbe de blé ni de dix-huitième tas de foin. Il vous faut donc verser au moins cinquante guldens.

Mathias sursauta :

- Comment voulez-vous que je paie une somme pareille en ces temps difficile. Tout le monde prélève : du grand bailli d'Ensisheim au bailli de Ferrette sans compter la seigneurie de Morimont le maire et le curé d'Ottendorf.

- Vous tenez un commerce florissant, Mathias Hold, une étable, une porcherie. Je me suis laissé dire que vous dormez sur l'or.

- Dans l'étable vous ne trouverez qu'une seule vache qui me donne juste assez de lait pour nourrir ma petite famille. Je ne mets que trois cochons à la glandée et le charbon de bois, le plus souvent, je l'échange contre de l'étoffe pour nos habits, du foin pour mes bêtes, de l'huile et du suif pour les chandelles.

- J'en ai assez de parler, je suis mandaté par le grand bailli. J'ai tous les pouvoirs et tous les droits, vous m'entendez : tous les droits. Ou Ludan devient soldat ou je pars d'ici avec cinquante guldens, pas un de moins.

Ayant dit, Joachim Ortlieb se leva brusquement renversant et le banc où il était assis et son gobelet. Il saisit un pistolet et voulut le pointer sur Mathias. Mais il ne termina pas son geste : une flèche vint se ficher dans l'autre main qu'il appuyait sur la table pour se pencher en avant.

Le sous-officier lâcha son arme, la bouche ouverte, les yeux arrondis par la stupeur et la douleur.

Ludan se tenait dans l'encadrement de la fenêtre. Il prononça d'une voix dont la douceur apparut paradoxalement chargée de menaces :

- Tu n'auras ni l'un ni l'autre !

Le sergent était sur le point de crier sa souffrance mais le spectacle qu'il découvrit le rendit littéralement aphone.

Une première constatation le sidéra : une nouvelle flèche avait déjà été engagée dans l'arbalète. En homme de métier, il aurait voulu savoir comment Ludan avait réussi à la placer si vite. Dans le même coup d'oeil, il fut fasciné par cette arme redoutable : petite et légère dont le manche finement ciselé ressemblait à une queue de violon. Il fut ensuite captivé par Ludan dont la chevelure blonde avait quelque chose d'angélique et les yeux étincelants quelque chose de diabolique.

Le fils du charbonnier était éclairé par la chandelle de la "Stube" et les tremblements de la flamme projetaient des zones d'ombre déformantes sur son visage de sorte que l'on pouvait croire à une apparition monstrueuse. D'autant plus que le corbeau quitta l'épaule de Ludan pour attérrir sur la table en croassant.

Le sous-officier caressa l'ultime espoir qu'il serait sauvé in extremis par les deux dragons qui l'attendaient dehors. Mais une galopade lui apprit qu'il se trouvait désormais seul face à ce fils de sorcière. Ses dragons avaient été effrayés par le lynx qui se tenait tout près de Ludan, le flanc appuyé contre sa jambe.

Le sergent arracha la flèche en grimaçant. La peur lui tint lieu d'anesthésique. Se compressant la main, il se précipita hors de la maison. D'un côté, il entrevit la masse noire de la forêt gorgée de menaces et de dangers inconnus, de l'autre, il apperçut le lynx qui choisit ce moment pour bâiller et montrer ses crocs.

Alors le sous-officier, perdant la dignité qu'il aurait dû attacher à sa fonction en toute circonstance, prit les jambes à son cou et détala comme un lapin. Il crut opportun de ne pas signifier à ces rebelles qu'il se promettait de revenir avec du renfort. Il courut aussi vite que le lui permirent ses courtes jambes en direction d'Ottendorf.

Mathias l'encouragea :

- A moins d'une demi-lieue tu trouveras un barbier-chirurgien.

Il acceptera sûrement de te soigner.

Tandis que Ludan lança :

- Tu diras à ceux qui t'envoient que personne ne peut forcer Ludan Hold à s'engager contre son gré. Cette guerre n'est pas ma guerre.

IV

Tout à coup, Ludan saisit Clara par le bras et lui signifia de s'accroupir derrière un fourré. Lui-même, lentement, à mouvements mesurés, arma son arbalète et se mit en position de tir. Un peu plus loin, au milieu d'un clairière, un cerf broutait l'herbe. C'était une magnifique tête couronnée d'au moins douze andouillers, dans la force de l'âge.

Le fils du charbonnier ferma l'oeil droit pour mieux viser. Il retint sa respiration. L'émotion lui étreignait la gorge. Il dut se concentrer pour qu'elle ne se transformât pas en tremblement néfaste. Rarement il avait vu un si beau trophée.

La peur d'être pris en flagrant délit de braconnage s'estompa. C'était du reste ainsi chaque fois qu'un gros gibier se trouvait à portée de flèche. Tous les interdits disparaissaient comme par enchantement. Il était seul au monde et il n'était plus lui-même, il était ailleurs. Ludan éprouvait le sentiment grisant de ne faire qu'un avec la bête.

Le gibier le passionnait. Il le regardait manger, marcher, respirer, vivre, pendant des heures, inlassablement. Il était amoureux des animaux. C'est pourquoi, une fois sur deux, il n'appuyait pas sur la détente.

Une fois sur deux, c'était vrai aussi, une excitante impression de puissance intensifiait son bonheur. La conscience d'avoir le droit de vie ou de mort. L'idée d'être le plus fort, la certitude d'être celui qui terrasse l'autre.

Mais il n'était pas rare qu'il retardât d'une ou deux minutes le moment de décocher la flèche, dans l'espoir que l'animal fît un bond, le flaire et s'échappe. Alors Ludan s'inclinait et lui tirait sa révérence.

Oui, Ludan aimait les animaux et la chasse à la folie. Et pour être tout à fait franc, il ne dédaignait pas non plus les délicats morceaux de viande offerts par les uns et la fourrure procurée par les autres. Savoir enfin qu'il était passible de la peine de mort pour avoir soustrait un cerf ou un chevreuil au Seigneur, ne le dissuadait guère mais au contraire l'émoustillait encore davantage.

Clara, à côté de lui, ne partageait pourtant pas les mêmes sentiments. Elle fulminait. Un fois de plus, elle s'était laissée entraîner dans une de ces expéditions dont Ludan avait le secret et qui lui faisaient horreur.

Elle détestait les affûts, ne comprenait rien aux approches silencieuses du gibier. Mais depuis qu'elle connaissait ce natif du Capricorne qui n'arrêtait pas de bouger, elle n'avait cessé de le suivre et d'être subjuguée par sa vitalité. Souvent elle se demandait ce qu'elle faisait dans la profondeur d'une sapinière ou sur le faîte d'un éperon rocheux, tapie à côté de Ludan qui épaulait son arbalète.

Elle avait rencontré Ludan au marché de Porrentruy. Elle accompagnait alors son maître Jacob-Henric Petri, greffier-syndic de la ville-Etat de Mülhausen[1]. Le Mulhousien s'était installé pendant quelques jours dans la capitale de l'Ajoie afin de mener à bonne fin plusieurs entretiens et négociations avec le Prince-Evêque. Les démêlés des bourgeois de Mülhausen avec le comte d'Ortembourg de la Salamanca, seigneur de Morimont, et avec la Régence d'Ensisheim figuraient au centre des débats.

Clara Furstenberger faisait partie de la suite du greffier-syndic. Quand les devoirs de sa charge ne la retenaient pas dans ses appartements, elle allait se promener au marché où du reste, par la même occasion, elle s'approvisionnait en victuailles.

---

[1] Mulhouse.

Elle était née à Mülhausen et aimait cette ville.

Ludan lui était apparu portant un sac de charbon de bois sur l'épaule, le front noirci, la tête bandée par une sorte de foulard rouge. Mais les chaussures du charbonnier avaient d'abord attiré son regard : elle n'en avait jamais vu de semblables.

Le jeune homme l'avait bousculée par mégarde et avait failli renverser sa cruche de lait. En la retenant, il avait noirci le manche de sa chemise blanche. Rouge de confusion, il avait tenté d'essuyer la tache et n'avait réussi qu'à l'agrandir. Cette série d'incidents les avait faits rire aux éclats.

Ludan l'avait séduite avec une fougue troublante. Elle n'avait pu résister à sa force d'entraînement et elle avait abandonné le greffier-syndic et son travail de servante pour suivre le fils du charbonnier au Peccal.

Le jeune homme avait su lui décrire la vie à la campagne qu'elle abhorrait avec tant de conviction et d'enthousiasme qu'elle s'était laissée fléchir, presque persuadée de quitter l'enfer de la ville pour le paradis des champs, des prés et de la forêt. Le mariage avait été célébré à Porrentruy.

A dire vrai, les premières années s'étaient écoulées sans nuages. Les habitants d'Ottendorf l'avaient relativement bien acceptée. De toute manière, aucune fille du village n'avait souhaité que Ludan la courtisât. A cause d'une sombre histoire de sorcellerie que Clara n'avait pas jugée utile d'approfondir.

Elle avait certes appris que l'adage "l'amour rend aveugle" ne manquait pas de pertinence. Et le spectre de la guerre approchant, elle ressentait le besoin de se mettre à l'abri derrière les remparts de Mülhausen, la ville neutre où les bourgeois cultivaient l'art de se tenir à l'écart de tous les conflits et de ménager la chèvre et le chou.

Clara aurait tant voulu que Ludan la comprenne et l'approuve. Mais il n'était à l'évidence pas prêt à quitter son réduit jurassien, son territoire. Comme un prédateur, il paraissait, au contraire, prêt à se battre jusqu'à son dernier souffle de vie pour le défendre.

Ludan avait déjà le doigt sur la détente de son arbalète lorsque le cerf leva soudain la tête. Ses narines se dilatèrent et ses jarrets se raidirent. Tout de suite après, il fit un saut prodigieux et disparut dans la forêt.

Ludan regarda d'abord Clara sans aménité, croyant que c'était à cause d'elle que le cervidé avait pris la fuite. Mais un feulement, à côté de lui, apporta l'explication qu'il cherchait : Léo, le lynx, en le rejoingnant, avait fait fuir la tête couronnée.

Le félin fit le dos rond et se frotta contre la jambe de Ludan. Celui-ci dit avec dépit :

- Je l'avais pourtant enfermé.

- Ce n'est pas une claie qui va l'arrêter, remarqua Clara en haussant les épaules, étonnée par la naïveté de son mari. Il grandit ton monstre et il te suit comme un petit chien. Il serait temps que tu le rendes à la vie sauvage.

- Trop tôt, il faut d'abord qu'il apprenne à chasser.

- Il ne saura jamais se débrouiller tout seul. De toute façon, tu ne veux pas le lâcher, tu y tiens trop.

Ludan répondit qu'il aimait cet animal. Puis, d'une manière inatendue, décontracté, il s'étendit par terre de tout son long et s'étira au soleil. D'un geste de la main, il invita Clara à le rejoindre.

La jeune femme eut un mouvement de recul. Une sorte de réflexe conditionné. Elle se sentait toujours coupable d'un énorme péché lorsqu'elle flânait ainsi dans la nature à ne rien faire d'utile.

- J'ai du travail à la maison.

- Aujourd'hui c'est dimanche, le jour du Seigneur. Profite des derniers rayons de soleil. Bientôt le froid, bientôt la neige.

- Bientôt les Suédois.

Ludan eut un haut-le-corps. Il les avait oublié ces brigands-là. En forêt, tous les malheurs du monde s'évanouissaient comme par enchantement. C'était, du reste, pour qu'elle les oubliât un peu à son tour qu'il avait entraîné Clara à la chasse. Il espérait que les magnificences de la nature et ses parfums suaves d'été finissant la feraient vibrer.

Ludan se releva, contrarié. Il ne comprenait pas l'obstination de Clara et n'appréciait guère sa mauvaise volonté.

Le couple abandonna la clairière, traversa un espace boisé tapissé de fougères et atteignit la route de Porrentruy. Ludan se proposa de la traverser afin de se diriger vers le château de Morimont. Il avait pris conscience que le moment était venu de révéler à sa femme le secret qui lui permettait d'envisager une invasion suédoise avec beaucoup plus de sérénité qu'elle.

Mais le bruit grinçant d'une roue de chariot les immobilisa. Un attelage apparut effectivement au détour de la route. Le charroi était tiré avec lenteur par un cheval plutôt malingre. Un homme habillé modestement marchait à côté de lui en le tenant par le licou et donnait l'impression de tirer le cheval. Une femme aux traits fatigués, chaudement vêtue comme si elle portait sur elle toute sa garde-robe, était assise à l'avant du charroi, serrant deux enfants contre elle. La bâche recouvrait un modeste bagage composé de quelques ballots et de quelques meubles dont une paillasse et un coffre en bois de sapin.

L'homme secoua brusquement le mors, sans crainte de blesser la mâchoire édentée de son vieux bourrin. Ludan se demanda ce qui avait pu l'effrayer à ce point. Et il leva la main, en signe de paix.

- Hé, l'ami, dit-il, nous ne sommes pas des Suédois, n'ayez pas peur.

Mais le couple continua de le considérer avec frayeur. De la tête, l'homme montra quelque chose sur la droite. Ludan suivit son regard et aperçut alors le loup-cervier, assis au milieu de la route, à quelques pieds derrière lui. Il sourit et s'écria :

- Ce n'est rien d'autre que mon jeune lynx. Il est apprivoisé.

Le voyageur semblait pourtant encore plus craintif. Comment était-il possible d'apprivoiser une bête fauve ? Ludan, pour le convaincre, prit Léo dans ses bras et se laissa lècher le nez.

- Comme tu peux le voir, il est doux comme un agneau.

Au même moment, le lynx se débattit, sauta à terre et alla se cacher dans un bouquet de fougères. Rassuré, le voyageur interrogea alors :

- C'est encore loin Prutentrut ?

Il parlait avec cet accent un peu chantant des habitants de la Basse-Alsace qui faisait sourire ceux du Sundgau. Ludan qui disait Porrentruy comme les gens de l'Ajoie, aimait entendre parler le dialecte de la région de Strasbourg. Il répondit :

- A trois lieues. Vous n'en avez plus pour très longtemps.

- Tant mieux, je voyage depuis quatre jours.

Puis, comme s'il avait besoin de se confier à quelqu'un, l'homme raconta la triste aventure qu'il venait de vivre.

Lorsque les Suédois avaient envahi Erstein, il avait fui sa ville natale de Benfeld pourtant fortifiée. Il s'était réfugié dans les Vosges. Mais la faim l'avait poussé hors de la cabane qu'il avait construite en forêt et ses enfants avaient été terrorisés par les hurlements des loups. Il avait voulu retourner à sa maison mais des milliers de soldats avaient assiégé la place forte. Maintement il espérait s'exhiler dans l'un des sept cantons catholiques de l'Hélvétie.

- Ce Horn est un démon, disait-il. Il ne lèvera pas le camp avant que la ville ne soit tombée. Il tiendra plus longtemps que les bourgeois de Benfeld. En attendant, il dévaste le pays alentour. J'ai décidé de partir loin, loin de cette horreur. Je vais tenter ma chance ailleurs. Beaucoup d'autres me suivront, vous verrez.

Clara l'écoutait attentivement. Elle buvait ses paroles qui lui donnaient la chair de poule. Elle souhaita en savoir plus et demanda d'une voix crayeuse :

- Vous croyez vraiment qu'ils viendront jusqu'ici ?

- Ma pauvre dame il n'y a pas de raison qu'ils ne mettent pas toute l'Alsace catholique à feu et à sang. Notre archiduc Léopold est mort. Il paraît que c'est sa femme Claudia de Medicis qui le remplace et qui a pris les rênes du pouvoir. Elle cherche en vain à recruter des troupes pour défendre ses terres de Basse et de Haute-Alsace. Les généraux ont d'autres chats à fouetter en Allemagne. Voilà ce qu'on dit dans les villes que je viens de traverser : Colmar, Ensisheim...

- Etes-vous passé à Milhüsà ?

Une lueur faite de joie et d'espoir dansa dans les yeux de Clara. Une lueur qui apparaissait chaque fois qu'elle parlait de la ville libre et qui exaspérait Ludan. Comme l'exaspérait sa façon de prononcer le nom de la ville en dialecte mulhousien en traînant sur le "a" final. Ludan disait Mülhausen comme à Porrentruy.

- Non, c'est infesté de protestants, affirma l'homme avec dégoût. Ils déclarent qu'ils sont neutres mais, en réalité, ils sont bien contents que les Habsbourg aient des ennuis. M'étonnerait pas qu'un de ces jours ils ouvrent leurs portes aux Suédois. Vous n'êtes pas de mon avis ?

Ludan fit la moue. La politique ne l'intéressait pas ; plus exactement : il s'en moquait. Il désirait qu'on le laissât tranquille dans son environnement et tout le reste n'était que littérature et verbiage futile. Aucune autorité ne lui inspirait de la sympathie.

Il salua le voyageur, lui indiqua un raccourci et lui apprit quelques mots de français et de patois ajoulot pour lui permettre de demander son chemin à Porrentruy.

L'homme prit congé, dispensant en guise de remerciement ce conseil en passe de devenir proverbial :

Gustave-Adolphe Rex
Was da hasch, verstech's.[1]

[1] Avec le roi Gustave-Adolphe
Tout ce que tu as cache-le.

V

Tandis que s'éloignait le chariot en grinçant, Ludan murmura :

- J'aimerais tout de même savoir à quoi ressemblent ces Suédois.

- Je n'ai aucune envie de les voir et j'ai encore moins envie d'attendre qu'ils me violent pour savoir à quoi ils ressemblent. Partons Ludan ! Allons à Milhüsà !

- Ne recommence pas Clara ! Jamais je ne pourrai vivre dans ces ruelles étroites qui sentent mauvais, où la peste fait le tour des remparts en moins de temps qu'il ne faut pour l'attraper.

- En tout cas c'est une ville libre. Les Autrichiens ne l'ont jamais eue.

- Je croyais aussi que c'était une ville libre. Mais depuis que je suis allé là-bas avec toi, je sais que je n'y serai jamais aussi libre qu'ici, au pied du Glaserberg. Les protestants sont comme les autres, intolérants et bêtes. Ils pourchassent les catholiques et brûlent des pauvres femmes accusées de sorcellerie. Là-bas aussi les vrais chrétiens sont rares !

- Ne blasphème pas ! le tança Clara en faisant le signe de croix.

- Je ne blasphème pas, je dis la vérité. Ils disent la messe en allemand au lieu de la dire en latin. C'est la seule différence. Et puis cette ville est inféodée aux maîtres artisans et à leurs tribus. Les bourgeois défendent leurs privilèges avec férocité et les nouveaux venus sont des manants qui n'ont que le droit de se taire. Pense à notre fille.

- Justement ! Je ne veux pas que ces mercenaires la massacrent. Je ne veux pas qu'elle meure de faim quand ils auront tout pillé.

- Je te le jure Clara : ici nous ne risquons rien. Viens avec moi, je te montrerai pourquoi tu es plus en sécurité à Ottendorf qu'à Mülhausen. J'ai cherché et j'ai trouvé.

Clara s'arrêta de marcher. Elle arracha une herbe haute et se mit à la mâcher rageusement. Elle regarda Ludan avec fixité.

- Tu m'exaspères avec tes mystères, Ludan. Je suis ta femme mais souvent, trop souvent, tu me considères comme une étrangère. Tu as d'ailleurs, parfois, le même comportement avec ton père. Nous sommes loin de savoir tout ce que tu sais et tout ce que tu fais. On dirait que tu crois que nous sommes trop bêtes pour comprendre.

Ludan sourit. Il déclara sans la moindre pointe de forfanterie dans la voix :

- Oui, c'est vrai, je sais beaucoup de choses. Mais ce secret-là, crois-moi, je ne le connais pas depuis longtemps. Je te l'aurais confié tôt ou tard.

Le couple sortit de la forêt, contourna Luffendorf, le village voisin d'Ottendorf, en restant à la lisière et prit le chemin du défilé conduisant à Oberlarg, la troisième commune de la seigneurie, sise à une bonne lieue au nord-est.

Arrivé à la hauteur d'un étang alimenté par la Largue et ceinturé par une roseraie, Ludan entreprit d'escalader la colline appelée Moersberg ou Morimont sur laquelle se dresse le château du même nom. La forteresse contrôlait une importante voie de communication entre l'Alsace et les Confédérés. Elle avait été érigée à l'extrémité ouest de cette hauteur à crêt rocheux. Avec ses sept tours rondes lui conférant une touche orientale, ses immenses douves sèches creusées dans le roc, son escarpement quasi inaccessible, ses couleuvrines pointées sur chaque accès possible, elle ne ressemblait à aucune autre forteresse de l'Autriche antérieure.

- Tu m'emmènes au château ? s'exclama la jeune femme.

- Oui, c'est là que nous allons. Là-bas nous serons tranquilles quand viendrons les Suédois, décrèta Ludan avec certitude.

- Ne te moque pas de moi : ce n'est quand même pas le comte qui t'invitera à sa table !

- Tu sais bien que nos seigneurs ne sont déjà plus là pour affronter l'ennemi. De toute manière, ils passent le plus clair de leur temps à la cour de Vienne. Je ne demanderai à personne l'autorisation pour entrer dans le château fort. On dit qu'il a été construit selon les mêmes plans que le château des sept tours de Constantinople. On dit aussi que Pierre de Morimont, à l'époque où sa famille figurait parmi les plus influentes de l'Empire, était ambassadeur auprès du roi de France et qu'il est allé chercher l'inspiration à Paris pour restaurer le château de ses ancêtres.

- Qui est-ce Ondit ?

- Des gens à Porrentruy, des gens qui connaissent bien l'intendant du château et qui en gère les archives. Des vieux qui s'intéressent à l'histoire du pays.

- Tu ne parles que de Porrentruy.

- C'est la ville qui me fait vivre, c'est la ville dont j'ai besoin pour mon commerce.

Une sorte de ceinture boisée, hérissée de sapins et de mélèzes séculaires, formait une première défense naturelle bordant le fossé. Ludan contourna ce fossé en restant à couvert dans la forêt. Suivi de Clara et du lynx, il atteignit un vaste glacis allant de la tour nord-est à la tour nord-ouest, protégeant le manoir, de construction plus récente. Terminée par des plate-formes avec embrasures, les tours étaient chargées de canons dont les gueules noires semblaient fixer Clara et Ludan.

La jeune femme était sincèrement impressionnée par l'architecture à la fois majestueuse et inquiétante de la forteresse qu'elle n'avait jamais examinée d'aussi près et avec autant d'attention. Ses créneaux, ses meurtrières, ses murs épais semblaient parler et lancer un avertissement et un défi à quiconque s'en approchait.

Au fond du glacis, un peu à l'écart, accolée à la base du crêt, une douve sèche était habitée par une harde de biches et de cerfs.

- Personne ne prendra jamais ce château s'il est bien défendu, marmotta Clara, comme si elle se parlait à elle-même.

- Pas de l'extérieur, en effet. Il est réputé imprenable. Mais moi je sais comment y entrer sans passer par le pont-levis et sans coup férir. Suis-moi et fais comme moi.

Ludan coupa un grand bouquet de fougères puis descendit prudemment la pente la moins escarpée de cet enclos à cervidés peu commun. Il leva la main pour saluer le garde qui s'était posté au créneau le plus proche. Le vigile reconnut Ludan qui, avec l'accord du maître de cour du comte d'Ortembourg, apportait parfois à manger aux cerfs. Il lui rendit son salut et se détourna sans prêter attention à Clara et sans voir le lynx qui se faufilait derrière le couple.

- Mon Dieu, tous ces cerfs ! s'écria Clara qui, en bonne citadine, était toujours étonnée par les choses de la nature.

- C'est l'élevage du château. Leur réserve de gibier pour alimenter leurs banquets sans avoir à les chasser. Ils les tuent sans gloire, comme des bouchers. Et l'étang leur sert de réserve à poisson pour les jours maigres.

Clara s'effraya soudain :

- On ne va pas quand même se promener là-dedans, on va se faire encorner.

- Les cerfs n'ont pas de cornes mais des bois. Plus les bois sont grands, plus ils sont âgés. N'aie aucune crainte, reste à côté de moi, ils sont habitués à moi. Ils connaissent mon odeur.

Lorsque le couple foula le sol du fossé, les cervidés se tinrent en effet à l'écart, leur tête couronnée dirigée vers les intrus, les yeux noirs globuleux fixés sur le tas de fougère que Ludan déposa dans un vieux ratelier érodé par les dents des cerfs.

Après s'être libéré les bras, Ludan saisit le lynx parce que l'un ou l'autre mâle s'étaient mis en position d'attaque. Le couple, longeant les murs naturels du fossé, progressa alors sans précipitation jusqu'à une cavité taillée dans le roc d'où coulait un mince filet d'eau remplissant tant bien que mal un abreuvoir creusé dans la pierre. Tandis que biches et cerfs se rassemblaient autour de la mangeoire.

Un trou avait été aménagé sous l'abreuvoir. Ludan y plongea la main et débloqua un verrouillage de sorte que l'abreuvoir pivota de quatre vingt dix degrés et fit apparaître une ouverture assez large pour laisser passer un homme.

Ludan regarda autour de lui afin de s'assurer que personne ne l'observait. Il invita alors Clara à le suivre en lui prenant la main. Il avança ainsi résolument dans un couloir sombre pas très haut, obligeant une position courbée. Clara voulut protester mais Ludan l'exhorta à garder le silence. De sa besace il sortit un briquet et de l'amadou et alluma une chandelle. Il faisait froit et humide dans ce couloir aménagé dans le rocher et qui aboutit sur un escalier en pierre helicoïdal.

Empruntant cet escalier, le couple atteignit une petite pièce carrée, au plafond bas, sorte de cachot faiblement éclairé par une source de lumière provenant d'un autre escalier de la même facture et conduisant à l'étage supérieur. Mais il était aussi possible de sortir du cachot par un tunnel s'enfonçant dans le noir.

En posant le pied sur la première marche, derrière Ludan, la jeune femme ne put réprimer un cri de frayeur. Elle venait d'apercevoir un squelette tassé dans une encoignure et dont le tibia était encerclé par un bracelet de fer.

- T'inquiète pas, dit Ludan, ce n'est rien. Nous somme ici dans une des oubliettes du château où sont morts enchaînés de nombreux pauvres hères. Les seigneurs n'ont jamais été tendres avec leurs valets et les paysans qui avaient eu la mauvaise idée de leur désobéir. Le donjon, au milieu de la cour, est d'ailleurs une pri-

son encore utilisée aujourd'hui pour les domestiques. Afin de les punir, on les enchaîne jour et nuit sur un siège sculpté dans la pierre de taille.

Clara frissonna et se demanda si Ludan n'avait pas perdu la raison en l'entraînant dans l'antre d'un ogre.

- Partons, souffla-t-elle, partons !

- Attends, tu n'as pas tout vu ! Tu n'as pas vu le plus beau, ni le plus intéressant.

Mais la jeune femme le retint par le manche tandis que le lynx se mit à feuler. Elle s'insurgea :

- Ne me dis pas qu'on se réfugiera ici quand les Suédois attaqueront.

- Non, pas ici. Viens.

Ludan gravit les marches avec autorité et déboucha dans une immense cave voûtée. Le jour venait d'une grande ouverture donnant sur le fossé. Au milieu, l'eau coulait d'une fontaine. Contre le mur, étaient empilés des foudres de vin, des sacs d'épeautre, des peaux de mouton, de castor, d'ours et de loup, des sacs de sel et de farine, des tonnelets d'huile de noix, des quartiers de lard fumé et des mottes de suif à chandelles.

Ludan reprit le lynx qui miaulait dans ses bras afin de lui imposer le silence. Il chuchota à l'oreille de Clara :

- C'est la réserve de ces messires les seigneurs. C'est là qu'ils engrangent tout ce qu'ils prennent aux paysans. Ces manants, ces serfs sont d'ailleurs assez idiots pour livrer eux-mêmes à demeure.

Clara resta muette. Dans son for intérieur, elle ne comprenait pas pourquoi Ludan s'obstinait à fustiger sans cesse les seigneurs. Après tout, la terre leur appartenait et ils la faisaient prospérer. C'était la coutume. Quoi qu'il en fût, elle était trop médusée pour parler. Toutes ces richesses !

Ludan claironna :

- Tu vois, ici on sera bien.

- Mais...

- L'intendant ? On en fera notre affaire le cas échéant. Ici, nous nous trouvons sous le manoir. Au-dessus de nous, les seigneurs se la coulent douce quand ils sont là. Toute cette partie est aménagée en souterrains, couloirs secrets construits dans l'épaisseur de la muraille, passages souterrains taillés dans le roc, cachots ténébreux.

- Et si le château est pris faute de défenseurs ?

Ludan hocha la tête. La question était pertinente. Clara cultivait l'art de soulever des lièvres. Il n'avait pas encore vraiment réfléchi à la question. Il se garda d'y répondre. Dans l'espoir d'inspirer un sentiment de sécurité à son épouse, il décida de lui révéler sa deuxième découverte, fruit de ses explorations occultes dans les entrailles du château fort.

- Viens voir le reste, dit-il.

Il descendit l'escalier et pénétra derechef dans le souterrain en se dirigeant vers le nord. Clara et Ludan furent arrêtés par une herse. De nouveau, Ludan passa la main dans une cavité ressemblant à une anfractuosité naturelle du rocher. La herse se souleva, presque sans bruit. Une toise plus loin ils débouchèrent dans une pièce beaucoup moins spacieuse que la cave voûtée qu'ils venaient de quitter. Elle était encombrée d'armes, de tentures, de tapisseries, de pots en faïence et de vaisselle en argent.

- Je crois que je suis le seul à connaître cette cache, affirma Ludan. L'intendant et les gens du château ont sûrement accès à la fosse aux cerfs et à la cave. Mais le comte ne leur à sans doute pas montré cette pièce-là. Les Ortembourg étaient décidément comme des écureuils : toujours en train de faire des provisions.

Ludan souleva une tapisserie et découvrit ainsi une nouvelle ouverture. Chandelle à la main, il s'enfonça une fois de plus dans le noir. L'étroit tunnel n'était maintenant plus tracé en ligne droite. Il louvoyait en pente raide tout en se rétrécissant. Au point que Clara et Ludan durent se mettre à quatre pattes pour s'approcher d'une ouverture ronde formant le bout du tunnel.

Ils arrivèrent dans une petite grotte étayée par les racines d'un hêtre et s'ouvrant sur des rocailles et des buissons. Cet accès se trouvait donc parfaitement camouflé.

Le sol était jonché de deux ou trois crottes que Clara examina avec dégoût. Elle s'écria :

- Mais nous sommes dans une tannière de loup !

- Oui, c'était effectivement une tannière de loup et aussi un lieu idéal d'hibernation pour un ours. Les crottes c'est moi qui les ai déposées pour faire croire que cette caverne est toujours fréquentée. L'ouverture du souterrain est ainsi mieux dissimulée. Pas mal trouvé, non ? De l'entrée à la sortie on va de la proie au prédateur ! Personne ne le sait, sauf moi. Je crois même que le comte d'Ortembourg ne connaît pas l'entrée du loup. Ce sont les Morimont qui ont imaginé ce souterrain. Si, malgré son artillerie, le château tombe entre les mains de l'ennemi, ses habitants ont la possibilité de s'enfuir côté cerf ou côté loup. C'était ça mon secret. Dans ce château fort, les Suédois ne pourront rien contre nous.

Clara sortie de la tannière et se redressa afin de scruter le paysage. Elle apperçut l'étang qui, plus bas, scintillait, baigné de soleil.

- C'est bien l'étang aux lépreux, là-bas !

- Eh oui, nous sommes revenus au point de départ.

Amadouée, Clara se laissa prendre la main. Ils descendirent vers la pièce d'eau en sautillant comme des enfants.

Au milieu de cette après-midi d'été finissant, le soleil était encore chaud. Ludan et Clara se coulèrent dans les roseaux. La jeune femme souleva sa robe craignant de la salir. Mais après trois ou quatre pas, elle la lâcha estimant que son geste avait quelque chose d'apprêté et d'artificiel dans ce site d'une beauté sauvage.

Clara et Ludan prirent pied sur une petite plage d'herbe sèchée et jaunie. A peine arrivé, Ludan se déshabilla et se jeta à l'eau s'écriant qu'elle était délicieuse. Deux colverts s'envolèrent en battant bruyamment des ailes. Et Clara rit de bon coeur.

Elle ne savait pas nager et n'avait jamais voulu que Ludan lui apprît. D'ailleurs cela ne se faisait pas. Maintenant elle regrettait. Elle comprenait qu'elle se frustrait elle-même d'un plaisir indicible. Elle s'allongea à terre et laissa le lynx se rouler dans l'herbe à côté d'elle.

Clara ferma les yeux. Lorsqu'elle les rouvrit Ludan était couché sur elle, mouillé et d'une fraîcheur tonifiante. Fébrile, il défit les agrafes de son corset, les boutons de sa chemise. Puis lentement, sacrifiant à une lenteur qui contrastait avec sa fougue habituelle, il embrassa ses seins dénudés.

Il souleva la robe de Clara transformant le sexe de la jeune femme en fleur aux reflets sombres et murmura :

- Quelle journée magnifique.

Clara écarta les jambes, ferma les yeux et, tandis que Ludan pénétrait en elle, prononça d'une voix un peu rauque :

- Oui, profitons-en bien. C'est peut être la dernière.

VI

Le capitaine Joël Laplante n'était pas un tendre. Dix années passées à guerroyer des deux côtés du Rhin lui avaient ôté le goût de la poésie et de la bluette. Il savait qu'une pitié bien ordonnée ne pouvait commencer que par soi-même et qu'une méfiance sans faille prolongeait la vie de soldat.

Car soldat il l'était jusqu'à la pointe de son épée. Pas forcément dans le sens noble du terme mais plutôt dans le sens commun : quelqu'un qui touche une solde pour faire la guerre, un militaire qui avait pour mission d'éliminer ceux qui gênaient son employeur.

Tuer, anéantir, investir.

Telle était sa devise.

Né en Champagne dans une famille de vigneron, il avait d'abord servi le duc de Lorraine, à la tête de sa compagnie de cavaliers. Il avait arrêté depuis longtemps de compter le nombre de paysans et de Français qu'il avait passé au fil de l'épée pour la bonne cause et le nombre de femmes qu'il avait troussées et forcées pour la même cause.

Puis, en bon artisan des choses de la guerre, il avait été séduit par les ambitions et la stratégie du roi des Neiges, l'inventeur du canon léger à tube en cuir. Il était donc devenu son mercenaire, entraînant avec lui les soixante cavaliers recrutés selon une méthode qui avait fini par faire sa réputation : il promettait une fortune à ceux qui acceptaient de le suivre sans préciser quand ils en auraient la jouissance. En fait, il finissait le plus souvent par tenir parole grâce aux fruits d'innombrables exactions et d'autant de pillages.

Joël Laplante n'aimait pas l'immobilité. Il avait horreur de se fixer dans un site en attendant que l'ennemi veuille bien se manifester. Il préfèrait les embuscades, les attaques rapides bénéficiant de l'effet de surprise, les grandes migrations qui le menaient de butin en butin.

Mais le feldmaréchal Gustave Horn n'avait guère tenu compte de cette propension et lui avait ordonné de cantonner sur un champ de blé moissonné, quelque part dans la plaine, à quatre lieues de Strasbourg, devant cette foutue ville de Benfeld qui ne voulait pas se rendre.

Le siège, au début, ne manquait pas d'attraits. Un peu de repos n'avait pas fait de mal et les vivres étaient abondantes. Dans les villages alentour, les greniers et les caves étaient encore bien remplis et les filles bien dodues. Oui, les derniers jours de septembre avaient été agréables. Il avait fait beau et cela avait pété dans tous les coins, les artilleurs, des deux côtés, s'en donnant à coeur joie.

Un mois plus tard, l'exercice lui paraissait de plus en plus éprouvant. Il pleuvait des cordes depuis trois jours sans interruption. Sa tente laissait passer l'eau et, malgré le tapis volé à un riche artisan, le sol s'était transformé en bourbier. Laplante grelottait la nuit et éternuait le jour. Il avait envie de se réfugier dans une de ces belles et confortables fermes qu'il avait repérées.

Mais Horn n'avait rien voulu entendre. Il avait confié à Laplante une mission précise. L'Ill dont les eaux alimentaient les fossés, avait en effet été détournée afin d'assécher les douves. Des travaux avaient été entrepris afin de les combler et de former ainsi un passage pour les troupes suédoises. Laplante avait été chargé de surveiller ces travaux, qui plus est de les mener à bonne fin.

L'officier enrageait d'autant plus qu'il n'ignorait pas que Gustave Horn se trouvait au chaud et au sec dans son quartier général de Sand, le rhingrave Othon Louis se calfeutrait à Kogenheim, le lieutenant-colonel Bernhard von Plata jouait aux dés à Kersfeld et le colonel Von Muckenthal étudiait la stratégie des grands sièges de l'Histoire à Herbsheim. Bref, ils étaient tous à l'abri sauf lui.

Ils se défendaient bien ces bougres d'Impériaux soutenus par ces Alsaciens têtus jusqu'à la mort. Laplante se demandait, tous les matins, par quelle harangue magique le baron Louis de la Zorn avait su insuffler aux bourgeois épuisés, aux paysans réfugiés et aux soldats accrochés aux murs de Benfeld, assez de courage et de pugnacité pour résister aussi longtemps.

Sûr qu'ils n'avaient plus grand chose à manger et que les rats s'arrachaient à prix d'or.

Le vent, parfois, apportait des odeurs nauséabondes témoignant que les cadavres s'amoncellaient. Une armée de secours avait été battue à Semersheim. Que pouvaient-ils espérer encore ces papistes invétérés ? Qu'attendaient-ils ventrediou pour se rendre ?

Le capitaine Laplante se livrait à ces réflexions énervantes tout en regardant un jeune paysan de quatorze ans qu'il tenait captif cirer ses bottes noires et astiquer ses éperons. La nuit tombait et il avait réussi à tenir au sec un petit coin de tente en y faisant étaler une botte de paille.

- Je suis sur la paille ! cria-t-il soudain en faisant sursauter l'adolescent. Le capitaine Laplante a trois cents florins dans son escarcelle mais il est sur la paille !

De la toile de tente tomba une grosse goutte d'eau qui s'écrasa sur le bout de son nez. Un nez aquilin surmontant une bouche charnue affligée par une moustache effilée. Il sursauta comme un enfant effrayé. Ses cheveux châtains recouvrant la nuque et gonflés comme un perruque, se soulevèrent dans le même mouvement.

Il vociféra :

- Ah nom d'une pute strasbourgeoise, il serait grand temps que cette pluie s'arrête et que tous ces bouffeurs de cierge de Benfeld se fassent étriper ! Je n'ai plus un seul vêtement sec à me mettre.

Ces vociférations firent trembler la flamme de la chandelle posée sur une petite table rustique accolée à son lit de camp. Il saisit un pichet de vin blanc et fit descendre une bonne goulée. Il dit dans un soupir de satisfaction que, heureusement, leur foutu vin était un régal.

Une deuxième puis une troisième goutte vinrent s'écraser sur son crâne. Une autre coula le long de sa nuque et s'infiltra sous sa chemise qui naguère avait été blanche.

- Nom d'une pute strasbourgeoise, bordel de merde, ça c'est la goutte qui fait déborder le vase ! cria-t-il.

L'adolescent se figea et le regarda avec anxiété. Lorsque le capitaine Laplante se mettait en colère, le plus souvent c'était lui qui prenait des coups.

Laplante avait des petits yeux noirs bien enfoncés dans les orbites qui exprimaient rarement la bienveillance. L'officier avala encore une rasade de vin blanc et ordonna soudain :

- Va me chercher le lieutenant Eriksen.

Le lieutenant Eriksen était son adjoint. L'un des rares Suédois qui venait vraiment de Suède parmi les huit cents gens de pied et les quatre compagnies de cavaliers qui tenaient le siège de Benfeld.

Fils d'un bourgeois ruiné de Stockholm, il s'était engagé dans l'armée de Gustave-Adolphe pour redorer le blason de la famille. Il parlait un peu le français parce qu'au temps où le commerce d'huile de baleine de son père était encore prospère, il avait eu un percepteur originaire d'Orléans. Puis, à la guerre, il avait aussi appris à parler et à jurer en allemand.

Physiquement, il n'avait de nordique que ses yeux bleus. Ses cheveux étaient noirs comme l'ébène et comme ceux de la bohémienne que son grand-père avait séduite après s'être fait lire les lignes de la main et prédire des amours tumultueux.

Eriksen n'aimait pas le métier qu'il était obligé d'exercer. Il n'aimait pas la guerre. Mais paradoxalement, parce qu'il l'avait en horreur, il s'évertuait à bien la faire.

Le capitaine Laplante soupçonnait le feldmaréchal Horn de lui avoir affecté Eriksen avec mission de le surveiller. Mais il devait reconnaître que c'était un bon second. Au point qu'il ne pouvait pas s'en passer. Il accomplissait notamment les tâches administratives à la perfection.

Eriksen entra dans sa tente en réprimant avec peine une impérieuse envie de roter. Il venait de dîner en se gavant de boudins et en dégustant la chair délicate d'une queue de castor tué dans l'Ill, en amont de la ville assiégée.

- Eriksen, lui dit Laplante, j'en ai plus qu'assez de ce siège emmerdant qui n'en finit pas et qui ne nous rapporte par un pfennig. J'ai donc décidé de le lever. Viens-tu avec moi ?

- Tu désertes ? Tu changes de camp ? Tu retournes chez les Lorrains ?

Eriksen posait toujours plusieurs questions à la fois. Il ne paraissait accorder aucune importance à leur réponse, semblait stoïque et froid mais dissimulait ainsi, en vérité, une propension peu commune à l'angoisse ; l'angoisse de l'imprévu et de la décision à prendre. Il était grand, charpenté comme une armoire. Sa force morale semblait à l'image de sa force physique mais, intérieurement, il était d'une faiblesse paralysante car il doutait de lui.

Le capitaine sourit. Il connaissait bien la psychologie de ce géant d'Eriksen qui, sans le montrer, tremblait déjà comme une feuille morte. Il lui versa une coupe de vin blanc. Après quoi il fixa avec répugnance le véritable filet d'eau qui maintenant coulait en permanence du faîte de la tente.

Laplante respira profondément comme quelqu'un qui va se lancer dans un long et difficile discours :

- Déserter en ces temps troublés n'est pas le mot exact. Déserter qui ? Horn lève des troupes pour le compte du roi des Neiges ? Déserter un roi protestant alors que je suis paraît-il catholique. Déserter un roi qui n'est pas mon roi ? Eriksen, je n'appartiens à personne. Je ne change pas non plus de camp car tous les camps se ressemblent. Il y a ceux qui gagnent et ceux qui perdent. Mais comme depuis au moins deux décennies les victoires et les défaites alternent des deux côtés, je dis que les camps sont les mêmes. En fait, tu l'as déjà compris : ce sont les princes qui tirent les ficelles et nous ne sommes que des pantins qu'ils agitent au gré de leurs humeurs et de leurs ambitions. Je ne retourne pas chez les Lorrains, ils ne sont pas mieux lotis que les Français, les Allemands ou les Espagnols. Non, Eriksen, j'en ai par-dessus la tête de servir qui que ce soit. Voilà la vérité. A partir de maintenant je ne servirai que moi-même. Je veux sillonner le pays avant que les autres ne l'envahissent et le mettent à sac. Au sud les greniers et les caves sont encore pleines à craquer. Allons-y, nous deviendrons riches car désormais nous chevaucherons pour notre escarcelle.

- Horn nous poursuivra.

- Peut-être. Mais il ne me trouvera pas. Le pays est grand, les forêts sont épaisses. En remontant le cours de l'Ill, nous ferons notre fortune. La guerre sera bientôt partout et nous en tirerons profit. Nous serons tantôt Suédois, tantôt Impériaux, tantôt...

- Tantôt ?

- Voleur de grand chemin. Il faut bien appeler les choses par leurs noms.

- Avec soixante cavaliers derrière toi ?

- Eriksen, ta naïveté m'étonnera décidément toujours. Je ne vais quand même pas m'encombrer de soixante cavaliers. Ne viendrons avec moi que mes plus fidèles compagnons, ceux qui pensent comme moi. Alors viens-tu ?

Les deux hommes se scrutèrent longuement. Dans les yeux de Laplante, Eriksen lisait une détermination farouche. Il le comprit capable de le tuer plutôt que de lui laisser l'occasion d'avertir le feldmaréchal. Indiscutablement, Laplante exerçait sur lui un ascendant qu'il subissait tout en le réprouvant. Cet homme qu'il savait sans foi ni loi, doué d'une cruauté inhumaine et aussi d'une intelligence vive, d'un pouvoir d'adaptation au milieu et aux événements, le fascinait. Il ne put soudain envisager l'éventualité de se voir seul à la tête de cette compagnie de cavaliers. De plus, une autre angoisse le saisit : en refusant l'offre il passerait pour un poltron aux yeux de Laplante. Il ne put supporter cette idée. Il fit donc semblant d'accepter cette proposition malhonnête avec enthousiasme.

- Et si l'on partait tout de suite ? lança-t-il, hilare, en se tapant sur la cuisse.

VII

Le 25 novembre, la neige était tombée drue à Ottendorf. Le même jour, après la capitulation de Benfeld et la prise de Sélestat, les Suédois s'étaient jetés sur Wittenheim et avaient incendié et pillé le village avec une cruauté terrifiante dont le récit courait de ''Stube'' en ''Stube''.

A Ottendorf, les illusions s'étaient envolées. Il ne faisait plus de doute pour personne que les Suédois envahiraient la région de Colmar et déferleraient inéluctablement sur le Sundgau peuplé de bons catholiques.

La mort du roi des Neiges n'avait rien changé à cette conjoncture tragique. Le conseil royal avait désigné le chancelier Oxenstierna pour continuer l'oeuvre entreprise par Gustave-Adolphe. Et il remplissait sa mission à la perfection : l'Alsace catholique était malmenée avec la même persévérance et la même intolérance.

D'ailleurs, à la fin de cette année 1632, plus personne ne croyait en la victoire des Impériaux et encore moins aux intiatives désordonnées prises par la Maison d'Autriche. L'impôt par tête, levé pour aider les assiégés de Benfeld, n'avait servi à rien.

Revenant de Vienne où il s'était entretenu avec Claudia, Isaac von Volmar, chancelier de la Régence d'Ensisheim trouva une situation inquiétante. La plupart de ses collaborateurs avaient fui à Thann, le feu qui avait détruit Wittenheim aux fesses. Le Sundgau n'était plus gouverné. Il reprit tant bien que mal les rênes mais ne réussit pas à collecter plus de mille florins pour faire face aux besoins voraces de la guerre et consolider la position des troupes autrichiennes à Brisach.

Dans les chaumières, plus personne ne croyait au miracle, même à l'approche de Noël. D'autant qu'Ensisheim se rendait aux Suédois le 15 décembre.

Pour faire dormir les enfants, leurs mamans apeurées récitaient cette comptine :

Prie mon enfant, prie.
Demain le Suédois viendra
Demain viendra Oxenstierna
L'enfant doit apprendre à prier.

On priait en effet beaucoup dans les chambres chauffées, sous les crucifix des lits, devant les statuettes de la Vierge, l'image de Saint-Benoît et de Saint-Morand, dans les églises. Les pères jésuites qui sillonnaient la région pour exhorter les croyants à demeurer fidèles et à se préparer à rencontrer Dieu, son Fils, la mère de son Fils et le Saint-Esprit étaient hébergés avec empressement et déférence.

Oui, on priait beaucoup en vain.

L'espace de quelques jours, pourtant, ceux d'Ottendorf, de Luffendorf et d'Oberlarg avaient cru à ce miracle tant attendu. Heiliger Geist[1], à force de réciter des Pater Noster et des Ave, à force de confesser et s'astreindre à se conduire en chrétien, quelque chose devait forcément arriver.

Ainsi, début décembre, le bruit avait couru que Montecuculi, à la tête d'une puissante armada, tentait de revenir et de rendre l'Autriche antérieure aux Habsbourg. Mais le généralissime ne sut affronter la neige et le froid et, une fois de plus, il préféra se retirer.

En revanche, trois semaines plus tard, le rhingrave Wilhelm, ardent défenseur de la Réformation, prince des hérétiques et sans doute suppôt du diable, prit Thann sans rencontrer de résistance

1 Saint-Esprit.

et ordonna au colonel Jacques Dubon de marcher sur Altkirch, située à cinq lieues seulement d'Ottendorf.

A l'orée de la nouvelle année, l'étau se resserrait. La prédiction de Marguerite Hold se transformait en affolante réalité. Si bien que toutes les femmes en couche étaient écoutées avec attention dès qu'elles ouvraient la bouche : une prédiction plus optimiste aurait été la bienvenue...

Le 1er janvier 1633, le colonel Jacques Dubon s'empara d'Altkirch. Magnanime, soucieux de ne pas faire mentir son nom et de saluer le jour de l'An, il n'incendia pas la petite ville mais se fit payer une rançon de deux mille cinq cents florins, le prix de sa grandeur d'âme. Des sauvegardes furent placées dans tous les villages de la Seigneurie et les paysans furent priés, manu militari, de livrer dans les délais les plus brefs, foin, blé, paille, poules, oies, canards et cochons aux occupants.

Au Peccal, la famille Hold avait cependant pris ses quartiers d'hiver. La neige l'isolait davantage et l'éloignait d'Ottendorf dont les habitants s'efforçaient pourtant de se rapprocher d'elle. ''Rien de tel qu'une guerre, disait Ludan, pour se faire de nouveaux amis''.

Mathias travaillait comme un forcené. Il pressentait un hiver long et dur et se mettait en devoir de produire encore plus de charbon de bois, comme si rien ne s'était passé, comme si l'invasion suédoise ne le concernait pas. En réalité, il se fatiguait à la tâche pour ne pas penser à l'impensable, afin de conjurer la peur qui l'étreignait. Elle était en lui comme une maladie, lui procurant des sueurs froides et des tremblements.

Clara aussi mourait de peur. Elle ne le disait pas mais cela se voyait dans son regard absent et dans la manière de scruter Ludan, comme si elle le rendait responsable de ce qui arrivait et surtout de ce qui allait arriver.

Ludan savait qu'elle n'avait pas abandonné l'idée de se réfugier à Mülhausen. Une idée absurde, pour le moment, parce qu'il se révélait suicidaire d'entreprendre le voyage dans une contrée infestée de Suédois. Ludan comprenait aussi que Clara se détachait de lui, s'éloignait de tout ce qu'il aimait et que leur couple se lézardait au fur et à mesure que fusaient les mauvaises nouvelles.

Seuls la petite Marie et le lynx appréciaient l'hiver et s'en amusaient. Marie avait construit un bonhomme de neige devant la maison et faisait rouler des boules de neige que Léo attrapait. Le loup-cervier avait grandi et ses muscles s'affermissaient. Mais il demeurait obstinément à proximité de la chaumière, comprenant instinctivement que c'était là qu'il avait le plus de chance de trouver de la nourriture sans peine.

Cette année commençait donc sous des températures glaciales. La bise balayait le Peccal et, dans la forêt creuse, ses gémissements se mêlaient aux hurlements des loups. Ludan n'ignorait pas que poussée par la faim la meute risquait de s'approcher dangereusement de la maison. Mais cette menace somme toute naturelle ne l'inquiétait guère : il savait comment y faire face et comment l'éloigner.

Les vociférations des Suédois et les cris de douleur et de chagrin de leurs victimes lui procuraient bien plus de soucis. Cette situation d'attente et l'imminence d'une explosion lui pesaient. Pénible de ne pas savoir quand la bête immonde de la violence et de l'intolérance finirait par vous sauter dessus.

Un constat le mettait particulièrement hors de lui. A chaque fois c'était plus fort que lui, il ne pouvait pas s'empêcher de se mettre dans une colère noire : il ne se passait pas un jour depuis la capitulation de Benfeld, sans que des fuyards ne quittent le pays par la route de Porrentruy ou de Délémont.

Ludan admettait qu'un paysan ou un artisan, complètement démuni et réduit à la mendicité, allât chercher fortune ailleurs. Mais il ne pouvait comprendre que prévôts, sous-prévôts, échevins, baillis, sous-baillis, greffiers et sous-greffiers, si fiers et si arrongants en d'autres temps, prennent la poudre d'escampette, quittent le pays la queue entre les jambes et la trouille au ventre.

Les maîtres de la Haute-Alsace organisaient la résistance à Innsbrück ou à Vienne et leurs valets détalaient comme des lapins. La Régence d'Ensisheim s'était tour à tour réfugiée à Zillisheim, Thann, Délémont et Porrentruy. Et ils passaient leurs temps, ces impudents, à envoyer des messages pour donner des ordres et réclamer des impôts ! Au nom de la foi !

Le jeune homme était brûlé par l'envie de s'en mêler, de mettre un peu d'ordre dans toute cette pagaille. Comment était-il possible que la petite ville fortifiée d'Altkirch se fût rendue à un "Welche"[1], venu là sur les ordres d'un Allemand au service d'un Suédois ?

---

[1] Français

- Nous ne sommes que des marionnettes, disait-il le soir à la veillée quand les volets étaient fermés que toute la famille s'asseyait autour du poêle en faïence. Des poupées de son qui servent de jouet à des hommes fous qui ne savent ce qu'il veulent.

- Ils veulent notre terre, observait Mathias, tout simplement notre terre, le Nordgau et le Sudgau. Quand la guerre sera finie nous aurons d'autres seigneurs et rien ne sera changé.

- Je veux aller à Milhüsà, répétait Clara obstinément, semblable à une malade mentale qui chante sans cesse le même refrain.

- Tais-toi, rétorquait Ludan sèchement. Le salut ne se trouvera pas dans la fuite. Ceux qui partent ne reviendrons sans doute pas. Ici, nous sommes chez nous et c'est chez nous que nous sauverons notre vie. Tous ces étrangers ne pourrons pas nous atteindre car ils ne connaissent pas le Schwitzerwald, ni le Glaserberg, ni la Roche aux Corbeaux. Ils s'y perdront et nous serons les plus forts.

Clara haussait les épaules. Ludan rêvait. Elle ne voulait pas le croire. Il avait pourtant aménagé d'autres caches pas trop loin de la chaumière afin de ne pas être obligé de parcourir une demi-lieue pour atteindre le souterrain du château. Il avait ainsi transformé un terrier de renard en garde-manger et y avait également enfoui une poignée de thalers. Dans la tête de Ludan la situation était claire : en attendant que la tempête s'apaise, il suffisait d'hiberner comme un ours.

Les habitants d'Ottendorf étaient de plus en plus aimables avec les Hold. Ils avaient pris conscience que les connaissances de Ludan en sciences naturelles pourraient éventuellement se révéler utiles. Leur instinct de conservation leur avait appris que le fils de la sorcière avait plus de chances de s'en sortir qu'eux.

- C'est drôle, raconta Ludan à son père, le jour de la Noël mes mains noires de charbonnier ne les écoeuraient plus. Ils viennent me demander conseil maintenant. Ils me le demandent à moi, pas à toi.

Mathias songeait que les gens d'Ottendorf se rendaient enfin compte que Marguerite avait été inspirée par Dieu le père qui est aux cieux. Mais il se contentait de bougonner :

- C'est la guerre, c'est la guerre. Maintenant ils ont besoin de tout le monde.

- Ils m'ont même demandé de leur apprendre à caresser Léo.

Ils ont plus peur des Suédois que du lynx. Cette guerre aura au moins servi à cela : apprendre que les hommes sont bien plus dangereux pour les hommes que les animaux.

- Ce loup-cervier n'est pas comme les autres.

- Tôt ou tard il redeviendra sauvage.

La neige continuait de tomber drue à Ottendorf en cette deuxième journée de la nouvelle année. Ludan et Mathias attelèrent leur traîneau : il fallait bien livrer le charbon de bois.

A Ottendorf, comme du reste à Luffendorf, il était question çi et là d'organiser la résistance et que dès lors on verrait ce que l'on verrait.

- Sacrédjé, les Ajoulots ne sont pas des poltrons, disait Sarazin, le plus combatif d'entre eux. Aux armes et défendons-nous !

Mais les paysans n'étaient pas prompts à faire ce qu'ils disaient et se contentaient, pour le moment, de raconter comment à Altkirch avait succombé sans coup férir et comment son bailli, Hans Beat de Reinach venait de traverser le village pour se rendre à Porrentruy.

- Laissez-le partir, disait Ludan, cela ne fait qu'un trouillard en moins.

- Et que ferons-nous quand ils viendront ?

- Nous les tuerons à coups de fourche, déclara Ludan en se rendant compte qu'il avait parlé sans réfléchir.

VIII

Le vieil homme courait d'une ruine fumante à une autre. Ça et là, il remuait les cendres avec le bout d'un bâton ferré.

Il ne semblait pas vouloir attiser les braises et encore moins les éteindre. Tous se passait, au contraire, comme s'il croyait pouvoir faire renaître les maisons et ses habitants, en marmonnant une sorte de litanie incompréhensible.

Combien avaient réussi à fuire et combien avaient péri dans les flammes ? Il n'aurait pas pu le dire et cette question qu'il se posait à lui-même le faisait souffrir.

Soudain, dans les ruines de ce qui avait été la ''Stube'' d'une grande et belle maison couverte de tuiles, son bâton mit à jour un crâne à la peau calcinée surmontée d'une touffe de cheveux blonds coiffés en natte. Un ruban vert avait étrangement échappé à l'incendie. Il reconnut le ruban et fut prit d'une forte envie de vomir : il appartenait à la petite Marthe qui n'avait que dix ans.

Alors Hugelin Diebold jura et, libérant ses poumons et son immense chagrin, il cria :

- Sauï Schwede ! Sauï Schwede ![1]

---

[1] Cochons de Suédois ! Cochons de Suédois !

Le ciel était gris et si bas qu'il aurait pu toucher le clocher avant que celui-ci ne s'écroulât dans les flammes. Des flocons de neige tombaient lentement. Sur les fumiers, les potagers et les vergers situés à proximité des habitations, la chaleur dégagée par le sinistre avait fait fondre la neige. On aurait ainsi pu penser à l'avènement d'un printemps précoce et le paysage apparaissait si irréel qu'il ressemblait aux hallucinations d'un ivrogne invétéré.

Hugelin regardait cette fonte des neiges extraordinaire, la bouche béante, complètement ahuri. Un cochon éventré agonisait en cuinant et ses plaintes s'apparentaient à des lamentations humaines.

Comment était-ce arrivé, Heiliger Morand[1], comment était-ce arrivé ?

Le cerveau du vieillard dont huit décennies de souci et de labeur champêtre ravinaient le visage, ne mémorisait plus le début des événements. Il n'entendait que des bruits. Des sabots de cheval frappant le sol et se rapprochant de plus en plus, comme le tonnerre. Des vociférations vulgaires et ricanantes. Des coups d'arquebuse assourdissant.

Au moment où survenait l'agression, Hugelin se trouvait dans l'étable où il donnait du fourrage aux deux seules vaches qu'il possédait encore. Il avait dû vendre les autres pour payer son impôt de guerre.

Au grondement des sabots s'étaient mêlés les cris de frayeur et de douleur des femmes et des hommes qui n'avaient pas eu le temps de fuir dans la forêt proche avec leurs ballots.

Hugelin s'était posté à la porte entrouverte. Il avait vu Kaspar, son voisin, transpercé par une épée, déambuler dans la rue principale puis s'écrouler de tout son long, la main appuyée sur son ventre afin d'endiguer un flot de sang. Il avait vu une femme soulevée par un cavalier, balancée au travers de sa celle comme un vulgaire sac de froment. Et le Suédois lui avait soulevé la jupe et avait cravaché ses fesses blanches en riant à tue-tête.

Le vieux Diebold n'était pas sorti de l'étable. Tandis que les toits de chaume s'enflammaient un à un et que les cavaliers dévastaient les chambres chauffées, les caves et les greniers, il s'était réfugié dans son trou. Il avait en effet pris la précaution de le creuser quinze jours auparavant, quand un colporteur était venu lui raconter les malheurs des habitants de Wittenheim.

---

[1] Saint-Morand

C'était une sorte de caveau à deux places, recouvert d'un couvercle en bois lui-même camouflé par deux ou trois fagots. Il avait d'abord essayé d'en ressortir pour y faire également entrer Christiane son épouse, mais ses petites forces d'octagénaire l'avaient abandonné. Puis il avait attendu un jour entier avant de tenter une nouvelle sortie, incommodé part une insuportable odeur de brûlé.

Sa demeure avait en partie échappé à la tourmente incendiaire. Elle avait été léchée par les flammes qui avaient ravagé la grange voisine. Mais, Dieu sait pourquoi, les cavaliers n'avaient pas envoyé de torche sur son toit de chaume. Au lieu de crier au miracle, Hugelin avait pensé qu'il aurait préféré partager le sort de ses concitoyens et de sa Christiane.

D'un pas tremblant, ne pouvant plus retenir ses larmes, il était retourné lentement à sa chaumière, sise au bout du village qui s'étirait de part et d'autre d'une rue principale légèrement en pente.

Walbertsweiler se trouvait niché au creux d'un vallon de l'Altenberg, l'un des derniers contreforts du Jura, à deux lieues de Mülhausen et assez éloigné de l'Ill pour échapper à ses inondations catastrophiques. C'était une localité d'une cinquantaine de foyers où ses habitants avaient coulé une vie paisible. Jadis.

C'était maintenant un village qui n'existait plus.

Parce que Hugelin Diebold devait se rendre à l'évidence : Personne ! il n'y avait plus personne de vivant. Exception faite du cochon qui gueulait encore. Il se demanda s'il aurait la force de marcher jusqu'à Mülhausen. C'était pourtant sa seule planche de salut. A moins qu'il ne trouvât refuge dans le village voisin où le bailli de Ferrette avait établi sa résidence d'été.

Ainsi absorbé par ses réflexions, il n'entendit pas que, derrière lui, quelqu'un le hèlait.

- Hep, vieil homme. Holà, mon frère !

Puis l'appel étant répété plus fort, il se retourna d'un bloc et crut d'abord qu'il était le jouet d'une vision. Mais il ne se trompait pas. Vêtu d'une robe de bure marron, la taille ceint d'une cordelette de chanvre, c'était bien un moine qui venait à lui.

Sa capuche lui cachait le haut du visage mais Hugelin n'avait d'yeux que pour cette bouche qui souriait aux anges. Le moine avançait, légèrement courbé, comme si un très lourd fardeau l'obligeait à plier le dos.

- Heiliger Morand, murmura Hugelin comme si le Saint en personne lui était apparu. D'où venez-vous ? Où étiez-vous ?

Tel l'apôtre Pierre des images saintes, le moine leva la main et dit d'une voix douce :

- Je viens de mon couvent mon frère, je viens réconforter, au nom de notre Seigneur Jésus Christ, tous ceux que la cruauté des hérétiques a éprouvés. Je viens à la rencontre de ceux qui ont échappé aux flammes de l'enfer.

- Je suis seul. Tout seul ! Le village n'existe plus, le village est mort et je ne lui survivrai pas longtemps.

Le moine fronça les sourcils et prononça avec une pointe de reproche dans la voix :

- Dieu seul sait quand il te demandera de le rejoindre. D'ailleurs étais-tu prêt, mon frère, es-tu prêt à rencontrer Dieu ?

Hugelin demeura silencieux. La question lui parut soudain franchement ridicule. Sa vie lui semblait sans valeur, son âme inexistante, un flocon de neige parmi une myriade d'autres. Alors que lui importait de rejoindre Dieu ou le diable ?

Encore qu'avec ce qu'il venait de subir, il n'était pas loin de penser qu'il avait gagné le paradis.

Le prêtre ne lui laissa pas le temps d'approfondir la question et répondit à sa place :

- Personne n'est jamais prêt. Allons dans ta maison, mon frère. Il fera plus chaud. Comment t'appelles-tu ?

- Hugelin, Hugelin Diebold. Et toi ?

- Blaise, je suis le père Blaise du couvent de l'Oelenberg. Je vais entendre ta confession. Le moment est venu de demander et d'obtenir le pardon de tes péchés. Dieu n'a pas voulu sauver ce village. Il avait peut-être ses raisons.

Le moine, péremptoirement, se dirigea vers la chaumière de Hugelin. Marchant d'un pas pressé, il y pénétra sans se retourner. Le vieillard, docile, le suivit.

En franchissant le seuil, l'immonde odeur de brûlé l'assailli une fois de plus. A l'évidence pas incommodé du tout, le moine était entré dans la chambre principale et avait pris place sur le rebord du poêle en faïence. Il essayait vainement de se chauffer le dos. Mais comme l'âtre n'avait plus été alimenté, il s'appuya contre une céramique glacée. Il se leva et alla s'asseoir sur une chaise.

Hugelin l'imita, prenant place non loin du moine. Celui-ci dit avec gravité, en faisant le signe de croix :

- Je t'écoute mon fils.

Malgré son immense désarroi, Hugelin Diebold eut l'impression d'être l'acteur d'une scène grotesque. Non seulement parce que le prêtre lui demandait brusquement de se confesser alors qu'il y avait d'autres urgences mais aussi parce que le comportement de l'ecclésiastique ne lui semblait pas très catholique ! Il n'avait même pas effectué le signe de croix comme l'effectuaient les hommes d'église : en touchant les épaules.

Le moine ne lui laissa cependant pas le temps d'approfondir ces réflexions qui fulguraient dans son cerveau malmené. Il insista ne joignant les mains :

- J'écoute ta confession.

- Oh, vous savez, mes péchés sont pécadilles à côté des atrocités que viennent de commettre ces soldats.

- Ce sont des hérétiques.

- On dit qu'il y a aussi des catholiques parmi eux.

- Des brebis égarées. Elle sont damnées et expieront leurs fautes dans les flammes de l'enfer. Je suis ici pour ton salut. Tu as failli mourrir sans confession. As-tu commis le péché de la luxure ?

- A mon âge, mon père, il n'y a plus de luxure, il n'y a plus que des luxations.

- Du mensonge...

- Mon père, j'ai perdu la mémoire depuis que les miens ont été brûlés vifs.

- Le péché de l'avarice...

- Un misérable ne peut pas être avare. J'ai caché quelques thalers mais pas assez pour reconstruire une maison.

- Où sont-ils ?

- Dans l'étable, au fond d'un trou à homme dissimulé par un tas de fagots, il y a une cavité et un petit coffre. Toutes mes économies. C'est n'est quand même pas pécher que de...

- Il n'y a que ces quelques thalers ?

- J'y ai également placé quelques coupes en argent que m'a laissées ma mère et le rubis de ma regrettée femme. Mais...

Le moine se leva brusquement et sortit avec vélocité de la chambre. Il s'était redressé et avait une allure à la fois fébrile et déterminée. Il courut dans l'étable, trouva la cache d'un coup d'oeil, souleva la trappe et se jeta sur le petit trésor de Hugelin Diebold.

Le vieil homme le rejoignit, complètement hébété, au bord de la folie. Le moine remontait de la cache au même instant et, en sortant, bouscula Hugelin, le coffret et les coupes dans la main. Il le laissa planté là, gémissant :

- Mon père ! Mon père ! Que Dieu me pardonne !

Dehors, le moine mit deux doigts dans la bouche et siffla. Peu de temps après, une demi-douzaine de cavaliers le rejoignirent, l'un d'eux tenant un cheval sellé par la bride.

Le prêtre fit tomber son capuchon. Il se débarrassa aussi de sa robe de bure découvrant l'uniforme quelque peu défraîchie du capitaine Laplante.

L'officier déserteur riait à gorge déployée tout en montrant le vieux Hugelin du doigt :

- Il a succombé le rustre ! Il a succombé à la tentation. Le coup du moine a une fois de plus été fructueux. Cet habit dérobé à ce trappiste de l'Oelenberg est décidément une mine d'or. Compagnons, voyez comment le capitaine Laplante s'enrichit sans faire de mal à une mouche. Fouillez toutes ces étables et cherchez un trou où ils ont caché leur trésor. Les autres ont dû faire comme lui.

Le visage rouge de plaisir, le capitaine Laplante monta ensuite à cheval. Le vieillard se jeta sur lui, l'attrapa par les bottes et tenta en vain de lui faire perdre l'équilibre.

- Schnapphahn ! Schnapphahn ! criait-il.

Sur le point d'être désarçonné par la vigueur surprenante du vieil homme, l'officier saisit un pistolet dont le fourreau était suspendu à la selle. Il le pointa sur Hugelin et lui envoya une décharge en pleine figure.

- Je t'absous ! dit-il en remettant le pistolet à sa place.

Hugelin s'écroula, le visage éclaboussé de sang. Arraché par l'explosion, son oeil droit était sorti de l'orbite et pendait sur sa joue.

- En voilà un qui ne risque plus de loucher, décréta le capitaine Laplante en s'éloignant au pas, satisfait de son bon mot et en se tenant majestueusement sur son cheval, tel un général vainqueur qui entre dans la place qu'il vient de conquérir.

Eriksen le suivit le regard sombre, contrarié. Laplante ne remarqua cependant pas la mauvaise humeur de son lieutenant. Con-

tent de lui, il tapa amicalement sur l'épaule d'Eriksen et déclara :
- Décidément, ce village me plaît. J'ai envie de m'y établir jusqu'à ce que nous soyons aussi riches que l'archiduchesse d'Autriche.

IX

Le traîneau glissait sur la neige recouverte par endroit d'une légère couche de glace.

Mathias fit claquer son fouet. Le hongre gris patinait pour gravir la rampe conduisant à la première porte du château de Ferrette. Mathias livrait du charbon de bois.

En ce début d'après-midi du 10 janvier 1633, un froid intense mordait les visages et les mains non gantées mais le soleil brillait. Un jet de buée sortit des naseaux du cheval. Mathias l'encourageait en disant : allez hop, allez hop, d'abord d'une voix forte puis de plus en plus bas.

Le mauvais pressentiment qui l'habitait en effet depuis un quart d'heure se précisait et se transformait en inquiétude. Cela avait commencé à l'entrée de Ferrette, au détour de la route de Sondersdorf. Il avait dû se ranger afin de laisser passer un attelage de quatre chevaux qui étaient fouettés à tour de bras par le cocher.

Dans le coche, Mathias avait reconnu Hans Adam, le grand prévôt de Ferrette. Dans la voiture suivante, également chargée de bagages, se trouvait le greffier Morand Betz. A l'arrière du véhicule, était fixé le coffre collecteur d'impôts en bois de chêne bardé de fer. C'est pourquoi Mathias n'avait d'abord pas été surpris : ces messieurs entreprenaient sans doute une nouvelle collecte.

Mais, apercevant maintenant des hommes armés aux remparts et des vigiles braquant une longue vue sur les quatre points cardinaux, Mathias comprit que le grand prévôt de Ferrette se hâtait de mettre le plus de lieues possibles entre lui et une horde de Suédois.

- Dépêche-toi, lui enjoignit un garde au portail d'entrée du château d'en bas. Ce n'est pas un bon jour pour toi, Mathias.

Le charbonnier fit ''hop là'' un peu plus fort et pressa son cheval dont la progression était freinée par la neige. Le pont-levis enjambant la douve sèche sitôt franchi, la herse glissa dans sa rainure et interdit le passage.

Les gens de la forteresse, sous les ordres de l'intendant Hans Jakob Freiertich, prenaient visiblement leurs dispositions pour soutenir un long siège. Ils s'affairaient sur les courtines, le visage sombre et préoccupé tandis que, dans la cour, une servante chantonnait ce refrain devenu sinistre :

Prie mon enfant prie.
Demain le Suédois viendra
Demain viendra Oxenstierna
L'enfant doit apprendre à prier.

La livraison du charbon bien que parvenue à un mauvais moment, apparut néanmoins de bon aloi : la provision serait suffisante pour plusieurs jours. Mais quand il voulut descendre de son traîneau, un gros gaillard joufflu autant qu'essoufflé, armé d'un pique, informa Mathias :

- Se kumme ! Se kumme ![1]

Mathias fit alors glisser son traîneau jusqu'au pied du donjon. Dans cette enceinte polygonale, flanquée de quatre tourelles où auraient déjà dû être postés des artilleurs, quelques valets s'agitaient ne sachant pas quelle initiative il convenait de prendre. L'intendant leur avait donné l'ordre de faire chauffer de l'huile, de monter des grosses pierres aux créneaux et de dissimuler quelques biens comestibles ou non dans une pièce secrète qui aurait été aménagée dans le mur. Mais comme ils ne parvenaient pas à en trouver l'entrée, ils se faisaient copieusement injurier par un sous-officier vert de peur.

---

[1] Ils arrivent ! Ils arrivent !

Dans les habitations et les dépendances qui prenaient appui sur les courtines, deux ou trois jeunes femmes, employées aux cuisines, se démenaient échevelées et larmoyantes comme si elles étaient terrassées par une crise d'hystérie.

Elles se racontaient des viols dantesques répétés et meurtriers. Narraient des sodomisations ineffables et des dépucelages sataniques attribués à des monstres qui, hormis leurs attributs virils hors du commun, n'avaient plus rien d'humain et se jetaient comme des taureaux en rut sur des préadolescentes non encore règlées.

Elles criaient qu'elles préféraient la mort à de tels sévices d'autant que leurs auteurs n'étaient pas catholiques. Elles clamaient aussi qu'il serait urgent de prendre les initiatives qui s'imposaient : charger les arquebuses et les couleuvrines, appeler tous les bourgeois à prendre les armes, réagir dans le bon sens, Jeses-Marià !

Mathias pensa qu'elles avaient bougrement raison mais qu'il n'y avait pas grand monde, hélàs, pour les écouter. Hans Jakob Freiertich était surtout préoccupé par la protection des biens meubles qui garnissaient le château fort. Le père de Ludan décida donc de décharger dans les meilleurs délais et de décamper. Il passa devant la tour carrée et s'immobilisa non loin de la chapelle dédiée à Sainte-Catherine.

Il lança les sacs à terre et fit faire à son cheval les manoeuvres nécessaires pour rebroussser chemin. Mais il se fit simultanément la réflexion que personne n'accepterait de lever la herse et d'abaisser le pont levis pour lui.

Tandis que se développait un bruit de cliquetis d'armes et de sabots martelant les pavés enneigés, Mathias abandonna son attelage et rejoignit deux palefreniers qui se dissimulèrent auprès des remparts reliant le château d'en bas au château d'en haut..

Pendant ce temps, dans le village, se fut la débandade générale. Les habitants de Ferrette n'avaient guère eu le temps ni sans doute, la volonté de s'armer. Les deux compagnies de cavaliers qui déboulaient se révèlèrent bien trop puissantes pour inspirer à quiconque un mouvement de résistance. L'instinct de conservation fut le meilleur remède contre la témérité.

Le lieutenant-colonel Hartmann von Erlach, un homme de trente-six ans aux traits fins, à la moustache pointue et au regard clair, battant pavillon suédois, s'empara de la petite ville sans coup férir ou presque. Pour la bonne forme, juste pour montrer qu'il était le plus fort, il fit couper la tête à un tisserand trop hardi qui avait osé crier : "A bas les hérétiques !" Les autres habitants s'enfermèrent aussitôt dans leurs caves en récitant des chapelets de Pater Noster.

Originaire de Berne, Von Erlach, droit comme une hallebarde, les reins légèrement cambrés, se tenait à la tête de ses troupes. Des cavaliers aux harnachements luxueux, portant des capes bleues brodées d'or, la taille entourée d'une ceinture en soie retenant, à chaque flanc, un pistolet chargé.

La compagnie avança ainsi au trot jusqu'au premier portail du château. Un boulet de couleuvrine siffla au-dessus des têtes suédoises. Mais l'officier ne bougea pas et ne baissa même pas la tête. Parfaitement calme, il forma un porte-voix avec ses deux mains et proclama :

- Rendez-vous et vous serez épargnés. Vos forces ne sont pas suffisantes pour nous faire reculer. Votre résistance ne peut conduire qu'à un bain de sang. J'ai deux cents cavaliers et autant de gens de pied qui me suivent. Il ne vous sera pas possible de soutenir le siège.

Pour bien démontrer qu'il ne bluffait pas, il fit un geste de la main ordonnant ainsi à ses cavaliers de s'écarter. Avancèrent alors deux chevaux tirant un de ces canons en cuir très mobiles, mis au point par le roi Gustave-Adolphe.

Les serveurs pointèrent la pièce sur le portail. Depuis les remparts, les défenseurs ne furent pas longs à comprendre que leur intérêt ne résidait pas dans une résistance inutilement héroïque. Certains, précédant l'ordre de capitulation, sautèrent par-dessus le mur, se reçurent tant bien que mal dans la neige et détalèrent.

L'ordre donné par Von Erlach avaient d'ailleurs pris les Sundgauviens au dépourvu. A force d'entendre parler de Suédois, ils s'étaient attendus à une langue incompréhensible. Mais ce Suédois-là s'exprimait en bon dialecte bernois et se faisait par conséquent parfaitement comprendre. Le pont-levis fut donc baissé et le cessez-le-feu prononcé.

Un grand sourire illumina le visage du lieutenant-colonel Hartmann von Erlach. Les batailles ne lui faisaient pas peur mais il aimait aussi les gagner sans livrer combat. Il réalisait ainsi de substantielles économies.

Il pénétra dès lors dans la forteresse en nourrissant le sentiment grisant d'entrer chez lui.

Il ne s'attarda pas au château d'en bas, reconnaissant d'un coup d'oeil qu'il était plus particulièrement réservé à la domesticité et à la famille du bailli. Il prit aussitôt le chemin d'accès escarpé du château d'en haut, sorte de nid d'aigle construit sur un éperon rocheux où séjournaient les maîtres de céans.

Il jubilait visiblement. Dissimulé derrière un rocher, Mathias Hold ne put s'empêcher de céder à la curiosité et de risquer un oeil pour voir passer l'envahisseur.

Son attention fut retenue par les mains gantées du Bernois. Il portait des gants de taffetas noir ainsi qu'une grosse bague en or passée au médium de la main gauche, par-dessus le gant. La bague était si grosse et si brillante que d'Erlach semblait l'utiliser comme un miroir car il l'examinait souvent en la tournant légèrement. L'officier suédois n'eut ainsi pas la moindre considération pour l'oratoire de Sainte-Catherine qu'il regarda furtivement comme si c'était un vulgaire tas de pierre.

Il monta jusqu'au château, témoin depuis près d'un demi-millénaire de la puissance séculaire des comtes de Ferrette et dominant une ancienne voie romaine.

Hartmann von Erlach descendit de cheval et, d'un geste hautain, se fit ouvrir toutes les portes. Il pénétra dans l'habitation de ces seigneurs prestigieux dont l'histoire était encore gravée dans les murs. Ulric et Louis les parricides, Frédéric qui règna comme un roi sur le comté, Jeanne qui apporta le comté à la Maison d'Autriche en épousant un Habsbourg, Fugger dont les armoiries étaient encore accrochées dans l'une des grandes pièces mais qui avaient confié la gestion de Ferrette à un bailli.

D'Erlach se débarrassa de la cuirasse qui lui protégeait les épaules et le thorax. Il passa lentement la main sur le col blanc brodé ainsi découvert, afin de l'aplatir. Il ôta son chapeau ombragé de plumes de coq et alla s'asseoir sur le grand siège au dossier en cuir qui, placé sur une petite estrade en pierre, ressemblait à s'y méprendre à un trône.

- Et maintenant, dit-il avec emphase sans pouvoir réprimer une incoercible envie de rire, qu'on m'envoie le maire de cette sympathique commune afin que je lui dicte mes conditions.

X

- C'est arrivé !

Devant l'église d'Ottendorf, Catherine Kieffer s'entretenait avec Suzanne Eckenstein. Les cinq décennies qui séparaient les deux femmes s'inscrivaient sur leur visage. La figure de Catherine était ronde, avec des joues pleines, des lèvres épaisses et bien dessinées. Elles avait aussi des yeux verts dont certains reflets faisaient croire qu'ils étaient pailletés d'or. Ses longs cheveux noirs, attribués à un ancêtre hongrois qui avait sévi en terre alsacienne, étaient rassemblés sur son épaule droite.

Le visage pointu de la vieille Suzy était si ridé qu'il ressemblait à une reinette conservée depuis trois mois. Ses cheveux blancs étaient coupés courts et la myopie avait ôté tout éclat à ses yeux marron. Ses lèvres étaient si décharnées que la bouche faisait penser à un trait d'union tracé là parce qu'il fallait bien séparer un nez camus et un menton piqueté de petits poils blancs.

Catherine et Suzanne avaient cependant un point commun : elles étaient veuves toutes les deux. La dernière épidémie de peste avait emporté le mari de la plus âgée et la guerre celui de la plus jeune parce qu'il s'était engagé, le pauvre imbécile, pour voir du pays.

Catherine se protégeait du froid avec un bonnet de laine et une cape d'un brun foncé qu'elle serrait autour du cou. La vieille qui se couvrait avec un grand châle noir et qui s'appuyait sur un bâton noueux pour marcher, répèta en branlant du chef :

- C'est arrrivé, Jeses - Marià. Elle avait quand même raison. J'ai toujours dit qu'elle avait raison.

Le ciel était bas et gonflé de neige. Les deux femmes quittèrent le parvis pour marcher lentement vers le puits dont la longue perche ferrée servant à tirer l'eau et posée à balance sur un poteau d'une hauteur de six pieds, faisait penser à un échassier juché sur une patte.

Intriguée, Catherine interrogea :

- Qui avait raison ?

La vieille Suzy ne répondit pas. Un flaque d'eau glacée, près du puits, l'obligea en effet à redoubler d'attention et elle regardait fixement par terre.

Mais Catherine, la soupçonnant de saisir là l'occasion d'une diversion, insista et répèta la question.

Piquant, le froid avait rougi ses pommettes. Elle se forçait non sans mal, à marcher avec la même lenteur que l'aïeule. Ce n'était pas un exercice facile pour qui avait toujours tendance à forcer l'allure.

Elle avait succédé à son mari à la tête de l'exploitation agricole avec la détermination et l'énergie d'un homme. Depuis la mort de son époux qu'elle qualifiait volontiers de déserteur, elle avait pris les militaires en horreur et affirmait à qui voulait l'entendre qu'il était plus facile d'appuyer sur la détente d'un mousquet que de tracer un sillon.

La vieille Suzanne dont elle admirait l'intelligence et l'étonnante mémoire, en avait trop dit pour que Catherine laissât sa curiosité insatisfaite. Elle l'interrogea donc une troisième fois en posant son seau en cuir sur la margelle du puits que les deux femmes avaient fini par atteindre :

- Réponds-moi Suzy, qui avait raison ?

- Qu'importe, tu est trop jeune. Tu n'étais pas encore de ce monde. C'est une bien vieille et une bien triste histoire.

- Je veux savoir.

La vieille Suzy soupira et se montra, finalement, pas mécontente de raconter :

- Cette pauvre Gritle[1] qui a été brûlée comme une sorcière parce qu'elle avait prédi tous nos malheurs. Tout ce qu'elle a annoncé est effectivement arrivé. Et cela ne fait que commencer. Crois-moi, ce n'est pas fini. Les hommes de ce Suisse mal emmanché qui parle l'allemand comme nous on éternue, n'ont pas fini de nous faire du mal. Le nouveau maître de Ferrette exige, paraît-il, une rançon de mille cinq cents florins. Une délégation de bourgeois a tenté de négocier et de l'amadouer, mais il n'a rien voulu entendre. Il veut cet argent ou il met le feu aux maisons. Ce sont des malades du feu ces Suédois.

- Ici, nous ne somme pas à Ferrette, dit fièrement Catherine qui se sentait plus proche des habitants de l'Ajoie que de ceux du Sundgau. Marguerite était d'Offendorf ?

- Toi, quand tu as quelque chose dans la tête, tu ne la lâches pas même si on te bastonne le derrière ! Oui, c'était la femme de Mathias le charbonnier. Elle est morte brûlée vive quelques semaines après avoir mis Ludan au monde. Dépêche-toi de puiser ton eau, moins on traîne dehors moins on risque de trouver un de ces Suédois de malheur au travers de notre chemin. Heiliger Geist[2], ils seraient capables de nous trousser en plein milieu du village.

Catherine regarda la vieille avec surprise, se demandant si elle plaisantait. Le "nous", dans sa bouche, lui parut plutôt incongru. Mais la vieille Suzanne, aux doigts noueux comme un sarment de vigne, semblait tout à fait sérieuse. Elle n'excluait à l'évidence pas la possibilité d'exciter le désir de la soldatesque.

- Nous sommes loin de Ferrette, répèta Catherine qui n'était pourtant plus aussi sûre d'elle car les propos de la vieille commençaient à ébranler son espoir d'être épargnée.

- Ce Von Erlach va envoyer des sauvegardes dans tous les villages. Ils viendront aussi chez nous. Etonnant d'ailleurs qu'ils ne soient pas déjà là.

Catherine remonta son seau plein d'eau et le posa sur sa tête. Elle aimait ce mode de transport. Elle en retirait l'agréable impression d'être plus grande et faisait saillir sa poitrine. Et elle pensa soudain à Ludan, le fils du charbonnier. L'homme qu'elle aurait voulu avoir, l'homme qu'elle voulait avoir.

---

[1] Marguerite
[2] Saint Esprit

Ses yeux brillaient à chaque fois que quelqu'un lui parlait de ce garçon si différent des autres. En voilà un, se disait-elle, dont les genoux ne s'entrechoquaient sûrement pas lorsqu'il entendait parler des exactions commises par les pillards hérétiques du roi des Neiges.

- Il le sait ? questionna-t-elle à brûle-pourpoint, tout en s'éloignant du puits, aux côtés de la vieille Suzanne qui n'avait rempli son seau qu'à moitié afin de ne pas porter trop lourd.

L'aïeule au visage raviné par les rides, eut une moue dubitative. Catherine précisa aussitôt :

- Est-ce que Ludan sait que sa mère est morte sur le bûcher ?

Suzanne Eckenstein ricana :

- Pendant longtemps, tout le monde ici le savait, sauf lui. Mathias a fini par le lui raconter, peu après son dix-huitième anniversaire.

- Comment l'a-t-il pris ?

- Plutôt bien. Mais peu importe maintenant puisque tout le monde sait que cette pauvre Gritle n'était pas une sorcière.

- C'est affreux.

- C'est comme ça.

La porte de l'étable faisant face au puits s'ouvrit, poussée par Ulric Ramstein. Avant de jeter une brouettée de fumier, il regarda autour de lui pour s'assurer qu'il pouvait accomplir ce travail quotidien et banal sans danger. La vue des deux femmes conversant avec la même assiduité qu'en temps de paix le rassura. Il les salua d'un hochement de tête et leur dit avec indifférence :

- L'Ill coule où elle veut.

Les deux femmes lui répondirent à peine. Catherine continait de penser à Ludan courant dans les bois. Une fois de plus, elle envia et détesta cette mulhousienne qui lui avait mis le grappin dessus et qui ne comprenait rien à la vie de la campagne.

Car Ludan était avant tout un homme de la campagne. Pas des champs, des prés, de l'étable ou de la porcherie, mais de la sapinière pronfonde, des marais giboyeux, des repères à loups, des nids de hiboux géants, des crêtes du Glaserberg et du brâme du cerf.

Elle comprenait tout cela, Catherine et elle aurait voulu le dire à ce charbonnier mystérieux qui ne faisait rien comme tout le monde et le faisait si bien.

- Quand on parle du loup, dit la vieille Suzy en laissant apparaître un pâle sourire sur ses lèvres décharnées.

Catherine suivit son regard et aperçut à son tour Ludan qui marchait au milieu de la Grand'Rue, portant un sac de charbon de bois sur le dos.

Son apparition formait une image en noir et blanc. La poussière de charbon lui avait assombri le visage et les mains, son corbeau était perché sur le sac. Sur la neige, cette composition paraissait encore plus noire qu'en réalité.

- De loup-cervier, précisa Catherine en ralentissant le pas.

Ludan s'arrêta devant la jeune femme qui portait toujours son seau sur la tête. Ils se firent donc face, chacun occupé à maintenir sa charge en équilibre et prenant conscience qu'ils avaient ainsi un point commun.

Catherine dit qu'elle le saluait et qu'elle lui souhaitait une bonne journée. Satisfait de n'avoir pas eu à prendre la parole en premier, Ludan s'empressa de répondre qu'il allait livrer à la cure. Puis il raconta comment son père avait réussi à s'échapper de Ferrette envahi par les Suédois, comment il avait sauté finalement le mur en se foulant une cheville et comment il avait quand même réussi à rentrer au Peccal en boîtant. Il regrettait cependant que leur hongre fût resté là-bas, aux mains de l'envahisseur.

La vieille Suzanne continua lentement son chemin, estimant qu'elle était trop âgée pour participer à cet entretien d'où elle avait d'ailleurs été exclue, en quelque sorte, tout naturellement.

L'espace de quelques secondes, Catherine et Ludan avaient soudé leurs regards se disant chacun, dans son for intérieur, qu'ils se ressemblaient et qu'ils auraient pu s'assembler si...

Ainsi absorbé l'un par l'autre et quelque peu empêtrés dans leur confusion, ils ne virent pas approcher les trois cavaliers. Lorsqu'ils les remarquèrent enfin, ils étaient enfermés dans un cercle formé par les trois chevaux.

L'un des soldats, un homme pas très grand et maigre comme un clou, portant des bottes rouges fraîchement cirées et astiquées, avait épaulé son mousquet. Il visa d'abord Ludan puis, d'un mouvement rapide, déplaça le canon et tira sur le corbeau qui éclata littéralement et tomba sans vie dans la neige. Les trois mercenaires s'esclaffèrent.

- Faut pas effrayer les tourtereaux, dit en suisse-allemand le plus grand des trois qui semblait le plus haut gradé. Faut pas faire peur à ces crétins de papistes.

Ludan regretta d'être venu sans son arbalète et d'avoir empêché le lynx de le suivre. Son impuissance lui parut indécente. Il s'accroupit et saisit son corbeau décapité d'une main temblante. Cependant, en femme de tête et de décision, Catherine réagit aussitôt. Agressive, elle interrogea :

- Qui êtes-vous ? De quel droit tirez-vous sur les gens ?

- Nous sommes votre sauvegarde chère madame. Le lieutenant-colonel Hartmann von Erlach nous a donné mission de vous protéger. Nous allons nous installer dans ce beau village. Nous cherchons un gîte. Le vôtre pourrait peut-être nous convenir. Où habitez-vous ?

- J'ai sept enfants, mentit Catherine du tac au tac, et l'un d'eux est gravement malade. J'allais justement quérir le barbier qu'il a d'inquiétants boutons noirs sous les bras et une fièvre de cheval. L'un de vous s'y connaît-il en médecine ?

Ils eurent tous les trois un mouvement de recul. Catherine venait de leur décrire les symptômes de la peste noire. Ludan, au même instant, laissa tomber lourdement son sac qui dégagea un nuage de poussière. Si bien que le sous-officier qui semblait commander la sauvegarde se mit à éternuer.

La jeune femme ne put alors s'empêcher de rire. Courroucé, le mercenaire saisit son épée et appuya la pointe de la lame sur le cou de Ludan.

- Tu l'as fait exprès, aboya-t-il. Sale tête de Maure, sale tête de charbonnier. Je vais te couper les oreilles pour t'apprendre à m'injurier.

Jamais en reste d'inspiration, Catherine dit que couper une oreille d'un charbonnier portait malheur en se demandant d'où elle sortait cette idiotie.

Le plus petit des cavaliers se pencha vers son supérieur et lui murmura quelque chose à l'oreille. L'autre sourit. Puis avec l'épée, il trancha le lacet qui retenait le pantalon de Ludan. Celui-ci tomba jusqu'aux chevilles.

Les trois mercenaires saisirent leur pistolet et logeant chacun à son tour une balle à proximité des pieds de Ludan, ordonnèrent :

- Danse charbonnier, danse pour la dame.

Instinctivement, Ludan entreprit d'éviter les balles, sautant à

pieds joints, bien obligé de se livrer à une chorégraphie ridicule autant que grotesque. Comme on lui ordonnait de sauter de plus en plus haut, il finit par s'étaler de tout son long, face contre terre. Le sang qui coula de son nez rougit la neige.

Les soldats se tordaient de rire. Le sous-officier dessina un signe de croix de la pointe de son épée sur le derrière de Ludan.

- Tu as notre bénédiction charbonnier, claironna-t-il. Dis-moi papiste, si le Christ avait été empalé comment, diable, feriez-vous le signe de croix ?

Satisfaits d'avoir passé un moment si désopilant, les trois hommes s'en allèrent enfin à la recherche d'une maison digne d'accueillir leur cantonnement.

Catherine aida Ludan à se relever et l'emmena dans sa chaumière. Elle le fit asseoir contre le poêle en faïence et s'employa à lui laver doucement le vidage. Puis elle dit d'une voix sourde :

- On ne se laissera pas faire !

- Non on ne se laissera pas faire ! Je te jure qu'on ne se laissera pas faire ! lança Ludan en écho.

DEUXIEME PARTIE

REVOLUTION

XI

Devant l'église, le crieur annonça sa présence d'un roulement de tambour.

On était à la fin février. Le froid était devenu encore plus intense et plus mordant. Les chutes de neige avaient cessé. Dans la ruelle, deux cavaliers de Hartmann von Erlach, paradaient fièrement. Personne ne sortit de sa maison. Les Suédois firent signe au crieur public de Ferrette de donner un peu plus d'allant à ses roulements de tambour.

Agé d'une quarantaine d'années, l'homme n'aimait visiblement pas être commandé. Ses yeux bleus ne dissimulaient pas la haine qu'il éprouvait pour les étrangers. Il cracha devant lui et agita ses baguettes comme si ses bras étaient soudain paralysés par une crise de rhumatisme.

Un cavalier mit son épée au clair. Le crieur public consentit alors à ouvrir la bouche et à proclamer d'une voix haute et distincte :

- Le lieutenant-colonel Hartmann von Erlach, officier supérieur de la reine Christine de Suède, officier supérieur du chancelier Oxenstierna, gouverneur du château de Ferrette et de tous les villages de la seigneurie, ordonne : bourgeois, artisans, paysans devront verser une rançon supplémentaire de cinq cents florins et ce dans un délai de quarante-huit heures. Cette rançon sera réunie par le maire de Ferrette et portée par icelui au château. En outre : tous les paysans sont appelés au château pour autant de jours qu'il le faudra. Ils devront effectuer les corvées relatives à son entretien : débroussailler, déneiger et travailler à la restauration des remparts. Ils apporteront leurs vivres et prendront les dispositions pour passer la nuit à pied d'oeuvre. Cet ordre est a exécution immédiate. Qu'on se le dise !

Du château fort partirent douze cavaliers qui firent annoncer le même ordre dans les villages de la contrée. A Ottendorf, le garde-champêtre proclama l'ordre de service de Hartmann von Erlach devant la maison de Catherine Kieffer. Lorsqu'il eut fini, la jeune femme mit rageusement les mains sur les hanches et cria à son tour :

- Si vous étiez des hommes vous botteriez les fesses à ces Schwitzer[1] vendus aux hérétiques. Vous couperiez les choses à ces Welche[2] papistes qui renient leur religion pour quelques guldens. Les Suédois n'ont pas le courage de venir jusqu'ici, ils envoient les autres faire leur travail à leur place. Prenez vos fourches et vos fléaux, sacrédjé, et chassez-les de chez nous !

Ayant dit, elle disparut dans la maison en claquant la porte derrière elle. Sarazin qui l'avait non seulement entendue mais écoutée avec attention, déclara que cette bonne femme, par le sang du Christ, avait raison, mille fois raison.

Les trois soldats de la sauvegarde s'employèrent à faire exécuter l'ordre du lieutenant-colonel. Mais ils durent battre en retraite car les villageois, galvanisés par les propos incendiaires de Catherine, se rassemblèrent et s'opposèrent unis aux mercenaires qui, comprenant le danger, eurent tout juste le temps de prendre la fuite avant d'être submergés par le nombre.

Le soir de ce jour historique, à trois lieues de là, une douzaine de paysans farouches et déterminés de Wolschwiller, pénètrèrent incontinent dans la "Stube" de Hans Stehelin et tinrent ce discours à leur maire autrichien :

---

1 Suisses

2 Français

- Tu as refusé avec courage qu'une sauvegarde s'installe dans notre village. C'est bien. Tu as dit ton fait à ce Bernois qui pète plus haut que ses fesses et ose venir nous menacer. C'est bien. Et maintenant que comptes-tu faire ? Prendras-tu la direction de la corvée au château, Stehelin ? Nous passons notre vie sous les fourches caudines de seigneurs. Nous passons notre vie à payer la dîme, la dixième gerbe, le dixième ohm de vin et en retour ils ne sont pas capables de nous défendre. Nous avons trimé pour les Habsbourg et prié pour l'Archiduc et l'Archiduchesse. Mais personne ne vient nous aider. Les généraux de l'Empire livrent bataille ailleurs. Mais nous, nous ne cèderons pas à ces étrangers, nous ne laisserons pas ces Schowe[1], ces Loeli[2] et ces Welche nous chier sur les godasses.

Le maire Stehelin prit le temps de la réflexion, approuvant ces propos non dépouvus de bon sens d'un hochement de tête discret. Puis il dit que c'était entendu : personne de son village n'irait à la corvée, mais que par Saint-Blaise il ne fallait pas s'emballer.

Qui le premier cria : ''Ce soir, réunion dans l'auberge de Georges Bigenwald, tous chez Bigenwald et que crèvent les Suédois'' ?

Ceux qui tentèrent, par la suite, de reconstituer ces événements qui s'abattirent sur le Haut-Sundgau comme un maelström épouvantable, ne trouvèrent pas de réponse précise à cette question. Est-ce l'aubergiste, son frère ou le garde-champêtre qui transformèrent l'appel à la corvée en appel à la rebellion ? Personne ne fut capable de s'en souvenir. Mais tous les rescapés se remémorèrent sans peine l'ambiance surchauffée qui règnait dans la ''Winstube''.

Ah, Verdammi[3], quelle soirée !

Cela sentait le vin blanc et la sueur, le sang et la révolte. Cela sentait la libération. Ils étaient tous des héros prêts à se faire éventrer sur place plutôt que de baisser le pantalon. Ils étaient tous frères, tous cul et chemise, à la vie, à la mort.

Georges Bigenwald, l'aîné des frères Bigenwald, avait sorti tous les bancs, toutes les tables et toutes les chaises de la réserve. Mais les paysans en colère étaient si nombreux que beaucoup étaient restés debout ou avaient pris place sur les rebords des fenêtres.

---

1 Allemands
2 Suisses
3 Dieu me damne.

L'autre Bigenwald, prénommé Christian, monta sur un table. Il avait le col de sa chemise ouvert et les manches retroussées. Son front était haut, surmonté d'une épaisse chevelure châtain rousse, son nez large et ses joues mal rasées. Il s'essuyait souvent les lèvres avec le dos de la main mais laissait la sueur couler de ses tempes broussailleuses.

Sa voix était puissante. Il le fallait car il règnait dans la gargotte un charivari assourdissant, chacun voulait raconter à son voisin une croustillante et sanguinolente histoire de Suédois. Et les gobelets s'entrechoquaient sans cesse car ils ne finissaient pas de se souhaiter la bienvenue en vidant leur récipient d'un trait, la tête rejetée en arrière. On faisait claquer les langues et l'on s'encourageait à boire en s'octroyant des grandes tapes du plat de la main dans le dos.

- Nous sommes des centaines, tonna Christian Bigenwald, ils ne sont qu'une chiée. Formons une armée et nous les vaincrons. Demandons de l'aide à Claudia, ainsi les Suédois seront pris entre deux feux.

- Nous n'avons pas besoin des Autrichiens, intervint Pierre Delunsch de Fislis qui avait le mention carré et un pantalon de velours noir.

Il rota si fort que certains s'effrayèrent et que tout le monde fut secoué de rire.

- Il a raison ! clama de nouveau Christian Bigenwald. Mais il faut que tous les hommes de tous les villages du comté se soulèvent, sans exception. Qu'ils montrent qu'ils ont quelque chose dans le pantalon. Il y a cent ans, une armée de paysans à fait trembler les seigneurs, chevaliers et autres suzerains à la langue pointue. Nous ne sommes pas plus bêtes et pas moins courageux que les rustauds nos grands-pères.

Une acclamation vibrante accueillit cette déclaration. De nouveau, les gobelets de vin furent vidés d'un trait. On applaudit des mains et des pieds. Des gobelets en terre cuite, frappés sur la table, éclatèrent. Georges Bigenwald se fit aider pour monter un foudre de vin de la cave.

Delunsch de Fislis s'écria :

- Jurons de nous unir pour chasser les étrangers de chez nous. Jurons de nous battre pour défendre notre foi et notre fidélité à l'Autriche.

Christian Bigenwald pensa que la fidélité à l'Autriche était superflue, qu'un étranger était un étranger même s'il venait du Tyrol. Mais il se fit aussi la réflexion que le moment n'était pas opportun d'inquiéter et de contrarier Hans Stehelin, le maire autrichien.

Sur un signe de Delunsch, une cinquantaine de mains se levèrent.

- Nous le jurons ! tonnèrent autant de bouches.

Alors Hans Stehelin monta soudain sur la table. La tournure que prenait les événements l'inquiétait de plus en plus. Il réclama le silence et dit :

- Mes amis, il ne faut pas sous-estimer les forces suédoises. Demandons conseil à la Régence d'Ensisheim qui s'est repliée à Délémont. Demandons leur un appui militaire. Demandons leurs d'envoyer un message à l'archiduchesse Claudia l'informant de ce qui se passe, lui signalant que nous sommes déterminés et qu'il suffirait de deux ou trois compagnies de cavaliers pour libérer le Haut-Sundgau d'abord et le landgraviat de Haute-Alsace ensuite. Je propose qu'une délégation se rende sans plus attendre à Délémont.

- Je crois qu'il y a du vrai dans ce qu'il dit, approuva Christian Bigenwald. Si les militaires viennent à la rescousse, si la Régence nous soutient, nous ne pouvons pas échouer.

- Soit, accepta Delunsch, qu'une délégation se rende à Délémont. Mais, pendant ce temps, les autres formeront l'armée des paysans. Allons de village en village et de porte en porte pour appeler les Sundgauviens à la révolte. Que les Rustauds se réveillent, que les Rustauds ressuscitent !

Tout le monde se précipita dehors. Certains avaient oublié que le vin est l'ennemi de l'équilibre et s'étalèrent en jurant, la figure dans la neige. D'autres titubèrent jusqu'à leur attelage et confièrent leur retour au village à l'instinct de leur cheval.

Bien que copieusement arrosé, le serment ne s'évanouit pourtant pas à mesure que se dissipaient les vapeurs d'alcool. Car restait l'ivresse de la révolution.

Les lumières s'allumèrent une à une dans les chaumières. Cela remua beaucoup dans les poêles et les chambres à coucher. Les hommes enfilaient leurs bottes à des heures indues et invectivaient leurs épouses qui demandaient où ils pouvaient bien aller au milieu de la nuit.

De chaque village sortaient en bâillant des groupes d'hommes armés qui de fourches, qui de vieilles hallebardes qui encore de fléaux. Certains brandissaient fièrement le pique ou l'arbalète qu'ils avaient fabriqué en secret.

La terre semblait bouger. Les forêts paraissaient s'animer, prés et champs semblaient parler, murmurer de plus en plus fort, crier et chanter.

Lorsque sonnèrent les cloches de Saint-Blaise et d'Oltingue, toute la contrée se transforma en volcan. Des villages s'échappaient des cortèges d'hommes bruyants, s'éclairant à la torche, comme autant de laves incandescentes, qu'aucune digue, qu'aucun barrage ne pouvait arrêter. Plus de deux cents rebelles à la poitrine compressée par l'émotion, dents et poings serrés, assoiffés de sang suédois, se rassemblèrent ainsi en peu de temps entre Wolschwiller et Oltingue.

Les sauvegardes se réveillèrent, espérant l'espace d'un bâillement, que de nouvelles troupes suédoises investissaient ce pays où l'on faisait volontiers bonne chère. Mais ils déchantèrent encore plus vite. Et d'aucuns, pour avoir voulu s'opposer au soulèvement, firent le sacrifice de leur vie sans comprendre qu'ils mouraient pour une cause que quelques florins les avaient poussé à épouser.

Ainsi, à Wentzwiller, une demi-douzaine de ''Sauï Schwede'', venus de Bourgogne et du Palatinat, suppliant en français et en allemand qu'on veuille bien les épargner, apprirent que la colère de ceux qui n'aimaient ni les ''Welche'' ni les ''Schwowe'', était capable de conférer à une fourche une autre vocation que de faire grandir un tas de fumier. Ils poussèrent leur dernier soupir en beuglant ''cochons de paysans'', la gorge transpercée, le nez coupé.

Au lendemain de ce dimanche salvateur, la coulée de lave humaine alla en s'allongeant et en se gonflant. Ceux de Bouxwiller, Moernach, Liebenswiller, Durmenach, laissèrent à leur tour l'étable aux bons soins de leurs épouses et de leurs enfants.

Des adolescents coururent derrière leur père, s'écriant qu'ils étaient assez grands pour se battre. Des hommes qui étaient malades se sentirent soudain miraculeusement guéris. Tous galvanisés par la certitude que le Sundgau allait vivre un grand moment ou mourir.

Mais comme ils se voyaient de plus en plus nombreux et que les troupes de Hartmann von Erlach paraissaient évanescentes, une euphorie contagieuse, hélas dépourvue de sagesse, submergea les paysans. Fanatisés, ils entraînaient avec eux les tièdes et les hésitants, les couards et les paresseux, quitte à les bousculer un peu, quitte à leur piquer les fesses avec la pointe de leurs fourches.

Il y eut ainsi quelques échauffourées car certains n'étaient certes pas plus peureux que d'autres mais seulement animés par un indécrottable esprit de contradiction qui les poussait à dire non d'abord et à faire avec enthousiasme comme tout le monde, ensuite. D'autres encore étaient persuadés que la Maison d'Autriche les mobilisaient et se croyaient obligés d'accomplir leur devoir !

Pendant ce temps, la délégation conduite par Christian Bigenwald rencontrait les échevins de la Régence d'Ensisheim à Délémont. Réunis dans une pièce du château, ces derniers écoutèrent les paysans parler de guerre et de stratégie, vanter avec allégresse et foi les mérites de leur soulèvement, de leur lutte pour sauver la patrie et la foi catholique.

Bigenwald et ses amis furent très vite déçus. Ils ne réussirent malheureusement pas à transmettre leur enthousiasme et leur détermination à ces édiles qui avaient choisi d'attendre que l'orage passe.

Ils parlèrent d'abord entre eux à voix basse, se consultèrent et pesèrent le pour et le contre. Mais Ulrich de Stozingen, le bras droit du grand bailli Isaac von Volmar, qui traduisait sa gêne en se frottant les mains, leur tint un discours de non engagement, leur conseilla de modérer l'ardeur des paysans et d'étouffer si possible une révolte de mauvais aloi.

Il se fit donc le porte-parole des échevins et tint aux insurgés, en substance, ce langage :

- Vos initiatives qui ne sont pas sans mérites sont néanmoins dangereuses. Vous allez provoquer la colère des Suédois qui ont le roi Très Chrétien[1] pour allié et qui ne manqueront pas de faire appel à lui, ne l'oubliez pas. Restez dans vos chaumières, attendez que les Impériaux reprennent le terrain perdu. Patience et longueur de temps, le jour de la revanche viendra tôt ou tard.

- Avec l'aide des Impériaux, insista Christian Bigenwald, nous

---

[1] Le roi de France

avons la victoire au bout de nos fourches. Nous serons bientôt des milliers, nous seront bientôt une véritable puissance capable de foutre les Suédois dehors. D'ailleurs il n'y a pas de Suédois dans le Sundgau, il n'y a que de la racaille allemande, française vaudoise et même hongroise. Un ramassis de brigands et de pillards qui n'ont qu'une seule idée en tête : nous égorger et nous dépouiller de nos biens. Vous en pouvez quand même pas nous demander de nous laisser faire.

Ulrich de Stozingen parut impressionné par les propos du chef de la délégation des paysans car ils n'étaient pas tout à fait dépourvus de bons sens.

- Soit, cèda-t-il, j'enverrai sur le champ un courrier à notre archiduchesse Claudia.

Lorsque, satisfaits de cette proposition, les paysans eurent quitté le château de Délémont, Ulrich de Stozingen arpenta la salle de réunion et dit :

- J'ai bien réfléchi : nous ne pouvons pas soutenir cette révolte. Nous ne pouvons prendre le risque de laisser ces gueux s'approprier du pouvoir. Il faut se souvenir qu'il y a cent ans les Rustauds ont fait trembler la noblesse. Ils avaient formé une bande armée furieuse qui avait poussé l'arrogance et l'impudence jusqu'à imposer douze renvendications. Je dis bien douze dont le libre droit de chasse, le libre abattage du bois, la supression du servage et, tenez-vous bien : le droit de choisir son seigneur ! Heureusement que les Lorrains et le Bourguignons mirent bon ordre à cette folie.

Et Ulrich de Stozingen rédigea une lettre à l'Archiduchesse décrivant la colère inconsidérée des paysans et sa crainte de voir la révolte contre l'étranger se dévoyer en révolte contre l'ordre établi.

- Voilà une révolution paysanne, déclara-t-il ensuite à ses compagnons d'exil, que nous n'aurons pas à réprimer. Les Suédois s'en chargeront bien mieux que nous !

XII

Sarazin était excité. Au point qu'il n'arrivait pas à prononcer les mots correctement, confondant les voyelles.

Le jour venait à peine de se lever quand Ludan l'avait vu arriver en courant et en agitant la main au-dessus de sa tête comme si, à quelques toises du Peccal, il avait déjà voulu exprimer son émotion et délivrer son message à distance.

Lorsque son ami d'Ottendorf fut à proximité de la meule, le fils du charbonnier ne l'écouta d'abord pas bégayer, trop intrigué par son acoutrement.

Avec peu de moyens, il avait en effet tenté de s'habiller en soldat de la révolution paysanne. Il avait chaussé ses bottes par dessus le pantalon, revêtu une peau de mouton sur sa chemise. Sa fourrure était tenue bien fermée avec une large ceinture en étoffe noire. Sous la ceinture, il avait passé le grand couteau à large lame qu'il utilisait pour égorger le cochon. Il tenait un pique dont il avait sans doute forgé la pointe lui-même.

Devant la meule, Sarazin respira profondément et réussit alors à parler plus distinctement :

- Ça y est Ludan ! Ça y est : les paysans ont décidé de se soulever. Dans tous les villages les hommes prennent les armes. Une véritable armée à été formée. Christian Bigenwald de Wolschwiller la dirige. Les insurgés ont décidé de marcher sur Ferrette. A Ottendorf, vingt hommes, au moins, partent la rejoindre, autant à Luffendorf et à Oberlarg.

- Ils sont déjà partis ?

Il y avait une pointe d'amertume dans la voix de Ludan : l'idée de n'avoir pas été convié à la ''fête'' lui parut fort désagréable, Sarazin le rassura :

- Ils attendent le retour d'une délégation de Délémont, avant de passer à l'attaque.

- Une délégation ?

- Oui, pour parler de nos projets aux gens de la Régence d'Ensisheim et pour demander du renfort. Si les Impériaux sont de la partie, nous écraserons les Suédois une fois pour toute.

Ludan haussa les épaules et lança violemment une bûche dans le foyer fraîchement constitué de la meule, soulevant ainsi une gerbe d'étincelles. Puis il affirma en appuyant sur chaque mot :

- Ils ne nous aiderons pas. Ils ont trop peur des paysans. Nous ne pouvons compter que sur nous-mêmes. Les seigneurs n'ont jamais soutenu les paysans. Qu'est-ce qu'on fait ?

- Le grand rassemblement a été fixé devant l'auberge de Bigenwald Georges à Wolschwiller. C'est là qu'ils vont tous.

Ludan avait gardé un souvenir cuisant de l'humiliation que lui avait fait subir la sauvegarde suédoise d'Ottendorf. Cette agression s'était incrustée dans ses pensées et avait suscité une envie incoercible de se venger. C'était devenu un véritable besoin qu'il devait satisfaire impérieusement. Il était donc prêt à partir sans tarder.

- Que sont devenus nos trois brigands ? demanda-t-il.

- Ils ont pris le large. N'avaient pas intérêt à se mêler de ça. Cela leur aurait coûté la vie.

- Je les retrouverai. Je viens avec vous.

- A la bonne heure. D'ailleurs nous sommes déjà quelques uns à souhaiter que tu sois le chef de la compagnie du Morimont.

Ludan entra dans la chaumière, s'habilla chaudement, prit une besace qu'il emplit de pain, lard, fromage et oignons. En saisissant son arbalète et son carquoi, il dit à son père assis dans la ''Stube'' :

- Je vais avec eux, avec les révoltés du comté. Ils vont attaquer le château de Ferrette. Je veux la peau de ces bandits. Je veux botter le cul de tous ces étrangers. Je prends le cheval.

- C'est le seul qui nous reste, se contenta de remarquer Mathias d'une voix un peu triste. S'il vous arrivait malheur, pardonne ma franchise, nous perdrions notre gagne-pain.

- Tu as raison. Je prendrai un cheval aux Suédois.

Il embrassa sa petite Marie qui voulait partir avec lui et dit à la fillette qu'il serait bientôt de retour. Il caressa la tête du lynx qui sommeillait au chaud à proximité du poêle en faïence. Sarazin lança les yeux brillants :

- Tu devrais l'emmener.

- Penses-tu, il est doux comme un agneau. Il se ferait massacrer. Il restera là.

Ludan se proposa alors de faire ses adieux à Clara. Mais la jeune femme se rebiffa et lui refusa ses lèvres. Ludan lui dit en confidence :

- Si je ne reviens pas, tu sais où aller.

- Si tu ne reviens pas, protesta la jeune femme, les lèvres frémissantes et le regard exprimant la colère, si tu ne reviens pas j'irai à Milhüsà.

Ludan, dont le visage se ferma, déclara :

- Allons ! Et vive la Liberté !

Un peu plus de deux heures plus tard, Sarazin et Ludan arrivèrent à Wolschwiller où, dans un champ, à l'entrée du village, plus de mille hommes étaient réunis. Les paysans des trois villages de la seigneurie de Morimont entourèrent aussitôt le fils du charbonnier.

Ludan éprouva alors un plaisir nouveau fait de fierté et d'impatience, un brin déconcerté de se sentir brusquement si important. Son désir de se battre allait en augmentant, attisé par l'atmosphère chaleureuse que suscitait ce grand rassemblement. Tout le monde tapait des pieds et des mains pour se réchauffer et un nuage de buée se formait au-dessus de la troupe. Des outres d'eau de vie circulairent et l'imminence du départ n'empêchaient pas certains de vanter la qualité de leur kirsch ou de leur schnaps à la mirabelle.

La délégation conduite par Christian Bigenwald venait également d'arriver de Délémont et Hans Stehelin monta sur le plateau d'un chariot à foin. Il se frappait les flancs pour obtenir un peu de chaleur avant de parler.

Les paysans excités soutenaient des conversations animées si bien que le brouhaha formé par leurs voix créait une sorte de ronflement perpétuel. D'un geste de la main, le maire de Wolschwiller imposa le silence.

- Il faut que vous sachiez, déclara-t-il, que l'entreprise est dangereuse. La Régence a décidé d'en informer l'Archiduchesse. Il serait sage d'attendre sa réponse.

Aussitôt quelqu'un rugit dans l'assemblée :

- En attendant, on va se faire plumer par ce pisse-froid de Von Erlach.

- N'oubliez pas non plus à quoi vous vous engagez, continua Stehelin. Vous serez absents plusieurs jours, peut-être même plus d'une semaine de chez vous. Vous risquez aussi de ne plus jamais revenir. Nous n'allons pas à une fête campagnarde mais à la guerre. Et si vous revenez vous retrouverez peut-être votre ferme en cendres. Alors, je vous le dis : rentrez chez vous, ce n'est pas une corvée de plus qui doit nous pousser à nous jeter dans la gueule du loup.

Le petit discours du maire autrichien ne fut pas applaudi. Il fut au contraire hué et copieusement sifflé. Il comprit qu'il avait échoué dans sa tentative de juguler la révolte des paysans. Et comme les cris de ‘‘A bas les Autrichiens’’ commençaient à s'amplifier, il descendit du chariot et fit qu'il avait tout essayer pour éviter un bain de sang.

Christian Bigenwald lui succéda et son allocution fut, en revanche, chaleureusement applaudie car il prononça les mots que tous les insurgés attendaient :

- En route pour Ferrette ! Nous reprendrons à Hartmann von Erlach les florins qu'il nous a arrachés sous la menace. A mort les Suédois ! Vive le Sundgau !

A mort les Suédois ! Le cri de guerre scanda la marche des paysans qui avançaient comme une vague de fond inéluctable que rien ne pouvait arrêter. Ils ne progressaient pas en ordre serré mais en désordre serré. Difficile de diriger et de discipliner une troupe de paysans qui s'insurgeait contre l'autorité, qui se libérait de plusieur siècles de contraintes, redressant la tête, goûtant au bonheur formidable de refuser un ordre, de dire non. Tout simplement.

• *Sarazin et Ludan arrivèrent à Wolschwiller où dans un champ, à l'entrée du village, plus de mille hommes étaient réunis.*

La vague de fond atteignit ainsi Fislis où, devant l'église, huit cavaliers suédois furent allègrement trucidés au nom de la foi catholique, du Père, du Fils, du Saint-Esprit et de la Très Sainte Vierge par dessus le marché.

Une lieue plus loin, dans une charmante localité répondant au doux nom de Bouxwiller, huit autres cavaliers furent anéantis et expédiés dans le paradis des protestants. Le nombre des assaillants eut raison de leur courage. Ils furent jetés à terre, piétinés, bastonnés, mutilés, transpercés de coups de fourche.

L'un d'eux, toutefois, plutôt que d'affronter la furie paysanne, chercha à s'échapper et réussit dans son entreprise grâce à la vélocité de son étalon. Il parvint ainsi à prévenir le lieutenant colonel von Erlach qui fit immédiatement fermer les portes du château fort.

Le sang qui avait giclé des veines de ces cochons d'hérétiques répandit une chaleur bienfaisante dans celles des campagnards. Ces modestes victoires se muèrent en hauts faits d'arme et dès lors ils voulurent tous inscrire un Suédois à leur palmarès et marquer son dernier soupir d'une entaille sur le manche de leur fourche !

Ce désir fou, cette volonté hallucinante de tuer ceux par qui leur quiétude avait été troublée, leur fit redoubler d'ardeur et allonger le pas. Ils atteignirent ainsi Ferrette vers dix heures alors que le brouillard ne s'était pas encore levé et que le froid sévissait encore.

Un groupe de seize suédois, surestimant ses forces, fut surpris dans la rue principale de la petite ville.

La galopade de leurs chevaux apeurés résonna d'abord dans le silence du matin. Puis il décrut à mesure que les paysans s'employaient à éliminer les mercenaires un à un, s'agrippant à eux, tirant les hommes par les jambes et les chevaux par les harnais.

Un jeune paysan sauta d'une fenêtre pour s'abattre sur le dos d'un Suédois et rouler avec lui dans la neige en lui serrant le cou. Il ne lâcha prise que lorsque sa victime s'arrêta de gigoter. Un cavalier mort était immédiatement dépouillé. Quelques disputes éclatèrent car le partage des pistolets et des mousquets ne s'effectuait pas dans la sérénité.

Bigenwald avait fort à faire pour canaliser un tant soit peu cette ruée sur le Suédois tout à fait déraisonnable. Ludan ne se mêla pas à cette agression sauvage, pontuée de cris libérateurs. Qui se solda par quatre gorges tranchées, autant de carotides béantes et trois ventres ouverts mais qui n'empêcha pas une demi-douzaine de cavaliers de s'échapper.

Pendant ce temps, Delunsch de Fislis, toujours fécond en idées quand il s'agissait de nuire à ces pourceaux venus du Nord, arrivait sur place avec deux tombereaux de fumier. Aidé de plusieurs concitoyens, il déposa son chargement devant la porte du château. Les paysans établirent ainsi le siège du nid d'aigle occupé par Hatmann von Erlach.

Sans trop savoir comment on investit une citadelle réputée imprenable, les Sundgauviens s'approchèrent des murs du château fort. Une pluie de pierres les obligea à battre en retraite. En fin de soirée, des échelles apparurent. Mais les canons du roi des Neiges firent leur oeuvre. Une vingtaine de paysans furent blessés et le barbier de Ferrette fut débordé de travail.

Quand la nuit commença de tomber, quelques meneurs jugèrent opportun de tenir conseil. Ludan fut sollicité.

- Ils sont faits comme des rats, dit Delunsch de Fislis, ils ne sortiront pas d'ici.

- Oui mais nous n'arriverons pas à entrer et si nous voulons vaincre nous devons occuper cette redoute, remarqua Christian Bigenwald.

- La nuit porte conseil, intervint Ludan à son tour. Gardons les portes et les remparts et réfléchissons au moyen de les surprendre. Il faut profiter au maximum de notre avantage : nous sommes cent fois plus nombreux qu'eux. Employons cette nuit à faire venir toutes les échelles de la contrée. Nous les attaquerons ainsi à cent endroits à la fois. Ils n'arriveront jamais à les repousser toutes, même avec leurs canons. Passons la nuit ici et préparons-nous donc à livrer bataille à l'aube.

- Bien parlé, approuvèrent les paysans. Organisons-nous un peu. Il ne suffit pas d'être nombreux il faut aussi montrer que nous sommes déterminés et disciplinés. Formons des groupes qui obéissent au même chef, comme l'ont fait ceux de Morimont. Postons des tireurs qui utiliseront les arquebuses volées aux Suédois.

Le lendemain, les vigiles de Hartmann von Erlach lui rapportèrent que la troupe des rebelles avait encore considérablement grossie. Si bien qu'ils étaient incapables de la dénombrer. Cette information surprit le lieutenant-colonel. Il avait en effet espéré que le froid finirait par les décourager. Il s'était trompé.

Des coups de cognées lui apprirent, au contraire, que les paysans entreprenaient la fabrication de béliers. En outre, des échelles surgissaient de toute part. L'officier comprit qu'il ne lui serait pas possible de faire face à une offensive quelque peu organisée. Il décida par conséquent, en bon stratège, de gagner du temps en négociant et prit la précaution de lâcher un pigeon porteur d'un message au quartier général du feldmaréchal De Harpf à Landser. Il enfila ses gants et se rendit aux remparts en se lissant la moustache et, apparemment, sans perdre son calme.

Quand un drapeau blanc apparut sur le bastion qui protégeait le portail d'entrée du château d'en bas, le cri de joie des paysans s'entendit à une lieue à la ronde.

XIII

Un silence insupportable comme l'impatience s'installa dans les rangs des paysans quand un officier portant un grand chapeau noir empanaché, apparut au créneau de la courtine. Parlant le suisse-allemand, il dit posément :

- Le lieutenant-colonel Hartmann von Erlach, comte d'Erlach, officier de Sa Majesté Christine de Suède, nouveau seigneur de Ferrette...

L'officier interrompit son allocution car sa voix fut couverte par les huées des paysans. Ludan décocha une flèche qui transperça son chapeau et déclencha l'hilarité générale. Mais le militaire suédois qui, par réflexe, s'était baissé, se redressa, nu tête, mit de l'ordre dans ses cheveux et poursuivit non sans courage :

- Nouveau seigneur de Ferrette, propose une trêve. Il accepte de négocier.

- Qu'il nous le propose lui-même, cria Christian Bigenwald qui fut chaleureusement applaudi.

L'intéressé n'était pas loin car il apparut peu de temps après, la moustache au vent. Il réussit à susciter un nouveau et puissant éclat de rire car il avait pris la précaution d'ôter son chapeau et de le porter sous le bras. L'initiative, non dépourvue d'humour, provoqua un mouvement de sympathie. Ce Bernois rusé parvint ainsi à se faire entendre :

- Le colonel Horn, mon supérieur avait raison, affirma-t-il sur un ton tranquille. Les Alsaciens ne sont pas des lâches. Ils sont aussi têtus que des bourriques. Je vous propose une négociation d'égal à égal. Envoyez-moi une délégation au château qui m'exposera vos conditions.

Après un bref conciliabule. Bigenwald répondit :

- C'est entendu : nous venons en délégation jusqu'à vous messire. Mais le bon usage veut que vous nous envoyiez aussi une délégation qui restera dans notre camp aussi longtemps que nous resterons dans le vôtre.

Un murmure d'approbation courut dans les rangs des paysans. Et ils n'étaient pas rares ceux qui se disaient qu'avec un chef aussi avisé la victoire ne pouvait plus leur échapper.

- Vous voulez des otages ! s'écria le lieutenant-colonel. Vous devriez pourtant savoir que Hartmann von Erlach n'a qu'une parole. Certes, j'ai pris ce château fort mais je suis néanmoins un homme d'honneur.

- Nous le savons messire. Mais que cela vous plaise ou non, c'est là notre première condition.

Le visage de l'officier bernois resta de marbre cependant qu'il rétorquait sèchement :

- Envoyez-moi dix hommes, je vous en enverrai dix autres.

Une équipe se mit en devoir de dégager le fumier qui barricadait le portail. Tandis que Bigenwald composait la délégation des paysans. Il désigna un homme représentant la majorité des villages ou contrées qui prenaient part à la révolte.

Ludan fut choisi ainsi que Hans Stehelin, Delunsch de Fislis, Hans Jakob de Bouxwiller, Ulrich Schlesser d'Oltingue, Léonard Eckenstein de Feldbach. Les deux délégations se croisèrent sous le porche voûté qui donnait accès aux château d'en bas.

Les dix paysans marchèrent fièrement jusqu'au château d'en haut où les attendaient Von Erlach et quatre de ses officiers dont un Suédois de Suède, un Français, un Allemand et un autre Berlinois. Ils étaient vêtus de leur uniforme d'apparat, le cou entouré par un large col d'une blancheur éclatante.

A côté du lieutenant-colonel, se tenait aussi son jeune neveu,

Burkard, âgé de dix-huit ans, étudiant à Bâle et qui avait cru pouvoir passer quelques jours de vacances exaltantes dans le magnifique château que son oncle venait de conquérir. Une villégiature que l'étudiant commençait à regretter...

En passant devant l'oratoire de Sainte-Catherine, la délégation fit une halte de quelques minutes, prenant le temps de se signer respectueusement et de faire semblant de réciter une prière afin de montrer à ces hérétiques où était la vraie religion !

Le château d'en haut comportait six salles, une chambre, une cuisine, une cave, un cabinet de bain et une étuve. L'officer suédois les invita à s'asseoir autour de la grande table à plateau de marbre qui meublait la plus grande pièce du logis aménagée dans le donjon. Une tour qui semblait vouloir s'élancer à l'assaut du ciel d'où l'on avait un point de vue captivant sur les sommets vosgiens, les montagnes de la Forêt Noire et du Jura et les vallonnements du Sundgau.

Entre deux hallebardes fixées en ''X'', le blason de la Haute-Alsace avec ses dix couronnes en or renversées sur fond rouge et le blason du comté de Ferrette marqué de deux poissons, décoraient le mur qui n'avait pas de fenêtre.

Avant de s'asseoir, Ludan admira la peau d'ours étendue devant le poêle en faïence vert foncé et sur laquelle sommeillait le lévrier du bailli de Ferrette.

Des soldats apportèrent deux setiers du vin du Rangen qui fut servi dans des coupes en argent en forme de coq, réservées à la tradition du ''Wilkomme''. Celle-ci, consistant à trinquer pour n'importe quel prétexte, fut d'ailleurs respectée d'entrée car les coupes furent vidées incontinent, cul sec, d'un commun accord.

- Vous êtes pour le moment les plus forts, je le reconnais volontiers, attaqua Hartmann von Erlach après s'être essuyé la bouche. Mais cette conjoncture momentanément favorable ne peut pas durer. Tôt ou tard, le rhingrave en aura connaissance et il ne manquera pas d'envoyer des renforts.

- Jusqu'à ce qu'ils arrivent vous serez morts déclara Delunsch sans ambages exprimant ainsi une évidence.

- Ne parlons plus de corvées, continua le lieutenant-colonel comme si cette intervention, au demeurant très pertinente, ne le touchait guère. D'autre part, je vous garantis qu'il n'y aura pas de représailles si vous rentrez chez vous et si vous retournez aux travaux de vos fermes. Nous avons tous intérêt au retour de la paix. Moi, je ne suis pas l'ennemi des paysans de l'Elsgau et du Sundgau, je suis l'ennemi des Autrichiens.

- Mais ce ne sont pas les Autrichiens qui vous font manger. Vous avez besoin des paysans pour faire la guerre, dit Hans Jakob.

- C'est vrai, mais ceux qui auraient dû vous protéger ont été vaincus sans avoir livré bataille.

Christian Bigenwald intervint alors également :

- Par contre, nous, nous avons gagné les batailles que nous avons livrées. Nous demandons le remboursement de la rançon de mille cinq cents florins.

Hartmann von Erlach décida de réfléchir avant de se prononcer sur le bien-fondé de cette revendication.

Tandis que la délégation des insurgés s'asseyaient autour de la table de négociation, les autres rebelles, demeurés dans la bourgade, éprouvèrent le besoin de bouger.

Ils avaient envie de visiter en maître ce château fort. Beaucoup ne le connaissait que grâce aux travaux d'entretien qu'ils étaient obligés d'effectuer au profit du seigneur ou de son représentant, qui les regardait s'échiner en se tournant les pouces.

Ils étaient habités par une impérieuse volonté de s'activer parce qu'ils estimaient qu'un soulèvement ne se gagne pas en bavardant.

Et ce fut ainsi soudain qu'un orage d'été.

Les gardes du château, pensant que l'heure était à la conciliation, avaient relâché leur surveillance au portail. Ils payèrent leur laxisme de leur vie car une vingtaine de paysans se jeta sur eux, les expédia dans un monde dit meilleur et convia tous les autres à prendre la forteresse d'assaut.

Quatre cents hommes, au moins, se répandirent ainsi dans les dépendances et le logis, les écuries, les caves et les greniers, visitèrent l'édifice en propriétaire et emportèrent tout ce qui leur tombait sous la main.

Ce fut à la fois une pagaille indescriptible et une fête. La fête de ceux qui avaient subi et qui faisaient subir. Qui avaient eu peur et qui faisaient peur, la fête de ceux qui avaient été dominés et qui se donnaient l'exaltante illusion de dominer à leur tour.

Alerté par les clameurs, Hartmann von Erlach se leva brusquement et se posta à la fenêtre qui s'ouvrait sur les deux cours intérieures dont la plus petite était occupée par le puits, un ouvrage recouvert d'une voûte en brique et profond de cent quinze toises. Les deux espaces étaient envahis par des paysans hilares qui brandissaient des victuailles récupérées dans les garde-manger de la forteresse et commençaient à occuper les étages du donjon.

L'irruption insolente des paysans eut le don de faire perdre son calme au lieutenant-colonel. Pour lui, il s'agissait d'une rupture indigne de la trêve. Rouge de colère, il protesta :

- Ce n'est pas ce qui avait été convenu ! Vos gens ne respectent pas la parole donnée !

Bien que contrarié par cette intrusion massive et intempestive, Christian Bigenwald qui avait le sens de la répartie, fit sourire Ludan en rétorquant sans se démontrer :

- Il n'avait pas non plus été convenu que vous élisiez domicile chez nous sans nous demander notre avis ! Il n'avait pas été convenu qu'une rançon soit requise et les paysans se dépouillent de leurs réserves pour nourrir une armée. Leur colère est légitime après tout.

La salle des négociations fut bientôt occupée par une trentaine d'insurgés. Ils se massèrent autour de la table montrant ainsi qu'ils n'entendaient pas être exclus d'un débat qui les concernait.

L'officier comprit aussitôt que l'heure n'était plus à la fanfaronnade et que la moindre erreur pouvait désormais lui coûter la vie. Il s'empressa donc de faire les concessions que les paysans attendaient :

- Je m'engage à rendre la rançon de mille cinq cents florins. J'ordonne à toutes les sauvegardes de quitter leur poste. Et vous êtes maintenant mes invités.

La fête continua toute la nuit.

On se mit à table avec Von Erlach et l'on but et mangea jusqu'à l'aube. Des dizaines de chapons passèrent à la casserole. Des kilos de choux salés, des quartiers entiers de lard, des jambons, deux ou trois cochons de lait, du saumon du Rhin, du pâté de grive, de la terrine de lièvre aux champignons sèchés, furent engloutis.

Le vin coula à flot, le schnaps aussi et Hartmann von Erlach s'efforçait d'honorer avec dignité et persévérance la tradition du ''Wilkomme'' et vidait son ''Wilkommbecher[1] d'un trait sans montrer que cette pratique le fatiguait. De sorte que ce dîner interminable était souvent interrompu par le ''Gesundheit''[2] aviné qui

[1] La timbale de bienvenue
[2] A votre santé

commandait à tout le monde de se lever et de participer au concours de la descente la plus rapide.

Tout en respectant ces usages sundgauviens, l'officier suédois et ses subordonnés firent un effort de volonté pour ne pas céder à la beuverie. Ils firent preuve d'un certain courage face aux insurgés qui avaient ravalé leur haine en s'empiffrant et en s'enivrant.

Ludan se força aussi à demeurer lucide. Il regrettait que les paysans insurgés ne montrent pas plus de retenue. Il se demanda s'ils auraient la sagesse de s'organiser et de commuer cette victoire en quelque chose de durable.

Mais le besoin de libération engendrait inoxérablement une joyeuse anarchie que Ludan n'approuvait pas tout en prenant conscience qu'il ne pouvait l'endiguer.

Au petit matin, fatigués de boire et de manger, les paysans se calmèrent un peu. Leurs impulsions meurtrières s'étaient sensiblement émoussées au fil des ''Gesundheit''. Le besoin de dormir relèga celui d'étriper du Suédois parmi les initiatives non prioritaires. Car il s'agissait maintenant de se mettre en quête d'un emplacement d'où ils pouvaient rejoindre les bras de Morphée sans souffrir de courbatures.

Le jour se levait lentement car un épais brouillard enveloppait la citadelle et la bourgade dans une sorte de cocon où tout le monde s'apprêtait à s'assoupir. Les chefs de groupe informèrent le greffier Freiertich qu'ils préciseraient leurs intentions dans la journée. En attendant qu'ils eussent savourer un repos bien mérité, le lieutenant-colonel resterait leur prisonnier.

Ludan pensa qu'il se révélait opportun de retourner dans la seigneurie de Morimont afin d'y mettre au point une stratégie de défense cohérente.

Mais personne ne put mener ses desseins à bonne fin car un quatuor de paysans échevelés et essouflés, aux visages marqués de sang, fit irruption dans le château d'en haut.

Les quatre hommes s'arrêtèrent d'abord au puits où ils burent de l'eau. Puis reprenant leur souffle, l'un d'eux s'écria :

- Ils sont venus à Leymen, les brigands. Ils ont tout mis à feu et à sang. Le village brûle. Ils sont venu de Blotzheim en passant par Michelbach qui a subi le même sort. Nos maisons ne sont plus que des tas de cendre.

L'un d'eux, épuisé par la course qu'il venait d'effectuer pour prévenir les insurgés au plus vite, perdit connaissance et s'écroula.

Les nouveaux maîtres du château furent alors submergés par une deuxième vague de fureur. Ils ne doutèrent pas que Hartmann von Erlach les avait trahis et avait réussi à alerter le quartier général du rhingrave pendant qu'il leur servait à boire.

Le désir de vengeance réveilla les paysans et leur donna un fantastique coup de fouet.

Impossible d'endiguer leur colère.

Ils furent une bonne vingtaine à se jeter sur le lieutenant-colonel qui fut littéralement coupé en morceau. Gottverdammi[1], comme un porc à l'abattoir !

On lui trancha les oreilles, le nez, les mains et les jambes à hauteur du genou. Puis les paysans fous de rage, ivres de sang et de violence, résolus à faire un exemple qui marquât les esprits, attachèrent son tronc à un cheval galopant dans la rue principale de Ferrette et le supplicité fut ainsi traîné jusqu'à ce qu'il se décida à pousser son dernier soupir.

Les vacances du jeune Burkard von Erlach prirent fin tout aussi violemment : défenestré, l'adolescent s'écrasa dans la cour, la tête éclatée.

Les autres officiers ne furent pas épargnés et massacrés un à un.

Remis en condition par ce nouveau bain de sang, les insurgés décidèrent de battre le fer pendant qu'il était chaud et de prendre le château fort d'Altkirch d'assaut.

---

1 Dieu me damne

XIV

Ludan se retourna et son coeur battit la chamade. Le spectacle était saisissant. Il se redressa sur sa selle et ne put dissimuler sa fierté. Il montait un cheval noir, pas très grand, mais à ses yeux sacrément racé. La monture, prise aux Suédois, lui avait été attribuée après la victoire de Ferrette.

A présent, les paysans parlaient souvent avec suffisance et toujours avec euphorie des victoires de Wentzwiller, Ferrette et Altkirch. Et il n'était pas question de se limiter à cette trilogie.

En jetant un regard derrière lui, Ludan avait été impressionné par le nombre incalculable d'insurgés qui, maintenant, marchaient sur Landser, petite capitale régionale, sise entre Bâle et Mülhausen, où le colonel Sébastien De Harpf avait établi son quartier général. Le bruit courait que cinq mille, sinon plus de Sundgauviens avaient pris les armes.

La rançon de mille cinq cents florins, reprise à Von Erlach, avait été enfermée dans l'armoire dc Hans Stehelin à Wolschwiller. Celui-ci avait promis de consacrer cette somme à l'effort de guerre des paysans.

Trois cents hommes étaient demeurés à Ferrette pour garder

le château, gérer la révolte et la libération du comté. Tous les autres avaient marché sur Altkirch qu'ils n'avaient pas été longs à "purifier".

L'armée des paysans ne progressait certes pas sur Landser au pas cadencé mais avançait sans traîner. Les uns chantaient tandis que les autres s'octroyaient un petit coup de fortifiant en prenant une lampée d'eau de vie.

La troupe s'était maintenant quelque peu organisée. Elle comportait une cinquantaine de cavaliers - dont Ludan - considérés tant bien que mal comme les meneurs, des mousquetaires grâce aux armes à feu arrachées aux Suédois agonisants, des lansquenets et une majorité d'hommes armés de leur outil de travail.

Ils marchaient d'autant plus allègrement qu'ils ne se lassaient pas de raconter pour la nième fois la fabuleuse victoire d'Altkirch.

Ainsi, Hugelin Dietrich de Waldighoffen narrait à Franck Meyer, recruté sur la route de Landser :

- Les "Welche" occupaient la place. Le commandant Dubon est venu à notre rencontre espérant nous faire peur avec seulement vingt-cinq cavaliers. Nous les avons mis en déroute en moins de temps qu'il ne faut pour lire la messe. Dans le village, ils n'étaient guère plus nombreux, placés sous les ordres d'un certain Chaumaré. Ils ont essayé de nous arrêter dans la Grand'Rue, celle qui conduit au château. Ils ne savaient pas, ces mécréants, que nous ne craignons plus les cavaliers et qu'il suffit d'effrayer leurs cheveaux pour les faire tomber. On les a eus dans les ruelles où ils devaient chevaucher l'un derrière l'autre. Ceux qui se sont réfugiés dans le château n'y sont pas restés longtemps, enfumés comme des blaireaux dans leur terrier. Gallus Hemmerlin de Steinsoultz a réussi à mettre le feu à la porte. Ils criaient comme des gorets surtout ceux qu'on balançait par la fenêtre. Chaumaré a pris une balle dans le ventre, bien fait pour lui. Ils l'ont traîné sur un pré, au pied du gibet. Ils l'ont deshabillé afin de montrer à ce pète-sec qu'il était fait comme tout le monde et qu'un homme nu n'a plus de grade. Ils l'ont abandonné ainsi, laissant au froid le soin de terminer leur oeuvre. A l'heure qu'il est, il est mort. A moins que le jésuite qui s'est penché sur son corps ait réussi à le sauver. Peu importe, il n'a eu que ce qu'il méritait. Il paraît que le comte Wilhelm de Nassau voulait voler à son secours et nous attaque, avec cent cavaliers, mais quand il s'est rendu compte qu'on était des milliers, il a rebroussé chemin. Il s'est calmé les nerfs en mettant le feu à Illfurth, deux lieues plus loin.

Sarazin chevauchait à côté de Ludan. Il était visiblement habité par un bonheur insigne. L'aventure était exaltante, l'aventure était stimulante. Il avait conscience qu'il vivait des heures importantes, des heures historiques que personne ne vivrait peut-être plus après lui. Il comprenait qu'il faisait l'Histoire.

Sarazin savourait ce moment et ce fut la gorge serrée par l'émotion qu'il déclara :

- Nous avons eu Ferrette et Altkich. Quand nous aurons pris Belfort et Landser nous serons les maîtres du Sundgau, nous serons maîtres chez nous. Enfin !

- Ça ne sera pas aussi facile que tu as l'air de le croire, répondit Ludan qui n'arrivait pas à partager l'optimisme et l'enthousiasme de son compagnon.

Le fils de Mathias Hold se faisait la réflexion que des hommes dont la guerre était la profession, finiraient tôt ou tard par tenir en échec des paysans qui n'avaient pour toute expérience que leur foi en la liberté.

-Tu ne crois pas que c'est une bonne idée d'attaquer sur deux fronts ? Tu penses que ceux qui marchent sur Belfort auraient dû se joindre à nous ?

Ludan ne répondit pas. Il était préoccupé sans pouvoir dire avec exactitude pourquoi. Il n'était pas sûr que la bonne stratégie eût été adoptée. Et cela le rendait anxieux.

Les responsables de groupe s'étaient réunis après la victoire sur Chaumaré à Altkirch. Il était apparu évident qu'il fallait abattre le cerveau de l'occupation pour espérer une paix durable. Landser était à trois bonnes heures de marche mais il avait été décidé de ne pas s'attaquer au quartier général du colonel Harpf sans préparation.

Pour Bigenwald et ses lieutenants, il s'était révélé plus prudent de se regrouper d'abord à Blotzheim, près de Bâle, afin de mettre au point un plan de bataille et surtout permettre à d'autres insurgés de les rejoindre. Ce calcul-là, au moins, se révéla exact et fructueux. En arrivant à Blotzheim, dans la soirée du 7 février 1633, les vainqueurs de Ferrette furent rejoints par les paysans de la seigneurie de Landser.

Christian Bigenwald demanda conseil à Ludan :

- Nous serions assez nombreux pour tenter de prendre Landser. Mais j'ai peur qu'ils ne soient trop fatigués et je crains surtout qu'ils n'acceptent pas de faire une marche de nuit. Il faut aussi réfléchir sur la manière d'attaquer le château fort. De Harpf ne se rendra sans doute pas aussi vite que Hartmann von Erlach. La forteresse est entourée de deux fossés concentriques larges de cinquante et cent pieds, profonds de cinq à sept pieds, séparés par des remblais formant des fausses braies. Les murs sont très épais.

- J'admire ta connaissance des lieux et ta connaissance du pays, dit Ludan. C'est toi qu'il nous faut comme commandant en chef. Il est temps que tu sois désigné d'une manière officielle. C'est la première chose à faire. Attaquer cette nuit serait effectivement une erreur. Nos braves ne sont pas assez entraînés pour ce genre d'exercice. Il faut absolument qu'ils comprennent que sans un minimum de discipline nous serons défaits tôt ou tard. Et puis ils ont trop peur des maléfices de la nuit.

- Tu ne crois pas aux maléfices ?

- Non, ce sont en réalité des animaux nocturnes, rien de plus que des animaux. Des hiboux géants aux yeux de pierre précieuse, des loups, des renards, des lynx. Des bêtes qui chassent la nuit pour bouffer et vivre, rien d'autre, Bigenwald.

- La nuit ne te fait pas peur ?

- Non.

- Alors vas-y. Va à Landser en reconnaissance, observe, étudie le terrain, essaye de savoir combien ils sont, essaye de trouver une faille dans la défense du château. En attendant ton retour, je leur proposerai d'élire un état-major. Nous ne pouvons pas nous imposer. Nous ne sommes pas des potentats, ni des seigneurs, ni des officiers mercenaires. Nous sommes des manants et des serfs comme les autres. Notre formidable soulèvement doit être l'oeuvre de tous les paysans, tous égaux.

Ludan hocha la tête. Il était séduit par l'intelligence tranquille de Christian Bigenwald qui avait les traits tirés par la fatigue mais aussi par l'énorme responsabilité qui soudain pesait sur lui. Il avait raison et, comme lui, le chasseur d'ours voulait quelque chose de différent. La liberté certes mais aussi l'abolition des lois imposées par la noblesse. Là, résidait, en réalité, le sens profond de la révolte.

- Je ferai ce que tu me demandes, promit-il mais, ajouta en souriant : "Arrange-toi quand même pour qu'ils votent pour toi".

Bigenwald sourit également.

- Je m'arrangerai. Le meilleur moyen de se faire élire c'est d'organiser des élections. Je te proposerai comme lieutenant. Si cela va aussi bien que je l'imagine ce sera demain la revanche des Rustauds, Ludan. Nous passerons la nuit à Blotzheim. Il fera très froid. Nous allumerons des feux et nous demanderons de l'aide aux habitants de ce village. On peut bien loger une centaine d'hommes par grange. Si les Suédois ne savent pas que nous sommes ici, prêts à déferler sur eux, tout ira bien.

Christian Bigenwald s'était trompé.

Le colonel Sébastien De Harpf savait. La mort horrible du lieutenant-colonel Hartmann von Erlach et le supplice du commandant Chaumaré lui avaient déjà été rapportés. Il jura de venger ses officiers et de mettre fin à cette rébellion qu'aucun homme bien né, qu'il fût catholique ou protestant, ne pouvait accepter.

Pendant que les paysans cheminaient plus ou moins discrètement vers Blotzheim, il avait réuni quatre compagnies de cavaliers, six compagnies de gens à pied et d'autant de dragons. Il était prêt.

A l'aube du 8 février, il envoya six cavaliers en délégation afin de proposer une reddition sans concessions aux paysans. Ceux-ci étaient en train de se livrer à l'exercice nouveau autant que captivant de la consultation électorale. Ils s'en délectaient littéralement, prenant tout leur temps afin de faire durer ce plaisir inconnu.

Convaincus de leur force, toujours persuadés que les Impériaux finiraient par venir à la rescousse, le mot de reddition les révulsa. Avant que les nouveaux chefs aient eu l'occasion d'exercer leur autorité, les six plénipotentiaires passèrent de vie à trépas, le temps de demander à la Sainte Vierge d'intercéder au près du Père afin qu'il leur accordât une nouvelle et belle victoire.

Le vent de la révolte se leva derechef.

Le goût du sang remonta à la bouche des paysans qui voulaient en finir avec les Suédois.

Sébastien De Harpf regretta amèrement d'avoir eu un moment de faiblesse et d'avoir donné à ces gardiens de cochon une chance de sauver leur vie. Il décida donc de sévir énergiquement et de ne pas faire de quartier.

Il envoya une centaine d'hommes à une demi-lieue du village, là où le vallonnement du Sundgau devenait plaine. Ils eurent pour mission de se faire remarquer mais de ne pas engager de bataille. Ce piège fonctionna comme prévu : les paysans se précipitèrent hors des granges, hors du village avec la ferme intention de ne faire qu'une bouchée de ces brigands.

Ils quittèrent leur abri en ordre dispersé et De Harpf ordonna à une compagnie de dragons d'incendier une à une toutes les maisons et de mettre le Blotzheimois hors d'état de se battre. Les paysans se ruèrent sur le pré que les cavaliers du colonel désertèrent aussitôt afin de rejoindre le gros des forces suédoises qui entreprenaient un mouvement d'encerclement.

Le massacre pouvait commencer.

XV

Les cavaliers tournaient autour d'eux sans vraiment les affronter. Ils formaient une sorte de ronde infernale, lâchant ici une salve de pistolet, là une giclée de balles de mousquet, ou tranchant de l'épée une main trop téméraire.

Les paysans s'étaient repliés dans un vignoble où les cavaliers ne pénétraient que difficilement. Mais les pieds de vigne fournissaient une bien maigre protection contre les boulets meurtriers de l'artillerie suédoise.

Les canons en cuir de Gustave-Adolphe se révélèrent une fois de plus d'une efficacité sanglante. Les boulets arrachaient têtes et jambes, créaient des hommes-tronc qui couraient encore, fontaine de sang itinérantes, petits geysers éclaboussants. Alors les paysans quittaient le vignoble et les cavaliers tournaient de plus belle autour d'eux lardant sans merci cette masse désemparée.

Certains cherchaient leur salut en courant vers la forêt. Mais De Harpf avait prévu : il avait donné ordre à ses dragons de se placer derrière chaque arbre. Les mercenaires cueillaient les fuyards à coups d'arquebuse. Les cavaliers, toujours prêts à profiter de leur désarroi, arrivaient alors en galopant sabre au clair et coupaient les têtes comme s'ils fauchaient un champ de blé.

Les insurgés tentèrent d'abord de se défendre héroïquement, pied à pied. Fléau contre canon, fourche contre mousquet, couteau de cuisine contre sabre de cavalerie.

Ils criaient : ''Cochons de Suédois, allez-vous-en ! Cochons de Suédois, on vous tuera tous !'' Mais ils durent se rendre à l'évidence que cette fois-ci ils ne seraient pas les plus forts. Cela sentait fort la poudre et le sang, cela sentait la mort.

Du village en flammes, s'échappait une âcre fumée rousse. Poussée par la bise, elle se développait sur le champ de bataille, formant une sorte de rideau inconsistant. Si bien que les bélligérants ne savaient alors plus ou donner de la fourche ou du sabre.

Dans les rues et ruelles de la localité, les habitants tentaient de lutter contre l'incendie et de sauver leurs biens. Mais ils ne parvinrent guère à se servir de leur seau : les cavaliers suédois exterminèrent tous ceux qui voulaient s'opposer à la voracité des flammes, sans distinction d'âge et de sexe. Un principe simple guidait leur action : ils tuaient toutes les personnes qui erraient dans les ruelles. Vieillards tremblants, femmes affolées et enfants éplorés.

Les cavaliers criaient : ''hop, hop''; et faisaient sauter ici une oreille mal protégée, là le bout d'un nez trop pointu. Ils accordaient beaucoup plus de temps aux femmes parce qu'il fallait les deshabiller pour leur couper les seins. Celles qui échappaient à ce supplice très prisé étaient tirées à l'écart du brasier et violées avant de rejoindre les leurs, la carotide tranchée. Les plus grosses subissaient les derniers outrages avec le canon d'un pistolet et leur bourreau appuyait volontiers sur la détente pour voir si l'explosion était capable de traverser les plis et replis de leur cellulite.

Dans les prés et les champs labourés, la tuerie continuait. Les Suédois resseraient leur emprise, accélèraient le mouvement, coupaient les mains de plus en plus vite, pilonnaient les rangs à coups de canon, débitaient des corps, han ! comme des bûcherons à la tâche.

Leur sarabande effrénée autour des paysans ne semblait pas pouvoir s'arrêter, sorte de tourniquet meurtrier éternel. Un rictus de cruauté figeait les visages des mercenaires témoignant qu'il se concentraient sur leur travail. Ils éliminaient des bêtes nuisibles, des insectes vénimeux et ils frappaient, frappaient encore comme s'ils faisaient partie d'une sorte de mécanique ne s'arrêtant que quand le dernier paysan serait trucidé.

Difficile de dire combien de Sundgauviens tombèrent ainsi, la fourche à la main en se demandant, Heiliger Geist[1], ce qui leur arrivait, en regrettant d'être venu et en pensant à leur champ d'épeautre que personne ne herserait au printemps.

Les insurgés qui avaient hérité d'un cheval ne résistèrent pas longtemps aux cavaliers suédois plus expérimentés. Ils furent desarçonnés et piétinés en un clin d'oeil. Ils ne furent pas nombreux à profiter de la vélocité de leur monture pour prendre le large en temps opportun. D'autre part, ceux qui avaient été dotés d'un mousquet et qui visaient très mal furent les premières victimes des mercenaires tireurs d'élite.

Christian Bigenwald avait, bien sûr, conscience qu'il fallait réagir, trouver la stratégie adéquate : former un carré, par exemple. Mais il n'eut guère le temps de donner les ordres qui s'imposaient. Un dragon, protégé par une armure brillante comme un miroir surgit et lui tira une balle de pistolet en pleine poitrine. Puis il l'acheva en lui plongeant son poignard dans la gorge.

Au moins cinq cents cultivateurs, vignerons, charpentiers, bergers, tuilliers, tailleurs trouvèrent ainsi une mort violente, répandant leur sang sur la glèbe durcie par le gel. Ils mouraient en raclant avec leurs ongles cette terre qu'ils croyaient leur et pour laquelle ils sacrifiaient leur vie.

Le colonel Sébastien De Harpf dirigeait le combat à un cinquantaine de toises du champ de bataille, non loin du château qu'il avait occupé.

- Ça leur apprendra, dit-il à son ordonnance. Ils se souviendront longtemps de cette leçon. Pas un ne rentrera chez lui.

- Si vous les tuez tous, remarqua l'ordonnance, il n'y aura plus personne pour traire les vaches, faucher le blé, faire le pain et nourrir nos troupes.

De Harpf reconnut que cette analyse ne manquait pas de pertinence. Il y avait d'ailleur déjà pensé mais il supputait que tous les paysans du Sundgau n'avaient pas pris les armes et que les femmes travailleraient à la place de ceux qui étaient morts. Il estima que la punition n'était pas encore assez sévère et décida d'attendre encore un peu avant d'ordonner un cessez-le-feu.

1 Esprit Saint

S'approchant du château fort de Landser, il ne fallut pas longtemps à Ludan pour comprendre que l'ennemi était ailleurs. La tranquilité des lieux, l'absence des chevaux, le silence qui règnait dans la citadelle, lui avaient laissé espérer que la place pourrait être prise sans difficulté.

Mais en interrogeant la population, il apprit qu'une véritable armée suédoise avait gagné Blotzheim. Le charbonnier et Sarazin rebroussèrent chemin afin de prendre part au combat. A un demi-lieue de la boucherie, ils mirent pied à terre et s'employèrent à s'y rendre en catimini.

Ludan avait voulu s'élancer et participer au corps à corps. Mais Sarazin l'avait retenu par le bras :

- Inutile de courir au suicide. Il faut se rendre à l'évidence, Ludan : cette bataille-là est déjà perdue.

Ludan ne voulait pas y croire, ne voulait justement pas admettre l'évidence. Contrairement à son habitude, il se montra d'un optimisme irréaliste :

- Pas si ceux de Belfort viennent en renfort.

- Tu sais bien qu'il faudrait presque une journée pour les prévenir. Et le temps de venir jusqu'ici il serait trop tard. Les nôtres tombent comme des sauterelles que l'on abat à coups de bâton. Nous avons sous-estimé les forces suédoises et les Impériaux n'ont pas bronché, pas mécontents de ce qui nous arrive. Voilà la triste vérité.

Ludan sut que son compagnon avait raison et fut surpris par sa lucidité. Mais tandis que Sarazin battait en retraite, il ne put s'empêcher de décocher quelques flèches. Il fut fasciné par le visage étonné d'une de ses victimes qui se retourna pour voir d'où venait ce trait, avant de vomir un flot de sang. De sorte qu'il n'entendit pas les avertissements lancés par Sarazin. Celui-ci était remonté à cheval parce qu'il avait vu arriver une demi-douzaine de cavaliers. Pensant que Ludan l'avait compris et le suivait, il partit au galop et s'engouffra dans la forêt. Il y attendit son ami pendant une heure en vain : le fils du charbonnier avait été fait prisonnier par les Suédois.

Repu de sang, satisfait de voir les champs jonchés de cadavre, le colonel Sébastien De Harpf donna l'ordre de mettre fin au massacre. Les paysans avaient du reste jeté leurs armes et imploraient miséricorde. Plus de huit cents insurgés se constituèrent prisonnier et furent emmenés à Huningue, au bord du Rhin, où De Harpf s'était également rendu maître d'une place forte.

Tous les insurgés qui avaient combattu à cheval furent considérés d'office comme des meneurs et De Harpf ordonna qu'ils fussent séparés des autres. Le temps de la répression sanguinaire n'était pas encore révolu.

Un froid sibérien sévissait en ce 9 février 1633. Le givre irisait les arbres, touche féérique conférant un contraste dérisoire au spectacle dantesque qui se jouait. Les prisonniers qui pendant la bataille avaient eu trop chaud, tremblaient maintenant sous les morsures du froid et les humiliations que leur faisait subir les vainqueur.

Il fut décidé de procéder à l'extermination du troupeau. Mais comme le Magistrat de Bâle, se souvenant qu'il était aussi chrétien, avait sollicité la clémence de Sébastien De Harpf, l'exécution générale fut amendée.

Les plus vieux furent rançonnés et vendus aux bourgeois de Bâle qui s'achetaient ainsi une place au paradis. Les plus jeunes furent enrôlés dans l'armée suédoise histoire de leur prouver que leur ardeur à prendre les armes était enfin bien utilisée.

Un sort particulier, pour l'exemple, fut réservé à ceux qui avaient obtenu l'étiquette du chef. Une promotion que certains contestèrent soudain avec la dernière des énergies. En vain. Parmi eux se trouvait Ludan.

Bref, les ‘‘grandes gueules’’, une bonne quarantaine au total, furent conduits au pied des arbres fruitiers qui se dressaient au bord de la route de Bâle.

Des bourgeois de la ville hélvétique, accourus en badauds, furent sincèrement émus par la tragédie que vivaient ces pauvres bougres, gens de la terre fourvoyés dans une guerre inique. Ils se déclarèrent donc prêts à payer une rançon pour sauver l'un ou l'autre de ces malheureux d'une horrible pendaison. Mais les vainqueurs avaient fait monter les enchères. S'offrir un insurgé vaincu n'était pas à la portée de toutes les bourses.

Ainsi, la plupart des tractations tournèrent court. Le colonel Sébastien De Harpf préférait voir gigoter ces rebelles à la branche d'un arbre plutôt que de les céder à vil prix. Du reste, ce n'était pas en marchandant que l'on faisait des exemples. Les officiers formulaient des plaisanteries de mauvais goût sur ces pommiers et ces poiriers qui porteraient bientôt des fruits pourris jusqu'au trognon en plein hiver !

Cette besogne n'enthousiasmait cependant pas les Suédois. Alors ils conçurent l'idée, à leur avis empreinte de génie, de confier ce travail à quelques condamnés jeunes et forts en leur promettant la vie sauve.

Les malheureux, bourreaux de leurs compagnons de révolte, se firent insulter et injurier par ceux qu'ils s'employaient à pendre haut et court. Mais la honte qui figeait leur visage ne les rendit pas moins sourds aux supplications de leurs compatriotes. Le sort, dans sa cruauté, voulut que l'un d'eux tombât sur son cousin. Il lui demanda humblement pardon mais le pendit comme les autres en se répétant pour se donner bonne conscience que les temps étaient durs, si durs.

Ludan se trouvait également dans la file des suppliciés, attendant son tour.

Pendant ce temps, quelques dizaines de prisonniers parmi la foule des sans grades furent libérés grâce aux habitants des villages voisins qui offrirent leurs dernières économies aux Suédois. Les autres furent conduits à Landser où les mercenaires estimèrent qu'il y avait là bien trop de bouches à nourrir et que le sang n'avait pas assez coulé. Ils se donnèrent bien du plaisir en organisant une fantastique exécution à la chaîne dans un thalweg situé à un quart de lieue de la localité : un à un, plusieurs centaines de ces pauvres hères se virent ainsi éventrés et jetés dans ce fossé naturel, livrés à la voracité d'une nuée de corneilles et de corbeaux.

Deux jours plus tard, Sébastien De Harpf reprit Ferrette. Et comme il voulait gèrer un comté prospère, il demanda au Prince-Evêque de Bâle d'inciter ses coreligionnaires réfugiés chez les conférés de regagner au plus vite leur chaumière.

L'évêque ne mentit pas lorsqu'il lui répondit qu'il ne restait guère que les veuves et les orphelins.

XVI

Avec une précision surprenante, le printemps apporta le jour du solstice des températures plus clémentes.

Léo le lynx ne s'y trompa pas. Il sortit de la forêt pour se coucher au soleil, devant la maison de Mathias Hold. Le félin commençait à s'affranchir de la domesticité en effectuant des randonnées de plus en plus longues dans les bois encore creux.

Mathias alla s'asseoir à côté de Léo. Il savait qu'en ce qui concernait la recherche de chaleur réconfortante, le lynx, comme les chats, se montrait particulièrement compétent.

Le ruisselet qui traversait le Peccal chantait, gonflé d'une eau tumultueuse. Cela signifiait que la fonte des neiges était lancée et que les grands froids ne reviendraient plus.

Les poules aussi appréciaient le changement de saison car elle paraissaient caqueter avec joie. Tandis que les canards s'ébattaient dans l'eau en chahutant.

Le charbonnier jeta un coup d'oeil sur le poirier qui, en été, ombrageait la basse-cour. Il vit que les bourgeons arrivaient. C'était à peine perceptible mais, sûr, c'était imminent et de le constater procurait un vrai bonheur.

A Ottendorf encerclé de montagnes, la neige restait plus longtemps que dans la partie basse du Sundgau. Un ensoleillement de plus courte durée favorisait un climat nordique. Cela expliquait pourquoi ses habitants accueillaient la nouvelle saison avec allégresse.

Mais ce n'étaient pas les rigueurs de l'hiver qui avaient rendu Mathias Hold malade de peur depuis le jour de l'An. Malgré les événements tragiques qu'il venait de vivre, il pensait que le pire n'était peut-être pas encore survenu. L'intuition qu'il ne vivrait pas longtemps le rongeait.

La tempête suédoise avait pourtant tout dévasté. Il n'y avait pas seulement eu les morts de Blotzheim et de Landser mais aussi ceux de Vezelois. Des centaines et des centaines de paysans massacrés.

La marche victorieuse sur Belfort avait en effet tourné court. Le rhingrave Othon Louis avait dépêché des renforts à partir de Strasbourg. Les insurgés furent écrasés entre Danjoutin et Pérousse dans un pré qui fut appelé le ''Pré au Massacre''.

Des garnisons suédoises s'étaient installées à Altkirch et à Ferrette. La première avait à sa tête le commandant Chaumaré qui, miraculeusement, n'avait pas succombé à ses blessures, confirmant que l'adage ''mauvaise herbe ne meurt pas'' n'était pas un vain mot. La deuxième était placée sous les ordres du commandant Capelle, un vaudois passé au service du Rhingrave.

L'occupant poursuivait deux missions contradictoires : pourchasser et pourfendre les fauteurs de trouble et favoriser le retour d'une vie normale afin que les rescapés produisent la nourriture dont ils avaient besoin.

Wolschwiller fut ainsi, particulièrement secoué. Les Suédois avaient investi le village pour récupérer le cheval que Hans Stehelin avait dérobé à Hartmann von Erlach et surtout reprendre le butin de mille cinq cents florins enfermé dans son armoire. En l'absence du maire autrichien qui avait pris la fuite, la population leur donna satisfaction dans les meilleurs délais pour ne pas subir des représailles qui auraient sans doute rangé Wolschwiller parmi ces villages de l'Autriche antérieure qui disparurent de la carte.

Elles étaient nombreuses effectivement ces localités sans habitants et sans âme qui avaient perdu leur nom. Il ne restait plus que des amas de pierre et de poutres calcinées, hantés par les loups. La seigneurie de Morimont, Dieu seul savait pourquoi, avait, pour le moment, échappé à la rage destructrice des Suédois. Pour le moment...

Ludan rejoignit son père sur le pré et caressa le lynx. Sa main droite prit plaisir à s'enfouir dans la fourrure blanche du cou de l'animal. L'autre main tenait son arbalète car il s'apprêtait à descendre au village. Depuis qu'il était rentré de Blotzheim, il ne quittait plus son arme préférée.

Sa façon de marcher avait un peu changé, affecté par une légère claudication. Il avait en effet perdu son orteil gauche, gelé en revenant du champ de bataille. Ludan pensait souvent à cette aventure-là. Il ne pouvait s'empêcher de se dire que sa chance avait été si inouïe que l'existence de Dieu était envisageable. Une fois de plus, il se souvint.

Ses chaussures en peau d'ours lui ont sauvé la vie ! Sa pendaison est en effet imminente quand un gros bourgeois de Bâle qui s'est mêlé à un groupe de curieux, a l'attention retenue par ses botilles légères et si étrangement coupées.

Ludan serait incapable de dire quelle mouche a piqué ce bonhomme. Quoi qu'il en soit, il s'est précipité sur un officier en extirpant son gousset. Après une discussion très animée au cours de laquelle le gros homme devient rouge comme une pivoine, de nombreux guldens changent de main et Ludan est emmené auprès du Bâlois richement et chaudement habillé.

Ses yeux globuleux s'arrondissent davantage lorsqu'il dit :

- Tes chaussures, tes chaussures étranges c'est de la peau d'ours ?

- Oui, répond Ludan un ours que j'ai tué de mes mains.

Et son sauveur de jubiler, de trépigner comme un enfant et de commander à Ludan le récit de cette chasse qui lui apparaît d'entrée faramineuse. Ludan, comprenant qu'il vient de sauver sa vie, en rajoute un peu, n'hésite pas à exagérer les dangers qu'il a couru dans les Hautes-Vosges, se sentant obligé de donner l'impression à ce brave homme qu'il en a eu pour son argent.

Le Bâlois, un riche marchand de fourrures, a obtenu sa libération en échange de ses chaussures en peau d'ours. De sorte que Ludan s'est retrouvé pieds nus dans les souliers trops grands, laissés par le Suisse pour lui permettre de rentrer à Ottendorf, avec de la neige jusqu'aux mollets.

D'autres rescapés étaient heureusement revenus au village ainsi qu'à Luffendorf et à Oberlarg. Après s'être ressaisis, ils avaient admis qu'il fallait maintenant s'organiser un peu, résister. Ludan, le miraculé, était devenu leur conseiller. Le maire avait trouvé refuge en Ajoie et le fils du charbonnier avait, en quelque sorte, pris sa place.

Sarazin ne cessait de raconter son aventure et celle de Ludan en exagérant et en enjolivant tous les jours un peu plus.

En prévision d'une invasion suédoise, Ludan avait fait aménager des caches pour les vivres et l'argent et défini des refuges naturels dans la forêt et sur les hauteurs, capables de constituer des abris sûrs et introuvables par quelqu'un qui ne connaissait pas le site.

Les villageois avaient d'autre part accepté de monter la garde jour et nuit. Pas question, sacrédjé, de se faire avoir par surprise. A présent, ils s'employaient à consolider le mur du cimetière qui, le cas échéant, pourrait servir d'ultime rempart et constituerait une espèce de redoute les protégeant contre les balles d'arquebuse et les boulets de canon.

Ludan avait trouvé une alliée dévouée en la personne de Catherine Kieffer. La jeune veuve approuvait toutes ses initiatives et mettait elle-même la main à la pâte, affirmant à qui voulait l'entendre et ils devaient tous l'entendre, qu'à Ottendorf, les protestants, suppôts du diable, ne seraient jamais chez eux.

Le curé qui se tenait toujours prêt à rejoindre le Prince-Evêque de Porrentruy si besoin était, appréciait les saints propos de cette femme lui inspirant confiance. Il était du reste secrètement amoureux d'elle parce qu'elle lui rappelait sa mère. Comme le prêtre donnait sa bénédiction aux initiatives de Catherine, dont le comportement sortait des sentiers battus et bousculait les règles établies de la bienséance vouant la femme au foyer et non aux armes, les villageois ne s'en offusquèrent pas et arrivèrent à la conclusion que cette Catherine avait été envoyée par la Providence.

Mais Ludan était tout de même surveillé du coin de l'oeil. Malgré la guerre et les relâchements moraux qu'elle suscitait, l'adultère n'aurait pas manqué de faire scandale dans Ottendorf cerné par la menace suédoise. Ludan le savait et agissait en conséquence.

Catherine, cependant, lui plaisait, c'était une réalité indiscutable. Il ne pouvait gommer un sentiment dont l'intensité allait croissant chaque fois qu'il avait l'occasion d'approcher la jeune femme et de lui parler.

Cette journée de printemps n'était pas faite pour résoudre son dilemme. Il quitta sa chaumière du Peccal en laissant une fois de plus les travaux d'entretien de la meule aux bons soins de son père. Celui-ci ne fit aucune remarque mais son regard empreint de lassitude désapprouvait Ludan. Mathias Hold aurait souhaité que son fils se livrât davantage à son métier de charbonnier.

Clara, également, n'adhérait pas aux activités de Ludan et les lui reprochait à tout bout de champ. Elle combattait son anxiété, son désarroi et son désir incoercible de fuir ce site, en effectuant d'interminables travaux de nettoyage et de rangement. Elle balayait deux ou trois fois la même pièce où récurait les casseroles à la cendre alors qu'elles n'avaient pas été utilisées.

L'attente, en réalité, était éprouvante pour tout le monde. L'attente des Suédois qui effectuaient des intrusions dévastatrices dans les villages de l'Ajoie et ne finissaient pas de ruminer leur défaite de Ferrette.

Ludan pensait à tout cela pendant qu'il participait aux travaux de consolidation du mur du cimetière. Car il était habité par cette certitude : ils viendraient tôt ou tard. Mais par où ? Par les montagnes ou par des chemins beaucoup plus accessibles ? Après tout, ils étaient maintenant les maîtres incontestés. Tout se passait comme si les troupes impériales n'existaient plus et que le Sundgau n'appartenait plus aux Habsbourg.

Catherine apporta des victuailles aux hommes qui s'affairaient; du pain, du fromage, des pommes séchées et un tonnelet de vin.

Ludan la salua à la fois avec gentillesse et respect. Il complimenta son zèle et son courage et elle rougit de plaisir. Elle entretint la conversation en l'informant :

- L'intendant du château de Morimont a demandé au Prince-Evêque l'autorisation de faire occuper et défendre la forteresse par les paysans. Il meurt de peur derrière ses grands murs.

- Il a surtout peur qu'ils y mettent le feu, répondit Ludan, parce qu'ils ne sont pas très nombreux là-haut. D'ailleurs je ne comprends pas pourquoi les Suédois ne l'ont pas encore occupé.

- Peut-être parce que les douves sont infranchissables. Ils craignent les canons dont les gueules sont si bien placées qu'elles paraissent incapables de manquer la moindre cible. Le Morimont est imprenable. A moins qu'ils sachent déjà que ce château ne leur fera aucun mal...

Ludan sourit. Il aimait entendre Catherine parler des choses de la guerre. Il se demanda alors s'il devait lui confier son secret. Viendrait sans doute un jour où il serait obligé de se réfugier dans le souterrain du château. Il ne se révélerait peut-être pas opportun d'y emmener tout le village. La prudence lui recommanda par conséquent de se taire.

- Tôt ou tard il m'appartiendra, dit-il en revanche d'une voix absente comme s'il rêvait tout éveillé. J'en serai le seigneur.

- Et moi ta servante ?

- Et toi ma gente dame, rectifia-t-il en se tordant la bouche afin de parodier les bonnes manières de la noblesse.

Catherine le regarda fixement se demandant s'il plaisantait ou s'il était sérieux.

XVII

Le torchon brûlait entre Clara et Ludan. La jeune femme ne supportait plus cet état d'alerte chronique. Le plus clair des conversations était consacré aux Suédois et aux exactions des mercenaires qui combattaient dans leurs rangs. Mais le plus souvent on ne parlait pas. Des soirées entières s'écoulaient sans qu'un mot ne fût prononcé.

Chacun s'enfermait dans ses pensées, dans sa peur de mort violente devant la porte de la chaumière ou de viol sur la table de la cuisine. Chacun s'enfermait dans sa lassitude d'une vie quotidienne bouleversée. Partagée entre le travail et l'étonnement d'avoir passer une nouvelle journée paisible.

Des histoires horribles circulaient de village en village, de poêle en poêle. Leur nombre était proportionnel au nombre de bandes armées incontrôlées et incontrôlables qui infestaient le pays. Le mot ''Suédois'' n'était plus forcément synonyme d'armée bien organisée et disciplinée mais de brigands et de chenapans sans foi ni loi qui entendaient se constituer un bon butin avant de déserter.

Ils ont cessé de défendre leur religion, constatait Ludan presque avec satisfaction. Certains passaient d'un camp à l'autre en criant tour à tour : A bas les protestants ! A bas les papistes ! Vive l'Empereur ! Vive la reine Christine ! Vive le roi de France ! Vive n'importe qui pourvu que ça saigne, pourvu qu'on s'en mette plein la panse et plein l'escarcelle !

Parfois, le soir à la veillée, Ludan que l'inaction pesait et que le désir d'engager derechef la lutte démangeait, disait :

- Moi, je serai enfin tranquille quand il n'y aura plus de soldats sur notre terre, quand on pourra marcher, courir, chasser comme bon nous semble. Je mets Suédois, Impériaux, Lorrains et Français dans le même panier. Des calamités les uns comme les autres.

Mathias lui faisait alors, malgré lui, le geste de parler plus bas. Bien qu'ils fussent dans la chaumière ! Il sentait confusément que ce discours avait quelque chose de séditieux qui risquait de déplaire à tout le monde. Ludan haussait les épaules avec indulgence.

Son père ne voyait pas plus loin que le bout de la seigneurie. Ludan, au contraire, comprenait que l'échiquier avait les dimensions d'un continent et qu'un jour peut-être les pions iraient à dame. La guerre était certes un fléau, un cataclysme; mais, grâce à elle, le monde pourrait changer de visage, la société changer ses lois. Il voulait la liberté pour les paysans et certaines revendications des Rustauds, leurs ancêtres, lui revenaient immanquablement à l'esprit. Il disait qu'après la guerre il apprendrait à lire et à écrire.

Alors Clara saisissait l'occasion pour souligner qu'à Milhüsà, les bourgeois étaient libres, que des écoles y avaient été créées, que les seigneurs n'y avaient pas droit de cité et que c'était une honte que Ludan n'y emmenât pas toute sa famille. Toujours le même refrain seriné par une voix aigrie qui lui faisait mal au tympan. Si bien que Ludan refrénait l'envie de saisir sa femme par la peau des fesses pour la mettre sur le chemin de son Milhüsà.

C'était le temps du hersage dans les champs et des semailles dans les potagers. Mais déjà plusieurs journaux de terre étaient laissés en friche. Les Suédois rôdaient, les Suédois approchaient. A une lieue d'Ottendorf, en direction de Ferrette, Liebsdorf avait soudain été la proie des flammes et des pillards. Ses habitants avaient fui dans une région où les catholiques étaient encore les bienvenus.

Mais la relative quiétude dont bénéficiait les trois villages de la seigneurie de Morimont venait peut-être du fait que les Suédois se tenaient sur leur garde et n'entendaient pas disperser leurs forces. Les Impériaux s'étaient en effet décidés à lancer une contre-offensive et avaient repris le Val de Villé fin mars.

Pâques approchait. Trop occupés à jouer aux paysans et aux Suédois, les enfants ne peignaient pas d'oeufs. L'attente se prolongeait et accaparait jeunes et moins jeunes. Au point qu'on en oubliait les traditions.

"Ils" ne devraient plus tarder !

Au fait, pourquoi viendraient-ils chez nous ?

Les certitudes et les doutes alternaient. Il fallait revigorer l'appréhension d'une attaque pour maintenir les paysans en alerte. Plus personne ne voulait monter la garde. Les gens d'Ottendorf étaient tentés de croire que leurs prières avaient été exaucées. Il n'empêchait pas que le soir, la litanie revenait hanter les chambrées :

Prie mon enfant, prie.
Demain le Suédois viendra
Demain viendra Oxenstierna
L'enfant doit apprendre à prier.

Certains, comme Ludan, pensaient que le moment était venu de fomenter une nouvelle révolte. Les rescapés de Landser avaient digéré leur panique et leur humiliation. Le désir de vengeance les démangeait et les incitait à récidiver. Impossible d'accepter cette présence étrangère qui plus est, prétendait leur interdire d'aller à la messe !

La tempête se leva derechef si brusquement que la plupart ne l'avait, bien sûr, par vue arriver.

Une compagnie de Suédois passant par Pfetterhouse, à une lieue à l'ouest d'Ottendorf, fut attaquée par les paysans. Enervés, ils avaient saisi leur fourche et leur fléau sans demander l'avis de personne et s'étaient jetés sur les mercenaires.

Atteints par cette poussée de fièvre et ce besoin de donner libre cours à une haine trop longtemps contenue, les habitants de Bonfol prirent part à la fête. "Qu'ils rentrent donc chez eux ces sacripans, vingt Dieux !"

Trois beaux cavaliers fiers de leur monture, de leur uniforme, de leur épée, fiers d'être les plus forts, furent renversés à terre et occis sans qu'il eussent le temps de dire à ces bouseux puants qu'ils ne manqueraient pas de regretter leur rebellion, comme d'habitude.

La riposte éclata en effet le 13 avril.

Pfetterhouse fut incendié de fond en comble. L'épais nuage de fumée noire qui obscurcit le ciel, fut aperçut par les habitants d'Ottendorf. N'écoutant que sa fougue et sa témérité, Sarazin enfourcha son étalon et s'élança brides abattues sur la route de Pfetterhouse.

Il voulait savoir si les incendiaires étaient nombreux. Après avoir parcouru une demi-lieue, sa curiosité fut déjà satisfaite : il aperçut une section de cavaliers suédois venant dans sa direction. Il tenta de rebrousser chemin afin de donner l'alarme mais son étalon, excité par une jument suédoise, refusa d'obéir et s'emballa.

Pendant que Sarazin s'employait à calmer son cheval, les Suédois le rejoignaient et lui passaient leurs épées à travers le corps. Le brave Sarazin expira avec le sentiment douloureux d'avoir agit comme un idiot.

Les Suédois déboulèrent alors de plus en plus nombreux. Ils venaient nettoyer cette région infestée de paysans bornés qui ne voulaient pas désarmer. Ils provoquèrent une débandade générale. Aucun n'était prêt à résister et à organiser la défense. Ce fut une course effrenée vers la forêt et personne n'eut la présence d'esprit de prendre position derrière le mur du cimetière, comme convenu. Sauve qui peut ! fut le seul mot d'ordre suivi avec quelque succès.

Ottendorf subit le même sort que des dizaines de villages du Sundgau : il fut transformé en torche par une horde excitée et hirsute qui menait maintenant ce genre d'exercice à bonne fin avec un savoir-faire d'experts en la matière. Les toits de chaume flambaient bien, les granges remplies de paille et de foin mieux encore. ''Qu'ils crèvent comme des rats, ces chiens !'' criait les incendiaires.

La forêt tint lieu de refuge à plus de deux cents personnes : femmes, enfants et paysans complètement dépassés par cette agression subite. Il n'y avait rien d'autre à faire. Même Ludan était désemparé. Il les exhorta en vain au combat. En vain. Il n'insista pas car il se rendit compte que la lutte était trop inégale. Alors il accepta de les guider au coeur de la forêt, là ou les Suédois ne pouvaient plus les atteindre.

Clara réussit à se joindre aux fugitifs. Sans la petite Marie. Elle sanglotait s'agrippa à Ludan lui reprochant d'avoir préféré s'occuper des villageois et de l'avoir laissée seule. Elle lui martelait la poitrine avec ses poings nerveusement serrés. Du Peccal, elle avait vu les maison d'Ottendorf s'enflammer et ses habitants courir dans tous les sens. Elle avait vu des hommes s'écrouler avec une balle de pistolet dans le corps et des femmes poursuivies par des cavaliers qui leur soulevaient les jupes avec la pointe de leur épée.

Elle s'était enfuie à son tour, courant comme une folle, s'efforçant de rattraper les gens d'Ottendorf qui disparaissaient un à un dans le bois. Elle disait, en pleurant, qu'elle avait horreur de la forêt hantée par les loups, que tout était de sa faute : tout cela aurait pu être évité s'il l'avait écoutée. Ses sanglots devenaient cris et ses martellements de véritables coups.

Ludan lui saisit les poignets. Il se força à demeurer calme. Clara n'était plus elle-même et sur le point de perdre la raison. La guerre ! Tout en la tenant, il regarda autour de lui, cherchant sa petite Marie avec inquiétude.

- Où est Marie ? interrogea-t-il.

La question eut le don de calmer Clara presque instantanément. Elle regarda également autour d'elle. Elle se rendit compte qu'elle s'était lancée dans une fuite éperdue avec tant de hâte qu'elle ne s'était pas préoccupée de sa petite fille, persuadée que celle-ci la suivait. Comprenant qu'elle avait plutôt mal agi, Clara répondit :

- Marie est avec ton père.

- Alors, où est mon père ?

- Il est resté au Peccal, il est resté à côté de sa meule.

Ludan bondit. Il courut entre les taillis et les futaies. A mesure qu'il approchait du but, il vit un immense brasier entre les arbres. La maison, sa maison brûlait.

Au sortir de la forêt, il aperçut son père étendu à côté de la meule, les deux mains appuyées sur son ventre pour empêcher les intestins de se répandre sur son pantalon.

Les mâchoires crispées, Ludan s'agenouilla à côté de Mathias, lui dit qu'il était là et qu'il n'avait plus rien à craindre, sans prendre conscience que ses propos avaient quelque chose de dérisoire.

- Où est Marie ? demanda-t-il doucement.

Mathias Hold ferma les yeux, les ouvrit et fit un effort surhumain pour parler :

- Dans la maison. Ils l'ont enfermée dans la maison. Léo est parti dans la forêt, ils lui ont tiré dessus. La petite, la petite... ils me l'ont arrachée et je...

Lentement, il ôta sa main droit de son ventre et pointa un index tremblant sur la chaumière en flamme.

- Ils ont... une petite fille... Marie.

Mathias ferma les yeux pour ne plus les rouvrir. Il marmona encore : "l'Ill coule où elle veut" et mourut.

XVIII

Quand hurlèrent les loups à la tombée de la nuit et que les hiboux leur répondirent en écho, Clara se leva et dit que personne au monde ne pouvait la forcer à demeurer ici pour dormir sous les arbres et sur un tas de feuilles mortes.

Melchior Richert, le fils du maire qui avait tout juste vingt-cinq ans, des cheveux bouclés tirant sur le roux, le visage constellé de taches de rousseur, affirma qu'il n'était évidemment pas question que les loups affamés, au sortir de l'hiver, viennent les dévorer.

Un feu avait été allumé. Les réfugiés s'étaient rassemblés autour du foyer et se serraient les uns contre les autres.

Catherine Kieffer sortit du mutisme dans lequel l'avait plongée le brusque départ de Ludan et sa dispute avec cette enquiquineuse de Clara. Elle s'adressa à Melchior pour lui signifier qu'il ne suffisait pas de formuler des voeux mais qu'il fallait aussi avoir les moyens de les réaliser.

Les autres se taisaient. Ils avaient du mal à comprendre qu'ils ne possédaient plus rien. Ils n'arrivaient pas à croire qu'ils étaient soudain devenus des femmes et des hommes sans toit, nus comme des vers. Il ne leur restait plus que les nippes qu'ils portaient sur eux et les paniers de vivre qu'ils avaient réussi à emporter.

Une certitude les habitait pourtant déjà : ils ne retourneraient pas à Ottendorf. Trop fatigués pour reconstruire. L'entreprise ne servirait d'ailleurs à rien aussi longtemps que les Suédois n'auraient pas quitté le pays. D'autant que la Maison d'Autriche n'accorderait que très peu d'attention au destin de ce village, niché aux confins du Landgraviat.

- Il faut partir, dit un vieux qui savait que l'heure était venue de s'établir dans des contrées moins dangereuses.

- Il a cent fois raison, il nous faut partir, renchérit sa femme qui tremblait de froid. Allons chercher refuge dans le canton de Soleure ou dans le Valais. Mettons-nous à l'abri de la guerre. Demain, à l'aube, nous partirons. Demandons à Ludan de nous montrer le chemin.

Alors Clara intervint :

- Ludan n'en sait pas plus que vous. D'ailleurs il n'ira pas avec vous. C'est moi qu'il accompagnera à Milhüsà.

Catherine ne put s'empêcher de rectifier :

- Il n'ira pas dans cette ville maudite. Le pape l'a excommuniée et ses habitants itou. Ils ont fait alliance avec les Suédois. Ils ont renié leur serment de neutralité.

- Beaucoup d'Autrichiens y ont trouvé refuge pourtant.

Le vieux mit fin à ce débat en décrétant :

- Ce n'est pas à Mülhausen que nous pourrons reconstruire une maison !

Il fut enfin décidé que l'on se mettrait en route pour les cantons catholiques de la Confédération au lever du jour.

De son côté, Ludan creusa une tombe et y enterra son père. Il le veilla ensuite toute la nuit. Il ne récita ni Ave ni Pater. Il se contenta de contempler la cime des arbres, masse dentelée et sombre qui se découpait sur un ciel éclairci par la pleine lune.

Sa présence sur la tombe de Mathias n'avait rien à voir avec la religion. Non, il avait l'impression de communier encore avec un être exquis qui lui avait donné la sagesse et lui avait appris à peser le pour et le contre.

Les premières heures, Ludan n'avait pas arrêté de pleurer, malade de chagrin. Il avait imaginé sa petite fille se tordant dans les flammes et il avait été tourmenté par la pensée que, dans sa famille, le feu faisait décidément beaucoup de victimes innocentes !

Ludan avait remarqué que, depuis Nouvel An, son père n'était plus le même. Un mal indéfinissable le rongeait : la guerre et ses victimes, certes ; mais il y avait quelque chose de plus, quelque chose d'inexpliquable.

Son père était mort malheureux. Malheureux d'avoir vu brûler sa petite fille et malheureux pour la population de la seigneurie. Ludan l'entendait encore prophétiser sur un ton angoissé : "Le pire n'est pas encore passé, dis-toi bien que le pire va encore arriver."

Le froid de la nuit avait ankylosé Ludan qui n'avait pas bougé, figé par le chagrin. Mais Ludan n'en avait pas souffert, tenu éveillé par sa détresse et rechauffé par la proximité de la meule.

Le jeune homme avait attendu une réponse de cette veillée. Une réponse aux nombreuses questions qui l'avaient assaillies. Que faire quand on a tout perdu ? Foncer tête baissée sur les Suédois jusqu'à ce que mort s'en suive ? Partir ? S'enterrer dans les souterrains du château et s'y pelotonner comme un ours en hibernation jusqu'à ce que la guerre soit finie ?

Aux premières lueurs, il s'ébroua enfin. Il entendit hurler les loups et aboyer les chiens devenus sauvages. Mais ces bruits-là ne lui faisaient plus peur depuis longtemps. Il sentit un hiboux planer au-dessus de lui et il regarda la lune disparaître derrière un nuage.

Une pensée investit tout à coup son esprit : quand tous les villages seront brûlés, quand les Impériaux et les Suédois se seront entretués, quand les paysans auront abandonné leur ferme ruinée et que le Sundgau sera une terre désolée, viendra le moment où il sera possible de tout reconstruire, d'inventer des nouvelles lois, de créer une nouvelle manière de vivre. De vivre autrement.

AUTREMENT. Ce mot l'avait obsédé lorsqu'il avait tourné autour de sa maison dont il ne restait plus que quelques pierres et le poêle en faïence et qu'il avait cru apercevoir un morceau de la robe de Marie dans les décombres.

Il fut tenté, un bref instant, de fouiller dans les cendres dans l'espoir irraisonné de ressusciter l'enfant. Il eut envie de plonger les mains dans les braises rougeoyantes. Un peu comme une autopunition car il se reprochait d'avoir laissé Marie à la garde de sa mère et d'avoir d'abord pensé à aider les villageois.

Il parvint à renoncer à ce projet et décida de retourner dans la forêt.

Il fut accueilli sans joie. Ses qualités de meneur et d'organisateur ne forçaient plus l'admiration. Le malheur ne sied pas aux chefs. La décision des paysans était prise et irrévocable : ils n'étaient plus chez eux dans la seigneurie de Morimont et ils partaient, en conséquence, chercher fortune ailleurs.

Catherine vint à Ludan, comprenant que quelque chose d'affreux le préoccupait. Ne voyant pas son épouse, il interrogea :

- Où est Clara ?

- Ta femme semble avoir perdu sa raison. Aux premières lueurs du jour elle est partie. Elle nous a dit que c'était décidé : Elle marchera aussi longtemps qu'il faudra pour aller à Milhüsà. Où est ton père ?

- Mon père est mort.

- Ils l'ont assassiné ?

- Oui.

- Et la petite ?

- Jetée dans la maison en flamme.

Le silence s'installa. Ludan prit place près du feu qu'il regarda fixement, tandis que les paysans rassemblaient leurs affaires et quittaient les lieux un à un, presque sur la pointe des pieds. Le père de Sarazin s'accroupit à côté de Ludan avec aménité.

- Nous partons pour le Valais, dit-il. Viens-tu avec nous ?

- Non, répondit sans hésiter Ludan, je reste.

Il semblait tout à fait détaché de ce qui se passait autour de lui. Dans sa voix, certains décelèrent pourtant une détermination qui contrastait avec l'indifférence qu'il paraissait afficher.

Ludan avait le sentiment douloureux de se trouver au bord d'un gouffre et qu'un tout petit mouvement aurait suffi pour l'y faire tomber. Il croyait avoir tout prévu mais tout avait basculé.

Il sursauta, quand il entendit dire à côté de lui :

- Moi aussi, je reste.

C'était Rudi Heinrich le bûcheron lanceur de hache, aux grosses mains et aux gros bras, qui se grattait le bout du nez et dont les petits yeux noirs pétillaient de malice.

Trois autres hommes, du même âge que Ludan, soudain désireux de suivre son exemple, allèrent également s'asseoir autour du feu. Il y avait Richard Reinach le charron, filiforme et le visage allongé, ses longs cheveux châtains rassemblés sur la nuque avec un ruban en velours noir, Hans Saltzmann cultivateur à Luffendorf, trapu, le teint basané, les oreilles bien détachées et le regard vif et Otto Risach, du même village, berger laconique, d'un calme olympien, les cheveux blonds et bouclés, les yeux bleu azur, les mains effilées comme celles d'une femme mais qui maniaient la fourche avec une dextérité étonnante.

Ils se gardèrent bien de parler, respectant la triste méditation de Ludan qui avait perdu son père, sa femme et sa petite fille. Ils compatissaient d'autant mieux qu'il ne leur restait pas non plus grand chose. En réalité ils étaient tous à la même enseigne : ils n'avaient plus rien à perdre.

Catherine qui commençait à s'éloigner, ralentit le pas, laissa aller le dernier groupe, se retourna et regarda Ludan, ramassé sur lui-même, pitoyable comme un orphelin. Elle ne put résister au désir de lui venir en aide et de le réconforter. Elle se plaça donc aussi près du feu mais, au lieu de s'asseoir, saisit un bâton et remua la braise.

- On ne va pas rester ici jusqu'à Noël, dit-elle d'une voix un peu rauque pour dissimuler son émotion. A Ottendorf deux maisons sont encore debout tant bien que mal. Allons-y.

Les hommes ne bougèrent pas. L'intervention de la jeune femme les surprenait. Elle semblait leur lancer un défi, les provoquer afin qu'ils sortent d'une immobilité qui l'énervait.

Elle poursuivit en élevant le ton :

- Je vais chercher à manger. Il faudra bien manger. Ludan, tu n'es pas le seul à avoir tout perdu...

Elle se tut brusquement, comprenant qu'elle avait eu tort de formuler cette dernière remarque. Elle aurait tant voulu le consoler, lui rendre son sourire en le berçant dans ses bras comme un enfant et elle n'avait pas trouvé les mots justes. Elle se mordit les lèvres, confuse et malheureuse.

Cependant Ludan se leva lentement et dit :

- Oui, je sais : le malheur est sur nous tous. Tu as raison. Il faut manger, il faut trouver un gîte. Ne vous inquiétez plus, j'ai tout ce qu'il faut.

XIX

Balthazar Schönberger, intendant du château de Morimont, cultivait l'ordre.

Il aimait que chaque chose fût bien à sa place. Les armes et les munitions à l'arsenal, les provisions à la cave, les servantes et les valets aux dépendances, les seigneurs au manoir, la femme à la cuisine ou au couvent, le soldat au créneau.

C'est pourquoi il ne s'était jamais résolu à s'installer dans l'une des douze pièces que le comte d'Ortembourg de la Salamanca n'occupait plus. Il s'évertuait, au contraire, à ne rien déranger et à ne pas toucher leur agencement dont il était responsable.

Lui-même et sa famille demeuraient au bas étage du manoir. Son épouse Agnès, originaire du Tyrol comme lui, estimait qu'il exagérait un peu et passait volontiers quelques instants à paresser dans la chambre à coucher du comte. Les scrupules de son mari lui paraissaient de moins en moins de mise en cette époque troublée où plus rien n'était en place.

Ce pauvre Balthazar ne savait d'ailleurs plus à quelle autorité se vouer. Elles étaient toutes devenues évanescentes et ne répondaient plus à ses messages. La cour de Vienne était hors d'atteinte :

aucun messager n'acceptait d'y livrer un courrier. L'intendant n'avait plus de nouvelles de son seigneur réfugié Dieu savait où. La Régence d'Ensisheim passait d'un exil à l'autre. Et la ville de Mülhausen, créancière d'Ortembourg, avait d'autres chats à fouetter.

Balthazar Schönberger avait le physique de l'emploi : maigre, le visage décharné et le teint pâle, les doigts osseux, la pomme d'Adam saillante et le regard gris toujours en éveil. Il ressemblait à un greffier qui passait le plus clair de son temps à affûter les plumes d'oie et à noter un nombre invraisemblable de futilités par déformation professionnelle.

Souvent, Balthazar se demandait pourquoi il n'était pas parti lui-même. Il aurait pu accompagner Beat de Reinach d'Altkirch qui lui avait proposé de se joindre à lui en précisant, sans avoir l'air de se rendre compte qu'il était cynique : ''Nous reviendrons quand tout sera rentré dans l'ordre. Ces Suédois-là ne resteront pas éternellement.''

Il fallait reconnaître qu'il n'avait pas eu tout à fait tort car les mouvements de troupe étaient décidément une caractéristique de cette guerre interminable. Du haut du donjon, Balthazar observait les passages. Il apprit ainsi que les villages de la seigneurie avaient été réduits en cendre.

Balthazar Schönberger, intendant du château de Morimont, cultivait l'ordre.

Il inscrivait soigneusement tous les petits et grands événements parce qu'il voulait rendre compte avec exactitude. Il rendait du reste compte à la première autorité qui acceptait de lui prêter attention, qu'elle soit archiducale, régionale ou épiscopale.

Il tenait également la comptabilité et mettait un point d'honneur à présenter une gestion saine au maître de la seigneurie. Qu'il eût disparu dans la nature n'ébranlait guère sa conscience professionnelle. Tôt ou tard, de toute manière, il reviendrait avec toutes ses prérogatives et tous ses privilèges.

Son épouse Agnès, une femme boulotte, aux épaules rondes et à la taille à l'avenant, mais au caractère d'or, se moquait parfois de lui. Elle répétait à son Balthazar que tous ses efforts ne servaient à rien parce qu'il n'y avait plus un seul paysan pour payer les impôts et faire fructifier les terres de la seigneurie.

Sa fille Agathe, un peu moins boulotte, à la taille fine mais au caractère nettement moins enjoué, n'était préoccupée que par un seul souci : ce n'était pas dans ce coin perdu de l'Autriche antérieure qu'elle trouverait un mari capable de lui procurer une vie sereine et cossue.

Balthazar répondait à l'une que le devoir d'une charge était sacré et à l'autre qu'à dix-huit ans elle avait encore bien le temps pour obtenir le parti qu'elle méritait.

Ce jour-là donc, Balthazar rédigeait un rapport aussi complet et aussi objectif que possible sur les événements qui avaient troublé Pâques 1633. Il narrait comment les paysans, infatigables, avaient tenté de se soulever une fois de plus contre les Suédois et avaient provoqué la colère des occupants. Il indiquait aussi qu'il regrettait cette initiative dont le bilan se révélait particulièrement désastreux : elle risquait non seulement d'attirer l'attention de l'envahisseur sur Morimont qui avait jusqu'à présent échappé au pillage mais surtout, les paysans ayant dû s'expatrier, il n'apparaissait plus possible de réapprovisionner les réserves du château. Balthazar précisait enfin que la disette menaçait et que viendrait un jour où il ne pourrait plus nourrir le personnel.

Il pleuvait à verse et le ciel était sombre. Pour tremper sa plume d'oie dans l'encrier, Balthazar avait dû allumer une chandelle. Il écrivait laborieusement parce qu'à quarante-quatre ans sa vue baissait.

Concentré sur son travail, il sursauta, par conséquent, quand Agnès ouvrit brusquement la porte, le visage rouge, une main appuyée sur sa grosse poitrine comme si ce geste avait pour effet de faciliter sa respiration. Elle lâcha les deux mots-leitmotiv, synonymes de terreur :

- Se kumme [1] !

Ce cri d'alarme n'inquiéta pas Balthazar outre mesure. Il se permit même de sourire : son épouse déraisonnait. Si les Suédois avaient pu entrer dans le château il les aurait entendus. Un vacarme aurait pour le moins annoncé leur intrusion. Et un valet aurait signalé leur approche.

- Ils ne sont tout de même pas sortis du puits, chère Agnès, dit-il sur le ton de la plaisanterie avec une pointe d'indulgence dans la voix.

---

[1] Ils arrivent !

- Justement si ! lança-t-elle. Figurez-vous qu'ils sont là et que personne ne sait par où ils sont entrés, car personne n'a baissé le pont-levis qui n'a d'ailleurs pas été descendu !

Au même moment, bousculant à peine la châtelaine, Ludan et ses amis surgirent devant Balthazar. Celui-ci demeura cloué sur sa chaise comme si le ciel lui tombait sur la tête. Tous ces manants qui osaient pénétrer chez lui sans s'annoncer, se fichant de la bienséance, le laissèrent, un instant, sans voix.

Ludan se planta devant lui, Rudi et les autres légèrement en retrait. Catherine se plaça à côté de Ludan, épaule contre épaule. Le charbonnier dit paisiblement :

- Tous les habitants de la seigneurie de Morimont sont partis chez les Confédérés. Comme vous le savez sans doute, les Suédois ont incendié tous les villages, pillé greniers, caves et étables. A Ottendorf seulement deux maisons sont encore debout, à Luffendorf et à Oberlarg pas une seule. J'ai donc décidé de m'installer ici avec mes amis. Nous vous demandons l'hospitalité et en contre-partie nous vous proposons de défendre le château et ses habitants. Après tout, cette forteresse est aussi un peu à nous car elle a grandi et prospéré, arrosée par notre sueur. Je suis Ludan, le fils de Mathias Hold que les Suédois ont lâchement assassiné.

L'intendant du comte d'Ortembourg, avant de répondre, pensa que cette apparition était un signe. Il était juste en train de décrire les événements de Pfetterhouse et le revers sanglant que les paysant avaient une fois de plus essuyé. De nouveau il citait Ludan, l'homme au lynx dont les aventures avaient déjà obtenu une certaine notoriété. Voilà qu'il se tenait devant lui comme surgi de son récit.

Le premier instant de surprise ainsi assimilé, il demanda :

- Mais par où, diable, êtes-vous passés ? Personne n'a baissé le pont-levis.

- C'est tout à fait exact : je n'ai pas besoin de pont-levis pour entrer dans ce château. Avant de vous répondre et de vous révéler mon secret, je veux d'abord savoir si vous acceptez. Acceptez-vous de combattre avec nous les hérétiques, en bon catholique et en bon Autrichien ?

En tenant ces propos qui ne traduisaient pas vraiment le fond de sa pensée, Ludan avait marqué un point et fait preuve de psychologie. L'intendant pouvait éventuellement passer pour un mauvais autrichien mais sûrement pas pour un mauvais catholique. Il fit donc le signe de croix avant de déclarer :

- J'étais en train d'écrire au Prince-Evêque et à la Régence d'Ensisheim réfugiée à Délémont pour demander l'autorisation de confier la défense du château aux paysans de la seigneurie.

Ludan s'insurgea :

- Je ne vois pas l'utilité de demander cette autorisation à ceux qui ont fui, la queue entre les jambes. De toute façon il n'y a pas d'autre attitude raisonnable. Nous défendons la même cause. Faisons un pacte au lieu de nous chamailler et de compter sur une noblesse fantôme, au lieu de nous disputer sur des problèmes idiots de bienséance et de naissance. Plus nous sommes nombreux et plus nous mènerons la vie dure aux Suédois. Et nous leurs volerons ce qu'ils nous on volé.

En homme intelligent, l'intendant n'hésita plus un seconde. S'il voulait garder le château intact et manger du pain tous les jours, son intérêt lui commandait d'accepter cette proposition. Il se leva et affirma :

- Top là ! Faisons cause commune.

Il tendit une main que Ludan serra chaleureusement. Rudi et les autres en firent autant. Agnès et Agathe vinrent embrasser les courageux insurgés.

On organisa une fête au cours de laquelle Agathe et Rudi tombèrent amoureux tandis que la bande à Ludan s'installait dans le château.

Le premier jour, les paysans, par timidité, dormirent dans la cave voûtée. Le lendemain, ils visitèrent la forteresse et ne se rendirent que très lentement à l'évidence qu'ils étaient les maîtres de la place et personne, somme toute, ne pouvait les empêcher de prendre le gîte et le couvert dans le manoir. Ils pénétrèrent dans les chambres sur la pointe des pieds et prenaient aussi très lentement conscience que personne ne pouvait les accuser de transgresser un tabou.

Balthazar assistait au spectacle mi-amusé, mi-contrarié. Il avait néanmoins espéré qu'ils se contenteraient des dépendances ou du vieux château.

Ludan recommanda à ses amis de ne révéler à personne par où ils étaient entrés. Il voulait que l'intendant fît d'abord ses preuves avant de le mettre dans la confidence. Rudi approuva cette façon de voir et suggéra :

- Tous ceux qui voudront faire partie de notre bande devront prêter serment et c'est alors seulement qu'ils connaîtront l'entrée secrète.

Le soir même l'intendant Balthazar Schönberger adressa un message au Prince-Evêque lui signalant que le manoir avait été occupé par des manants et qu'il n'avait pu s'y opposer.

XX

Ils ne riaient pas. Leur visage était grave, tendu : on aurait dit qu'ils attendaient une jouissance imminente.

Ils avaient investi la grande pièce au plafond poutré, celle où toute la famille se tenait le soir pour se chauffer auprès du poêle et où les grands-parents s'enfermaient dans un lit à armoire pour dormir sans être gênés par le jeune couple qui continuait de veiller.

Des chandeliers avaient été allumés. Mais il se déplaçaient si souvent dans la ''Stube'' que les flammes vacillaient sans cesse déformant les ombres et inscrivant des formes fantasmagoriques sur les murs.

Il est plus exact de dire qu'ils ne riaient plus car, au début leur visite impromptue ressemblait davantage à une franche partie de rigolade. Une grosse farce que cette intrusion brutale chez ces paysans planqués qui s'accrochaient à leur maison tuilée. Une habitation à colombages avec une croix de Saint-André au-dessus de la porte et cette inscription plutôt comique, en l'occurence, gravée sur le linteau en bois : ''Das Haus steht in Gottes Hand.'' [1]

---

[1] Cette maison est entre les mains de Dieu.

Ils avaient persiflé qu'elle était bien bonne et que si ces manants se croyaient à l'abri ils se fourraient le doigt dans l'oeil.

Ils étaient cinq gaillards sans foi ni loi.

Cinq brigands qui servaient sous la banière d'Oxenstierna. Ils avaient quitté les mauvais quartiers d'une grande ville afin de s'engager dans une compagnie de dragons et avaient décidé de s'adonner à la seule activité qui les intéressait vraiment : la rapine et le viol. Affectés à la garnison de Ferrette, ils écumaient donc la région et prenaient tout ce qu'il y avait encore à prendre.

Ils avaient jeté leur dévolu sur cette ferme-cour apparemment cossue avec sa galerie latérale et avaient surpris le père, la mère, leur fils et leur brue.

Ils avaient été ravis par les cris de terreur poussés par cette petite famille de Moernach qui était restée au village, déserté par la plupart des habitants. Les cinq mercenaires expérimentés pour ce genre de coup de main s'étaient tout de suite emparés des hommes en leurs appuyant un canon d'arquebuse sur le ventre.

Ils se connaissaient à peine car ils parlaient tous les cinq une autre langue ou un autre dialecte. Ils se comprenaient grâce à quelques mots d'allemand, la langue qui prédominait dans la compagnie commandée par un capitaine zurichois, mercenaire depuis une quinzaine d'année. Mais ils s'entendaient à merveille pour mener leur sale besogne à bonne fin et leurs gestes étaient parfaitement coordonnés.

Ils avaient ordonné au ''papi'' et au ''fiston'' de s'asseoir sur une chaise et les y avaient attachés avec les draps du grand lit. Puis ils avaient balancé la maman sur le lit et c'était à ce moment-là qu'ils avaient ri le plus car elle avait cru qu'ils en voulaient à sa vertu et à son entrejambes fripé.

Elle criait encore : ''Dieu vous damne, suppôt de Satan''. Mais, sang du diable, ils préféraient cent fois la jeune, dodue à souhait, les cheveux couleur de blé et la poitrine pansue. Ils l'avaient donc allongée sur la table et l'un d'eux, aï, aï, aï, la troussa histoire de montrer que la fête pouvait commencer.

- Donne ton argent bouseux, ta bourse ou ta fille !

La jeune femme se trémoussait, demandait pitié et son beau-père se mit à gémir :

- Nous n'avons plus rien, pas un pfennig, même plus une mesure

de vin. Je vous le jure. Fouillez, fouillez la maison. Vos amis nous ont déjà tout pris.

Il ne mentait pas le brave homme. Mais un mercenaire recyclé dans la maraude ne croyait jamais ce genre d'affirmation. Un principe qui permettait de s'enrichir et que les cinq brigands mirent consciencieusement en application. Ce fut à partir de ce moment-là qu'ils arrêtèrent de rire car ils s'attelèrent à la tâche. Cependant qu'à tour de rôle ils s'allongeaient sur la jeune paysanne, la fouillaient assidument, malgré ses larmes, malgré ses prières et lui malaxaient les seins avec la délicatesse d'un boulanger pétrissant sa pâte.

Oui, les choses sérieuses avaient commencé. Ils entreprirent d'abord de porter le foyer du poêle au rouge. Ensuite ils remplirent une grande cruche de purin. Il fallut enfin installer les pieds du vieux dans le foyer et faire boire le contenu peu délectable de la cruche au jeune.

Ils ne furent pas de trop à trois pour mener l'opération à terme. L'un lui pinçait le nez, l'autre le tenait à bras le corps et le troisième faisait couler le liquide pestilentiel dans la gorge du malheureux et refermait la bouche pour l'empêcher de rejeter cette délicieuse boisson suédoise.

Le jeune homme au cou frêle et au visage poupin, fut secoué d'un haut-le-coeur. Il soulevait en même temps sa chaise dont les pieds frappaient le plancher. Son père, cheveux blancs et teint couperosé, se tordait comme une anguille essayant en vain de retirer ses pieds du poêle. Une désagréable odeur de chaire grillée se répandit dans la pièce.

Les mercenaires criaient : ''Ah les gueux, ah les gueux, vous parlerez, vous finirez bien par parler !'' et prenaient plaisir à cet exercice de torture collective. La vieille n'avait pas encore eu son compte, il fallait lui trouver quelque chose de bien. Au moment où le plus âgé des tortionnaires eut l'idée du traitement original qu'il lui appliquerait - lui enfoncer une chandelle allumée dans l'oreille et attendre qu'elle se consume - la porte s'ouvrit brusquement laissant passer un courant d'air qui éteignit ladite chandelle. A cet instant précis, une flèche siffla et alla se planter dans le cou de l'ingénieux bourreau.

Ludan et ses compagnons ne riaient pas non plus.

Ils arrivaient un peu tard et ils n'aimaient pas ça. Ludan fit un pas de côté, laissant passer Rudi. Celui-ci envoya sa hachette visant le dragon agenouillé sur la table, devant la jeune femme pantelante et les jambes écartées et qui était en train de descendre son pantalon un sourire ravi aux lèvres.

La petite hache tourna trois ou quatre fois sur elle-même avant de se ficher dans la tête du violeur. Cela craqua et, l'espace d'une seconde, le mercenaire se demanda d'où venait ce bruit étrange qui résonnait si fort dans son cerveau et qui n'avait pourtant effrayé personne. Il s'écroula ensuite sur sa victime, la bouche ouverte, le visage inondé de sang. La jeune femme hurla car son nouveau tortionnaire, en s'étalant sur elle, lui heurta le nez avec le manche de la hache planté dans le front.

Les trois autres maraudeurs lâchèrent leurs victimes et affirmèrent qu'ils se rendaient. Une deuxième flèche élimina le plus grand. Les hommes de Ludan s'employèrent alors à réconforter les paysans.

- N'ayez pas peur, disaient-ils, calme maintenant, tranquille. Nous, on vient pour vous aider.

Le jeune paysan continuait de vomir et de se tordre de douleur. Des jets de purin s'échappaient de sa bouche et faisaient des tâches brunâtres et nauséabondes sur le mur peint à la chaux blanche. Son père tenait ses pieds boursoufflées d'ampoules et noircis par les brûlures au troisième degré.

Ludan pénétra dans la cuisine où il trouva une boule de suif. Il enduisit les pieds du malheureux. Son épouse se rajusta et, ayant rapidement retrouver ses esprits, vint soutenir sa brue qui fut saisie d'une crise de nerfs et sanglota nerveusement en se griffant le visage.

Ludan, Rudi et Richard s'employèrent alors à dépouiller les chenapans. Ils ordonnèrent aux deux rescapés de se deshabiller. Il prirent leurs armes et leurs goussets contenant une vingtaine de thalers. Puis ils les jettèrent dehors à coups de bottes. Ludan leur lança cet avertissement :

- Allez dire à tous les brigands de votre espèce que dans ce fief Ludan ne laissera pas maltraiter les pauvres gens. Allez dire à vos officiers que les paysans du Sundgau ne se laisseront pas impunément piller et humilier. Tous les voleurs de grands chemins auront à faire à Ludan et à ses chenapans.

Les deux mercenaires s'en allèrent, cachant leurs parties viriles avec leurs mains. Lorsqu'il vit leur derrière blanc disparaître dans un verger, Ludan ne put s'empêcher de rire.

- Est pris qui croyait prendre, commenta la vieille paysanne venue assister ce spectacle particulièrement réconfortant. Puis elle saisit les mains de Ludan qu'elle embrassa en marmottant :

- Merci, merci beaucoup. C'est un miracle, un vrai miracle, oh Jeses, oh Jeses.

Ludan et ses compagnons attachèrent leur butin sur les chevaux des mercenaires. Avant de partir, le jeune homme salua respectueusement la paysanne et précisa que son intervention n'avait rien de miraculeux.

Le groupe partit ensuite au galop et atteignit l'entrée du château de Morimont une demi-heure plus tard. Le pont-levis se baissa et Ludan, le traversant en tête, éprouva une fois de plus un chaleureux sentiment de satisfaction.

Car maintenant c'était devenu une certitude : Morimont lui appartenait.

XXI

Quand elle entendit le pont-levis s'abaisser, Catherine se leva brusquement. Elle était en train de plumer une oie en prévision du souper qui se prenait la nuit tombée.

La nuit tombait de plus en plus tard et en cette fin avril l'air se réchauffait agréablement. Les manches de sa chemise en drap blanc étaient retroussées. Elle portait un tablier bleu sur la longue jupe verte lui recouvrant les chevilles.

Elle traversa la cour, s'arrêta devant le puits, se lava les mains dans un seau d'eau, les essuya après son tablier et alla se poster devant le porche qui donnait accès à la cour du château et où, peu de temps après, apparut Ludan.

Il chevauchait un alezan à l'allure racée. Lorsqu'il aperçut Catherine, son visage d'habitude figé, s'éclaira d'un sourire radieux.

Tous les hommes entrèrent dans la cour et mirent pied à terre. Leurs gestes n'étaient plus maintenant empêtrés de timidité. Ils étaient chez eux.

Une dizaine de jours avaient passé depuis que Ludan et ses compagnons s'étaient installés dans la forteresse. Au début, oui, ils se sentaient comme en visite dans ce lieu qui ne leur était pas familier. D'autant qu'ils avaient l'impression que cette construction en pierre ne dégageait pas la même chaleur naturelle que leur maison en torchis.

L'austérité des murs était certes atténuée par des tapisseries rapportées de France par la comte de Morimont, mais il faillait allumer un chandelier à douze branches et boire un ou deux gobelets de vin du Rangen pour se sentir tout à fait bien.

Alors les yeux brillaient, les rires fusaient, les manants gravissaient allègrement les échelons de la hiérarchie sociale, devenaient marquis du Peccal, baron d'Ottendorf, comte du Glaserberg et duc du Sundgau, se moquaient d'eux-mêmes mais s'enorgueillissaient de leur nouveau mode de vie.

L'intendant participait aux soupés capiteux et bien arrosés tout en inscrivant scrupuleusement les ponctions effectuées sur le stock. Il avait fallu deux jours aux amis de Ludan pour se sentir à peu près comme chez eux. Tout était allé beaucoup plus vite à partir du moment où des couples s'étaient formés grâce à la disponibilité de l'une ou l'autre servantes qui se libérait ainsi également de l'autorité que Balthazar exerçait sur elles, au nom du seigneur absent. L'état de guerre favorisait d'ailleurs les entorses au droit coutumier voire aux bonnes moeurs. Réactiver la vie du château consistait aussi à réanimer les alcôves.

Pourtant, Ludan n'arrivait pas à sourire et ne partageait pas la joie de ses compagnons. C'était visible : la mort de son père, l'image persistante, dans sa mémoire, des restes calcinés de sa petite fille, le plongeait dans un état dépressif. Il comprenait, en outre, qu'une lourde responsabilité pesait sur ses épaules. Il était celui dont les autres attendaient les initiatives, celui qui proposait et qui décidait, celui enfin qui tenait leur avenir entre ses mains.

Ravalant ses larmes, il avait confié ses soucis et ses peines à Catherine le soir du premier jour passé au château. Les chambres à coucher avaient été réparties et tout naturellement celle du comte d'Ortembroug, agrémentée d'une tapisserie représentant une scène de chasse, avait été offerte à Catherine et à Ludan. La jeune femme n'avait pas dissimulé son bonheur et s'était émerveillée devant la fontaine murale munie d'un essuie-main et le fastueux ciel de lit en cretonne imprimée.

Personne n'avait semblé s'offusquer que Catherine et Ludan forment un couple. Après tout, Ludan avait le droit de son côté puisque son épouse légitime l'avait abandonné. Balthazar aurait voulu que la chambre seigneuriale ne fût pas violée par des "bouseux" mais il laissa a faire.

- Maintenant ils attendent que j'organise leur vie, avait déclaré Ludan à Catherine, le visage préoccupé.

La jeune femme n'avait pas pu résister à l'envie d'éprouver l'élasticité du grand lit à baldaquins. Mais Ludan n'avait pas semblé troublé par cette présence féminine et n'avait pas eu l'air de prendre conscience qu'il allait partager le lit avec elle. Catherine, au contraire, s'était réjouie de cette intimité tant attendue. Mais elle avait été déçue car Ludan s'était contenté de s'allonger à côté d'elle et de se blottir un trop court instant dans ses bras.

- C'est toi qui les as conduit ici, avait chuchoté Cathy. C'est toi qui leur as montré le passage et en le montrant tu leur as redonné l'espoir et surtout tu leur as montré qu'ils avaient bien fait de rester. Ils sont restés avec toi sans savoir s'ils faisaient bien, s'ils avaient raison de te faire confiance. Tu ne les as pas déçus. La seigneurie de Morimont peut maintenant devenir un bastion de la Liberté. Ici ils trouveront peut-être ce qu'ils cherchaient déjà en acceptant de marcher sur Blotzheim.

Ludan avait pensé que Catherine était une sainte, une femme qui aurait mérité d'être un homme ! Mais il était demeuré silencieux et attentif, montrant ainsi qu'il lui donnait raison.

Elle avait poursuivi :

- Ils attendent que tu leur donnes une raison de vivre et leur vie, à présent, consiste à chasser les étrangers, combattre ceux qui les ont plongé dans le malheur, combattre pour s'assurer le pain quotidien en attendant que la guerre finisse.

Ludan s'était alors endormi et toutes les nuits avaient ensuite été chastes comme la première. Le fils de Mathias Hold n'éprouvait pas le désir d'honorer cette femme qu'il considérait pourtant comme la sienne.

En revanche, la vocation de la bande avait été définie en très peu de temps et les attendus de leurs résolutions et objectifs avaient été agréés avec enthousiasme par l'intendant : défendre le château et ses dépendances, combattre tous ceux qui voulaient le ruiner, s'attaquer aux bandes de chenapans qui rôdaient dans le Haut-Sundgau, étriper les bandits de grand chemin qui dressaient des embuscades sur la route de Porrentruy.

- Aucun paysan de chez nous ne sera notre ennemi, avait décrété Ludan. Catherine donna libre cours à son enthousiasme. Elle salua le retour de Ludan en applaudissant. Huit jours après son installation au Morimont, le jeune homme avait tenu parole. De sorte qu'ils étaient tous habités par l'agréable impression d'avoir remporté une nouvelle et grande victoire.

Agnès, Agathe et Balthazar Schönberger accoururent également pour féliciter les chenapans du Morimont et admirer les chevaux qu'ils avaient ramenés. Avant de les faire conduire à l'écurie, l'intendant les examina et estima leur valeur marchande qu'il consigna sur ses tablettes.

Des chapons furent mis dans la casserole et un quartaut de vin apparut sur la table. Avant de prendre place, l'intendant jugea cependant opportun d'avertir :

- Il ne faudra pas se contenter des provisions d'armes et de munitions. Il faudra aussi faire des provisions tout court.

On le lui promit en trinquant et on s'amusa beaucoup en écoutant Rudi qui racontait leur équipée. Il exagérait un peu en décrivant les cinq mercenaires qu'ils avaient mis hors état de sévir. Il ne fit évidemment grâce d'aucun détail croustillant bien que ces dames poussent des petits cris afin d'exprimer l'affront fait à leur pudeur mais qui ne les empêchait nullement de rester suspendues aux lèvres du conteur.

Ludan ne partageait toutefois pas la bonne humeur générale. Il s'écarta d'ailleurs du groupe, le visage sombre. De nouveau il était accablé par un accès de tristesse incontrôlable. Catherine l'observa avec déception et compassion. Déception parce qu'elle espérait le recevoir enfin cette nuit en elle, compassion parce qu'elle le sentait malheureux, littéralement torturé par le chagrin.

Elle s'approcha du jeune homme, lui caressa lentement les cheveux et l'interrogea :

- Qu'est ce que tu as Ludan ?

Comme il ne répondait pas, intellectuellement trop las pour parler et surtout pour expliquer, elle fit aussi les réponses :

- Tu penses à Clara, tu penses également à ton père. Mais c'est surtout elle qui te préoccupe. Tu n'auras vraiment la paix que quand tu sauras ce qu'elle est devenue. Est-elle morte ? Est-elle vivante ? Voilà les questions qui te rongent.

Ludan approuva :

- Mon père et ma petite fille, ma douce petite fille, je sais ce qu'ils sont devenus. Mais elle non. Parfois j'ai l'impression qu'elle va revenir, qu'elle va surgir là devant moi et m'inonder de reproches. Je dois savoir.

- Alors, va là-bas, cherche-la, parle-lui, essaye de la ramener. En un mot, fais quelque chose ne reste pas ainsi, prostré et tourmenté.

Catherine avait la gorge serrée. Elle découvrait qu'elle aimait Ludan d'un amour fou et définitif. Elle comprenait aussi qu'elle risquait de le perdre s'il suivait son conseil alors qu'elle le voulait à elle complètement, corps et âme.

- Oui, dit Ludan, j'irai mais je reviendrai. Si elle veut rester là-bas, je lui ferai mes adieux. Il faut qu'elle sache que tu existes maintenant. Je reviendrai Cathy.

- Tu reviendras si tu en ressens le besoin. Sinon tu peux rester avec elle à Mülhausen, la ville des protestants, la ville sans seigneur. C'est bien ce que tu veux : une vie sans seigneur ?

- C'est vrai, j'en rêve. Mais je sais aussi que ce n'est pas à Mülhausen que mes rêves deviendront réalité.

- Pars le plus tôt possible. Tu veux savoir et moi aussi. En quatre jours tu peux être de retour.

- Je ne resterai pas plus de quatre jours, affirma Ludan soulagé.

Ils passèrent une nouvelle nuit comme frère et soeur et, à l'aube Ludan, enfourcha son cheval. Rudi l'accompagnait car il tenait à lui servir d'escorte jusqu'aux portes de la ville libre.

Richard Reinach dit que c'était une très mauvaise idée et qu'il ne lui viendrait jamais à l'idée de courir après une femme qui avait abondonné sa petite fille.

''Même une louve n'abandonne pas ses petits'', lança-t-il encore avant de promettre qu'il garderait le château le temps qu'il faudrait.

TROISIEME PARTIE

SOUMISSION

XXII

Dès qu'il la vit, elle lui parut rebutante. La ville. En forme d'oeuf, avec sa muraille ébréchée et ses trois fossés dont l'eau scintillait au soleil.

Ils avaient chevauché quatre bonnes heures. En suivant le cours de la Largue puis celui de l'Ill, sans quitter la forêt. Peu avant midi, ils étaient arrivés au Moenchsberg, la colline qui domine Mülhausen.

Ludan avait déjeuné en compagnie de Rudi le bûcheron puis les deux hommes avaient marché jusqu'au vignoble d'où ils avaient une vue panoramique sur la petite République, avec les Vosges pour toile de fond. Ludan n'aimait pas ce paysage plat comme la main et il détestait surtout les tours carrées sous lesquelles on devait obligatoirement passer pour entrer dans la cité.

Il demanda à Rudi de l'attendre deux jours et deux nuits dans la forêt, à l'orée du vignoble où il lui fixa rendez-vous. Son compagnon donna son accord et lui souhaita bonne chance.

Ludan se demanda comment il devrait procéder pour obtenir un laissez-passer. Mais en approchant du Spiegelthor[1], il com-

[1] La porte du Miroir.

prit qu'il était possible de pénétrer dans la ville-Etat sans difficulté. Il se mêla en effet à un cortège de réfugiés qui venait se mettre à l'abri derrière les remparts.

Cette procession de miséreux était composée de vieillards, de femmes et d'enfants de la campagne dont les villages avaient été incendiés. Il trimballaient des ballots et des paniers et jetaient des regards apeurés autour d'eux. Les plus riches portaient des sacs dans lesquels gigotaient un ou deux lapins.

Le Magistrat de Mülhausen avait accepté de leur ouvrir les portes de la cité, montrant qu'il respectait son statut de ville neutre envers et contre toutes les pressions dont il faisait l'objet. Ludan passa ainsi devant les gardes qui le considérèrent avec indifférence. Ils se contentèrent de lire aux manants les arrêtés municipaux qui avaient été pris et qu'ils devaient respecter sous peine d'amende et d'expulsion : interdiction de faire le signe de croix, interdiction de lire la messe et de chanter des cantiques en latin, obligation d'éteindre les feux à vingt-deux heures, et d'effectuer un certain nombre de corvées.

Tout de suite en entrant, l'attention de Ludan fut attirée par l'abbaye Sainte-Claire et son hôpital. Des dizaines de réfugiés s'agglutinaient devant l'entrée espérant y trouver asile. Des femmes et des enfants d'une maigreur affligeante étaient assis à même la terre battue attendant, personne ne savait, quelle pitance.

Ludan contourna l'abbaye pour se diriger vers l'Hôtel de Ville aux couleurs vives où, pensait-il, il aurait peut-être une chance de retrouver Clara en interrogeant le greffier. Car en toute logique, celle-ci aurait dû tenter de renouer avec son ancien maître Jacques-Henric Petri, devenu bourgmestre entre temps.

Les rues étaient étroites et malodorantes. L'écoulement des eaux usées s'effectuait au milieu des venelles et formait, par endroit, des flaques fétides où grouillait la vermine.

Des animaux domestiques, chiens faméliques, poules malades et oies agressives freinaient sa progression. Ludan se sentit de plus en plus déprimé d'autant que l'architecture des maisons collées les unes aux autres et dépourvues de colombage pour la plupart, lui parut particulièrement inesthétique.

A l'Hôtel de Ville où on lui interdit l'accès à l'étage, un sous-greffier installé sous l'escalier, lui certifia que le bourgmestre n'avait pas été sollicité par l'une de ses anciennes servantes et que de toute manière les réfugiés devaient obligatoirement se tenir le long des remparts. Pour trouver celle qu'il cherchait il lui suffisait, par conséquent, d'en faire le tour.

Ce fut le tour de la misère, de la déchéance humaine, de la maladie, du dénuement le plus total, de l'égoïsme, du malheur des autres que Ludan entreprit.

Combien étaient-ils avec pour seuls biens leurs vêtements tachés ? Combien étaient-ils à tendre la main ? A attendre, le ventre vide qu'il fût de nouveau possible de retourner chez eux ? Combien étaient logés dans des abris de fortune réalisés avec des couvertures en laine ? Et combien étaient sans abri du tout, espérant qu'il ne pleuve pas ? Ludan n'eut pas le courage de les compter car ils étaient bien trop nombreux.

Ceux qui avaient pu s'entasser dans une étable où ils étaient agressés par une armada de puces, étaient considérés comme des privilégiés.

Ludan fut gêné de les passer ainsi en revue, dans l'espoir de rencontrer Clara. Des enfants s'accrochaient à sa chemise le suppliant de les gratifier d'un ou deux thalers et leurs mamans, le regard absent et vide, haussaient les épaules, taciturnes, quand il évoquait une certaine Clara Hold. Celles qui acceptaient de parler lui répondaient qu'elles n'avaient guère envie de s'occuper des autres.

Des bourgeois en pourpoint vert au col brodé d'or, la canne à la main, passaient à côté des réfugiés sans les voir comme s'ils faisaient désormais partie d'un décor familier, pas très ragoûtant, mais qu'il fallait bien accepter.

Ils étaient, en revanche, très préoccupés par les transactions plus ou moins occultes qu'ils entretenaient avec des trafiquants juifs chargés d'objets précieux.

Ludan fut scandalisé de constater que ces brocanteurs, moyennant un droit de passage, pouvaient entrer et sortir comme bon leur semblait. Car il était évident qu'ils revendaient aux bourgeois du matériel acheté aux Suédois et que ces derniers avaient dérobé sans vergogne aux réfugiés massés le long des remparts de Mülhausen et qui assistaient, impuissants, à ce trafic !

Le jeune Hold ne s'était rarement senti aussi mal à l'aise. Cette odeur de pourri et d'égoût d'abord, l'impression d'être confiné ensuite et cette promiscuité enfin lui donnaient envie de fuire dans la forêt au plus vite. Il découvrit soudain qu'elle était d'une propreté paradisiaque !

Dire que Clara se plaignait des piqûres de moustique. Ici, les rats vous chiaient presque sur les chaussures et les gens crachaient leur maladie par terre.

Il demanda à un cordonnier si des réfugiés avaient éventuellement pu trouver un gîte dans les baraques en bois accolées aux remparts. L'artisan lui rit au nez et lui demanda d'où il venait. Tous les réfugiés passaient la nuit dans la rue sans se plaindre sinon ils étaient expulsés et livrés aux exactions des pillards qui rôdaient dans la banlieue.

Près de la porte Nessel, défendue par une tour carrée, Ludan, fatigué et découragé, alla s'asseoir au pied d'un marronnier. Il s'épongea le front couvert de sueur. Il règnait une sorte de chaleur moite qui ne faisait que l'indisposer davantage.

Il ferma les yeux mais les rouvrit aussitôt. Quelqu'un gémissait non loin de là. Il se leva et contourna la tour. Une femme était allongée dans un recoin et le groupe qui faisait écran autour d'elle, prit soudain de plus en plus de recul.

Une lavandière d'une quarantaine d'année qui avait de grosses joues, une jupe déchirée au niveau de l'ourlet, les cheveux sales et le visage effrayé, se détacha de l'attroupement et s'écria d'une voix éraillée :

- C'est la peste ! Elle a la peste ! Il faut immédiatement l'enterrer loin d'ici.

Ludan s'approcha de la malade, poussé par une mauvaise intuition et parce qu'il voulait savoir de quoi était faite cette peste dont il avait entendu parler sans jamais la voir. Et ce qu'il redoutait advint : Clara gisait là, le regard chaviré, les joues creuses, le teint blafard. Elle respirait avec peine. Il s'accroupit à côté d'elle et lui prit la main.

Elle sourit quand elle le vit et le reconnut. Elle murmura :

- Tu avais raison, Jeses-Marià. Tu avais raison, j'ai attrapé la mort dans cette ville. Emmène-moi loin d'ici. Tu es venu me chercher. Elles disent n'importe quoi. Je n'ai pas la peste. J'ai été mordue par un rat, Ludan par un rat !

D'une main tremblante elle remonta sa jupe et découvrit sa cheville. C'était une plaie purulente d'où partait, en direction du coeur, une ligne rouge et bleue gonflée par la putréfaction de la gangrène.

Ludan comprit que l'empoisonnement était sur le point d'être fatal. Il se redressa et dit :

- Il faut appeler un barbier.

Quelqu'un lui répondit :

-Il ne vient jamais pour les réfugiés ou alors il faut payer le double.

Au même moment, Clara agrippa le bras de Ludan et l'attira vers elle. Ses lèvres mordues jusqu'au sang tremblaient et ses yeux brillaient de fièvre. Elle hoqueta :

- Emmène-moi, je t'en supplie ne me laisse pas ici une minute de plus...

Ludan la prit par les épaules et les jambes et la souleva. Elle lui parut si légère qu'il en fut choqué. Il avait décidé d'exaucer sa prière car il nourrissait la certitude qu'elle venait, en quelque sorte, d'exprimer un dernier désir. Il retourna donc au Spiegelthor où il reprit son cheval et plaça Clara à califourchon devant lui.

Dans sa tête, des pensées contradictoires se bousculaient. Le barbier, avec un bon prix, aurait-il pu la sauver ? Ne lui reprocherait-on pas de lui avoir imposer un long voyage ? N'aurait-il pas dû empêcher Clara d'aller à Mülhausen ?

Et puis il sentit les mains de Clara s'accrocher à lui, exprimer un dernier sursaut de vie, un dernier geste d'amour. Il la devinait réduite à l'état d'un enfant sans forces et sans défense. Alors il fit marcher son cheval d'un bon pas pour atteindre plus vite la forêt et l'endroit où l'attendait Rudi.

Ludan dit au bûcheron :

- On repart pour Ottendorf.

Rudi ne posa pas de question. D'ailleurs il n'y avait pas à se perdre en discours inutiles pour comprendre : elle avait attrapé une bien mauvaise maladie dans cette ville horrible, bourrée d'hérétiques et de bourgeois à la panse gonflée d'orgueil. Ludan la ramenait dans un lieu plus sain. Et c'était bien.

Avant de prendre la route pour le Haut-Sundgau, Ludan fit boire un peu de vin à Clara. Elle but goulûment à la gourde mais refusa de manger un morceau de pain bis. Elle n'avait plus la force de faire fonctionner ses mâchoires. Des larmes coulaient sur ses joues couleur de la neige.

Rudi ne put s'empêcher de détourner la tête, incommodé par la mauvaise odeur que dégageait la cheville de la mourante. Une chance sur cent qu'elle arrivât vivante à Ottendorf, songea-t-il.

Son intuition ne l'avait pas trompé. Après une bonne lieue de marche, en atteignant l'Altenberg, Clara se redressa semblant soudain avoir recouvré toutes ses forces. Elle dit à Ludan étonné :

- Je ne veux pas aller plus loin.

Tout de suite après, elle perdit connaissance. Ludan le retint à deux mains. Rudi vint l'aider. Les deux hommes parvinrent ainsi à coucher la malheureuse par terre sans heurts. Ludan trouva un emplacement mousseux, sous un hêtre.

Ils avaient fait halte à l'orée d'une forêt et, à travers les buissons, ils apercevaient, au loin, les ruines de Walbertsweiler. Ludan crut apercevoir un cheval mais il ne lui prêta pas attention, trop préoccupé par Clara.

Rudi souleva légèrement la jupe crasseuse de la jeune femme et découvrit la plaie.

- Elle est bouffée, par la vermine, diagnostiqua-t-il.

Ludan répondit que c'était exactement ça et posa la main sur le front de Clara. Il était brûlant. Il y appliqua une compresse de mousse fraîche. Clara rouvrit alors les yeux. Ce fut bref comme l'éclair, un dernier signe de vie, un dernier fulgurant regard, accompagné de ces mots prononcés comme une contrition :

- Tu avait raison.

Et Clara mourut.

Rudi se signa et Ludan en fit autant.

Un rire gras et révoltant retentit alors derrière eux et les deux hommes entendirent ces paroles effarantes :

- Si vous croyez que ça va l'aider à monter au paradis !

XXIII

Le capitaine Laplante, l'avant-bras négligemment appuyé sur le pommeau de sa selle, se tenait derrière eux, accompagné d'une demi-douzaine de ses chenapans.

Le mépris se lisait sur son visage et il assistait à l'agonie de Clara sans émotion.

Il ne laissa pas le temps à Ludan de reprendre ses esprits et aboya :

- Vous êtes sur mes terres. De quel droit déposez-vous cette pestiférée chez moi ?

Le charbonnier, irrité par ces propos ignobles, porta la main sur son arbalète. Mais un pistolet apparut aussitôt dans celle de Laplante.

- Je te brûle la cervelle, dit-il, si tu fais un geste de plus.

Le jeune homme retira sa main et la laissa pendre le long de sa hanche, montrant qu'il n'entendait plus tenter quoi que ce fût. Il s'employa à parlementer avec ce brigand :

- C'était ma femme, elle vient de mourir la pauvrette. Je la transportais chez nous mais elle a poussé son dernier soupir en chemin. Je l'enterre et je m'en vais.

- Tu es un bon mari. Mais il t'en coûtera cent florins pour l'enterrer chez moi.

L'accent et l'uniforme défraîchis de Laplante, apprirent à Ludan qu'il avait affaire à un déserteur de l'armée suédoise. Il se fit violence pour ne pas répondre à brûle-pourpoint que cette terre ne lui appartenait pas. Il se força donc au calme en répondant :

- Je n'ai hélas pas cet argent sur moi. Mon village est loin d'ici.

Ludan, tout en parlant, examinait la bande, jugeant ses chances de sortir du guêpier. Il découvrit un chapelet de mines égrillardes et patibulaires. Un seul ne semblait pas se moquer de lui et gardait un sérieux remarquable au sein de cette assemblée de sacripans. Il avait les cheveux blonds et les yeux d'un bleu qui fascina Ludan. Eriksen en effet n'approuvait pas l'initiative du capitaine Laplante. Il considérait que le respect des morts était une loi universelle que personne n'avait le droit de transgresser.

- Va chercher ton argent, continua de persifler l'ex-officier, je t'attends. Elle ne s'envolera pas.

- Cette femme à besoin d'une sépulture. Dieu te jugera.

- Je me fous de Dieu comme de mon premier signe de croix. Il n'y a plus de Dieu. Les princes et les seigneurs l'ont tué en faisant croire que c'est lui qui les inspirait ! Tu fais ce que je te dis ou tu meurs.

Ludan bouillait intérieurement. Cette humiliation le rendait littéralement malade. Rudi regarda Ludan et ses yeux disaient qu'il valait mieux s'incliner pour le moment. Le bûcheron se mit donc en devoir de remonter sur son cheval.

- Halte ! l'interrompit Laplante. Tu laisses ce cheval en gage. Une monture vous suffira pour retourner chez vous.

Incapable de réprimer sa colère, Ludan cria :

- Le gage, c'est le corps sans vie de cette malheureuse.

Il se proposait de tenter le tout pour le tout et de s'élancer sur Laplante quand une forme fauve, poussant un grognement profond et sonore, surgit des buissons et posa ses deux grosses pattes sur la poitrine de Ludan. Laplante crut à une apparition monstrueuse et Ludan sut qu'un ange lui tombait du ciel.

Tout se passa alors très vite.

Ludan dit : ''Bonjour Léo'', en carressant la tête du loup-cervier. Tandis que Laplante, effrayé par l'animal, eut un mouvement de panique, faisant broncher son cheval. L'étalon se cabra

et le capitaine Laplante dut lâcher son pistolet. Ludan leva son arbalète, appuya sur la détente et sa flèche s'enfonça dans la cuisse de l'homme qui se tenait à côté de Laplante.

Pendant que le fils Hold rechargeait, Rudi lança une hachette qui fractura l'épaule d'un autre bandit. La rapidité avec laquelle il vit apparaître une autre hache dans la main de Rudi, intensifia le désarroi du capitaine Laplante.

Mais il sut, au même instant, qu'il n'avait pas affaire à n'importe quel manant et, en chenapan rusé, changea aussitôt de tactique et d'attitude.

Sa voix prit des accents chaleureux pour déclarer :

- Mes amis, je m'avoue battu ! Parlons.

- Parle, rétorqua Ludan qui continuait de carresser le lynx. Celui-ci exprimait la joie de le revoir et se frottant le dos contre ses jambes.

- D'autres hommes m'attendent dans mon village que vous voyez là-bas, entre les arbres. Vous êtes habiles et forts mais pas assez nombreux. Nous avons donc tous intérêt à nous entendre. J'ai besoin de gaillards comme vous. En ces temps terribles, seuls le plus forts survivront. Je suis un homme libre. Je n'ai ni Dieu ni Maître.

La devise plut à Ludan et se fixa dans ses pensées déterminant par la suite sa conduite sans qu'il en eût vraiment conscience. Elle ne le décida cependant pas à baisser son arme. Pour lui, Laplante ne disait pas la vérité quand il affirmait que d'autres hommes attendaient son retour dans le village. Il savait qu'il conservait l'avantage. Il ordonna donc d'une voix sèche :

- Il faut enterrer ma femme. Dis à tes hommes de creuser une tombe.

Il mit l'accent sur le ''ma'', ayant observé que Laplante ne manquait pas une occasion pour parler avec fierté et suffisance de ''sa'' terre, de ''ses hommes'' et de ''son'' village.

Laplante eut un léger sursaut car il constatait qu'il était en quelque sorte l'otage des deux hommes : Rudi le visait avec la hachette. Il fit un signe à ses compagnons restés valides et deux d'entre eux se mirent à creuser avec leur poignard.

Ludan mit un genoux par terre et embrassa son lynx sur le front. Il lui parla à l'oreille comme s'il s'adressait à un être humain :

- Tu m'as reconnu. Tu chassais dans le coin ou tu me suivais ?

En vérité, Ludan n'était pas étonné que Léo apparût si loin d'Ottendorf : il n'ignorait pas que ces félins étaient capables de parcourir plusieurs lieues pour traquer une proie ou pour délimiter un vaste territoire de chasse.

Laplante ne dissimula pas son admiration. Mais comme il ne croyait pas aux miracles, pragmatique, il demanda, histoire de changer de conversation par la même occasion :

- Comment se fait-il que ce lynx soit si doux avec toi ?

- Je l'ai élevé, nourri au lait de brebis et apprivoisé. Lorsque les Suédois nous ont attaqués, il s'est enfui. Il n'est pas impossible qu'il m'ait suivi à la trace.

Laplante fit une moue entendue et ôta son chapeau surmonté d'une grande plume rouge. Puis il interrogea, feignant de s'adresser à un collègue :

- Qui es-tu ?

- Ludan. Ludan le charbonnier d'Ottendorf.

- J'ai entendu parler de toi.

Ludan entreprit de couper deux branches de noisetier pour confectionner une croix. Il la planta sur la tombe de Clara. Puis il médita encore un instant devant la sépulture avant d'appuyer rageusement la pointe de la flèche de son arbalète sur la poitrine de Laplante.

L'officier tenta une nouvelle fois de faire de Ludan un allié. Il dit avec conviction :

- Faisons alliance. Instaurons un territoire commun. J'ai déjà commencé le travail. A une ou deux lieues à la ronde, je suis le chef de bande le plus redouté. Je dresse des embuscades aux bourgeois et aux militaires. Tous les militaires sans me préoccuper de leur fanion. Les paysans sont tellement peureux qu'il suffit de leur chatouiller la plante des pieds pour qu'ils abandonnent toutes leurs économies.

Cette dernière phrase eut le don d'irriter Ludan encore davantage et de le convaincre définitivement qu'il ne pouvait être le complice d'un personnage aussi ignoble. Il déclara avec hargne :

- Je commande une bande encore plus importante que la tienne. Trois villages et un château sont placés sous ma protection. Au nord, comme toi, je fais la loi. Le jour n'est peut-être pas loin où, faute de seigneur, le Haut-Sundgau m'appartiendra. Faire alliance ? Certainement pas avec des pillards qui rançonnent les paysans.

Le lynx choisit ce moment pour bâiller et se faire les griffes sur un tronc d'arbre. Ce spectacle fascina les hommes de Laplante. Si bien qu'aucun conçut l'idée qu'un coup d'arquebuse suffirait pour abattre l'animal. Ils se contentaient de regarder et d'admirer, bouche bée.

Ludan se rendit vraiment compte, à cette occasion, qu'il avait reprit le dessus. Il était redevenu le meneur d'homme qui avait osé affronter les Suédois avec courage et intelligence. En refermant la tombe de Clara, il avait tourné une page. Il prit encore conscience qu'il était devenu un autre homme et qu'une nouvelle vie pouvait commencer pour lui, à la seigneurie de Morimont.

Il eut soudain très envie de retourner au château dans les délais les plus brefs.

Il comprit, simultanément, qu'il devait maintenant prendre une décision sur le sort à réserver à Laplante et à sa bande. Il pouvait le tuer, il devait peut-être éliminer cet individu qui avait toutes les caractéristiques d'une bête malfaisante. Il ne put s'y résoudre. D'abord et sans doute, parce que Laplante en prononçant sa devise, "ni Dieu, ni Maître", lui était apparu sympathique un bref instant. Mais surtout parce qu'il se sentait incapable d'ôter ainsi froidemenet la vie à un homme.

Ludan réfléchissait vite mais sans fébrilité. Il se dit aussi qu'après tout, cette bande-là était décimée. Avec deux hommes blessés et un chef humilié auquel il confisquerait le cheval, elle ne pouvait plus nuire à grand monde. Il rompit le silence en affirmant :

- Moi, Ludan d'Ottendorf je suis un chenapan qui ne fait jamais de mal à un paysan. Je réserve mes flèches et ma haine aux envahisseurs à ceux qui oppriment et pas à ceux qui souffrent. S'il y en a un parmi vous qui approuve cette façon de voir, qu'il me suive, il sera le bienvenu.

Ce disant, le jeune homme regardait fixement Eriksen. Le message lui était en effet réservé car le géant blond n'avait fait aucun geste et tenté aucune initiative pour soutenir Laplante. Ludan avait deviné qu'il trouverait peut-être en lui un allié. Il ne s'était pas trompé. Eriksen fit avancer son cheval et se rangea sans mot dire à côté de Ludan. Il sortit son pistolet et, toujours silencieux, le pointa sur Laplante.

- Tu es le bienvenu, lui dit Ludan en montant sur son cheval.

Rudi saisit la bride de la monture du capitaine ainsi que des autres chevaux. Il délesta également les hommes de la bande de leur gousset.

Les trois chenapans de Morimont laissèrent le capitaine Laplante derrière eux, trop estomaqué pour parler.

A la hauteur du village ruiné d'Illfurth, une lieue plus loin, Eriksen dessera enfin les lèvres pour déclarer à Ludan :

- Tu aurais dû tuer Laplante. Méfie-toi de lui. C'est un homme cruel et fourbe.

XXIV

- Les évêques, les curés et les jésuites sont les ennemis des paysans !

Un ange passa.

Chaque fois qu'il était question de religion d'une manière aussi intempestive, les compagnons de Ludan semblaient éprouver comme une gêne. La désapprobation se lisait dans leurs yeux. Ils avaient du mal à admettre ses excès de langage en la matière.

Mais Ludan ne tenait pas compte de leurs appels muets à la modération, persuadé qu'à force de leur répéter la bonne parole, ils finiraient bien par penser comme lui. Il crut néanmoins opportun d'ajouter :

- Les pasteurs aussi. Les hérétiques ne sont pas meilleurs que les autres. A Mülhausen les manants sont accablés d'interdiction et les chefs de tribu gratifiés de privilèges. Il n'y a aucune différence entre les papistes et les luthériens. Je me demande d'ailleurs pourquoi ils se battent au nom de leur religion.

Le discours enflammé et vigoureusement anticlérical avait été provoqué par l'intrusion d'un nouveau venu au château : Henri Clerc de Bonfol.

C'était un homme nerveux, plutôt grand, aux tempes grisonnantes, qui parlait le patois ajoulot d'une manière volubile. Il avait prêté main forte aux paysans de Pfetterhouse et avait participé à l'agression des cavaliers suédois.

Le lieutenant-colonel Sébastien Capelle, le nouveau chef suédois de la garnison de Ferrette, avait saisi le Prince-Evêque de Bâle d'une plainte flétrissant le comportement des paysans de Bonfol. Il avait ainsi stigmatisé des infractions aux règles de la neutralité et avait menacé le prélat de représailles.

Le Prince-Evêque, après avoir diligenté une enquête, avait ordonné l'exil de Henri Clerc afin de prouver sa bonne volonté. La politique avait des raisons que la haine des hérétiques ne pouvait ignorer. Ludan avait accueilli le nouveau compagnon en ces termes :

- Henri Clerc a bien fait de nous demander asile. Ce sera une bonne recrue pour les chenapans du Morimont. Notre confrérie ressemble maintenant à une légion étrangère : Ajoulots, Sundgauviens, Autrichiens et vrais Suédois, tout un peuple de paysans.

Ludan raconta ensuite son séjour à Mülhausen et sa mésaventure avec le capitaine Laplante. Il dit à ses hommes que demain il ferait jour et qu'on s'organiserait afin d'établir les bases d'un Etat sundgauvien libre. Ces paroles-là suscitèrent un désarroi encore plus profond que les premières. Avant de se coucher, Catherine lui enjoignit de s'expliquer ce qu'il fit très volontiers :

- Ottendorf a été déserté par ses habitants, ceux de Luffendorf et d'Oberlarg ont également fui en Suisse. Le château est à nous. Dans cette partie du Haut-Sundgau nous sommes seuls : ni maître, ni seigneur, ni bailli, ni échevin. Tout est à refaire alors refaisons un monde où le paysan n'est plus un homme soumis.

Catherine sourit :

- Tu rêves Ludan.

Elle appuya sa tête contre l'épaule du jeune homme, sorte de mouvement qui exprimait l'indulgence.

Ludan lui caressa les cheveux. Il lui dit que Clara était morte dans ses bras, légère comme un plume parce qu'il ne lui restait plus que son âme, rongée de l'intérieur telle une pomme véreuse. Il expliqua qu'il l'avait enterrée à proximité d'un arbre et que peut-être un jour pousserait sur sa tombe un chêne immense. Il dit aussi que si on plantait des arbres sur toutes les tombes les cimetières seraient de merveilleuses petites forêts. Il dit enfin que maintenant il était un autre homme, qu'il n'était plus Ludan le charbonnier, mais Ludan le chenapan et que ce ne serait pas facile, pas facile du tout, qu'il y laisserait sans doute sa vie, ma mie, mais que l'aventure méritait d'être vécue.

Il s'endormit ensuite comme une masse dans les bras de Catherine. Elle se garda bien de le reveiller et refusa de penser à toutes les paroles plus ou moins sensées que Ludan venait d'exprimer parce qu'elles lui faisaient peur.

Pour la première fois, elle ne se sentait pas tout à fait en communion avec lui, comprenant, sans doute, que lui-même avait à peine conscience qu'il avait décidé de créer une nouvelle façon de vivre en société et d'édicter de nouvelles lois. Elle pria toutefois la Sainte Vierge qu'elle veuille bien suggérer à Ludan de lui caresser les seins et de venir enfin en elle.

Elle fut exausée le lendemain soir et tandis que Ludan lui faisait l'amour, elle se demanda pourquoi les hérétiques s'évertuaient à dénigrer cette Vierge qui rendait de si précieux services.

Mais avant de mordre le lobe de l'oreille de Ludan, avant de lui sussurrer qu'elle l'aimait comme une folle, qu'ils ne seraient plus jamais séparés, avant de glorifier sa virilité enfin ressuscitée, elle avait passé une journée mémorable.

Ludan avait réellement fait table rase du passé. Balayé les souvenirs qui, avait-il affirmé, ne servaient à rien, effacées les croyances ancestrales et les lois séculaires. Ludan avait voulu démontrer qu'il était devenu un autre homme comme si la mort de Clara avait donné le jour à une nouvelle existence.

A vrai dire, le décès de Clara l'avait délivré d'un poids, d'une sorte de crampe d'estomac chronique qui l'avait empêché de donner libre cours à tous ses moyens physiques et intellectuels. Et ce mal indéfinissable avait soudain disparu. Il avait d'abord nourri un sentiment de culpabilité en se demandant s'il n'était pas en train de se réjouir de la disparition de son épouse. Mais, dans les bras de Catherine, cette mauvaise conscience s'était évanouie. Il se sentait fort et son esprit libéré lui avait permis d'exprimer ses idées clairement.

Il avait réuni tous les habitants du château autour de la table seigneurale, comme elle n'était pas assez grande pour accueillir tout le monde, deux rangées de bancs avaient donc été mises en place.

Avant d'exposer ses desseins et projets, Ludan avait déclaré avec solennité :

- Mangeons et buvons. Levons la coupe de l'amitié. Ce jour sera peut-être un jour historique.

Dans le Sundgau, l'homme qui invite à boire et à manger est toujours acclamé. Ludan l'avait été d'autant plus d'enthousiasme que la plupart avait compris qu'il dirait quelque chose d'important.

Ces femmes et ces hommes qui vivaient au jour le jour une existence quelque peu dissolue et non conformiste, avaient en effet attendu que Ludan justifiât ce bouleversement et leur donnât une raison de l'accepter avec joie.

Lorsque le troisième gobelet de vin blanc avait été descendu et la soupe aux lentilles et au lard avalée, les poulets en broche croqués à belles dents, Ludan était monté sur un banc et avait tenu ce discours :

- Les impériaux sont-ils nos alliés ou nos ennemis ? Ils ont repris Masevaux, ils se battent au Val de Villé. Mais quand nous les avons appelés à la rescousse, ils ne sont pas venus. Le Chancelier reste calfeutré derrière les murs de Brisach. Notre Archiduchesse le trouve de bon conseil. Fort bien. Mais s'il lui avait demandé de lever une armée, s'il lui avait demandé de donner les ordres qui s'imposaient, les nôtres n'auraient pas été assassinés à Blotzheim. Les Impériaux sont-ils nos alliés ou nos ennemis ?

Cette question répétée et criée avait soulevé un tonnerre d'applaudissements. Ludan avait senti avec bonheur et... appréhension que l'assemblée lui était acquise, soumise et prête à lui obéir.

- Nous ne mourrons pas en attendant la réponse à cette question. Il y a déjà eu assez de morts pour cela. Reste une certitude : les Suédois sont à n'en pas douter nos ennemis. Ils n'ont ici aucun droit. Que les Impériaux se chargent donc enfin de leur livrer bataille et laissent les paysans en dehors de la querelle. Sur notre terre tout a brûlé, tout est à refaire. Mais nous avons maintenant la chance de pouvoir recommencer. Alors recommençons d'une autre manière. Les lois iniques n'existent plus, la dîme non plus. Les lois nous les ferons désormais nous-mêmes si besoin est. Ici, à Morimont, saluons aujourd'hui le premier jour d'une société nouvelle. Il n'y aura pas de chef mais un conseil qui prendra des décisions que vous trouverez bonnes et justes, qui rendra la Justice et veillera à ce que vous ayez tous à manger à votre faim. Formons ici et maintenant ce conseil.

Les propositions de Ludan avait pris l'assemblée au dépourvu. Quelqu'un avait crié :

- Le chef c'est Ludan !

L'interessé savait qu'il aurait été plus simple d'accepter le plébiscite. Mais il s'était obstiné à cultiver une ligne de conduite qui se situait aux antipodes des mauvais exemples observés autour de lui. Il avait demandé le silence pour déclarer :

- Je veux qu'il y ait un vote. L'assemblée élira un conseil qui élira ensuite un chef.

- Est-ce à Mülhausen que tu as appris à compliquer la vie ? Demanda Rudi en riant.

- A Mülhausen les plus pauvres n'ont pas le droit de se faire entendre. Ceux qui n'ont rien n'ont pas droit au chapitre. Ici, ils l'auront car nous sommes tous pauvres. A Mülhausen les catholiques n'ont pas le droit de célébrer la messe, ici chacun pratiquera la religion que sa conscience lui dictera. Moi, je n'en pratiquerai aucune parce que toutes les deux inspirent la guerre aux gens. Balthazar prend ta plus belle plume et ton plus beau parchemin et inscrit le résultat du vote.

L'intendant ne se l'était pas fait dire deux fois. Sa précipitation à donner satisfaction à Ludan avait fait rire tout le monde. On avait trinqué à sa santé puis Ludan avait affirmé :

- Je propose que Rudi, Hans, Eriksen, Henri, Balthazar et Catherine fassent partie du conseil. Qui est contre lève la main et s'exprime sans crainte.

La main de Richard Reinach de Luffendorf s'était levée aussitôt. Sûr de lui, il avait dit :

- Catherine ne peut pas faire partie du conseil, c'est une femme.

L'épouse de l'intendant, sa fille et toutes les servantes avaient émis de véhémentes protestations.

- Sans les femmes, avait déclaré Agnès, vous êtes bons à rien vous autres les héros. Catherine parlera au nom des femmes qui vivent dans ce château et qui ont les mêmes droits que les hommes.

Hélène, une cuisinière plutôt énorme mais affligée d'une voix de petite fille s'était écriée :

- Si vous ne voulez pas d'elle, nous ne vous ferons plus à manger, nous ne laverons plus votre linge dégoûtant et nous n'écarterons plus les jambes, le soir, quand vous soufflerez la chandelle.

Cet argument électoral irréfutable avait soulevé l'hilarité générale et Richard qui n'avait pas voulu passer pour un pisse-froid avait levé derechef la main :

- Je vote pour Catherine !

Cette candidature-là, comme les autres, avait été enterinée à l'unanimité et Ludan avait poursuivi :

- Le conseil se réunira pour rédiger les textes que vous serez appelés à voter.

Un valet répondant au nom de Marcus et qui avait intégré la bande à Ludan en révélant un étonnant talent de tireur d'élite, avait fait part à cette réserve :

- Ne va-t-on pas passer son temps à voter ? Ce qui est dit a autant de valeur que ce qui est écrit. D'ailleurs, que dirons ces textes ?

Un peu embarrassé Ludan avait répondu, sans montrer qu'il n'y avait pas encore réfléchi :

- Les textes diront, par exemple, que le conseil peut autoriser un mariage. Il peut autoriser une femme et un homme qui ont des attirances de dormir dans le même lit sans attendre que le curé leur donne sa bénédiction.

Personne n'avait eu le temps de prendre conscience de la portée de cette proposition tout à fait révolutionnaire et somme toute, quasi diabolique. Car Rudi avait aussitôt rugi sa joie et, saisissant la main d'Agathe, rouge de confusion, il avait annoncé :

- Nous voulons nous marier !

Abasourdi par le tour scandaleux qu'avaient pris les événements, le père de la fiancée n'avait guère eut le temps de dire ce qu'il pensait de ce projet. De nouveau, les gobelets s'étaient entrechoqués et le brouhaha avait été ponctué par de bruyants claquements de langue.

Ludan avait obtenu le silence et demandé d'une voix forte :

- Qui s'oppose au mariage de cette femme et de cet homme ?

L'assemblée avait scandé :

- Au lit ! Au lit !

Alors Ludan qui n'avait pas osé se rétracter, avait ordonné au jeune couple de se lever et avait proclamé :

- Agathe Schönberger veux-tu Rudi ici présent comme époux ?

- Oui.
- Lui jures-tu fidélité jusqu'à ce que mort s'en suive ?
- Oui.
- Rudi veux-tu Agathe Schönberger ici présent comme épouse ?
- Oui.
- Lui ju...
- Oui.
- Ils sont mariés !

La réunion avait ensuite tourné en folles agapes. Le jeune couple, encouragé par Henri qui avait jeté : "et que ça saute et que ça saute", avait disparu aussitôt dans l'une des nombreuses pièces du manoir. Peu de temps après, Catherine et Ludan qui s'étaient deshabillés à la lumière d'une multitude de chandelles, firent l'amour avec ardeur et conviction.

Tandis que l'intendant décida qu'il ne pouvait pas attendre le lendemain pour rédiger un rapport détaillé sur cette nuit païenne à l'intention du père supérieur du Collège des Jésuites de Porrentruy.

XXV

Ci et là, les Impériaux semblaient regagner du terrain. Les paysans se révoltèrent à Haguenau. Les garnisons suédoises qui manquaient d'hommes et de moyens logistiques ne se sentaient guère en sécurité en terre occupée. Les mercenaires s'enfermaient dans les châteaux.

Ainsi, à Ferrette, le lieutenant-colonel Sébastien Capelle se trouvait dangereusement isolé. Les liaisons avec l'état-major du rhingrave Othon Louis devenaient de plus en plus difficiles. Il regrettait le temps où il servait dans le camp des Impériaux. Le remords le tourmentait : il n'aurait pas dû changer de chef de guerre.

Pas facile la vie de soldat et la vie d'officier supérieur obligé d'entretenir une compagnie de cavaliers pour vivre. Combien de temps devait-il encore croupir dans le nid d'aigle des comtes de Ferrette où le courageux von Erlach avait trouvé une mort horrible ?

Ces pensées l'obsédaient et s'estompaient seulement quand il montait sur la plate-forme du donjon pour contempler des terres sur lesquelles il avait le devoir de règner mais où les sujets devenaient aussi rares que les villages non incendiés.

Sébastien Capelle n'avait pas encore atteint la quarantaine mais déjà des mèches blanches argentaient ses tempes. Il avait envie de changer de métier. Il aurait dû se faire évêque... Encore qu'au jour d'aujourd'hui aucune profession ne donnait entière satisfaction.

Ses mains étaient longues et fines et ses ongles coupés avec soin. Il confiait ses doigts à la dextérité de son épouse qui se livrait à la manucure afin d'écourter les longues soirées d'hiver ou de prolonger les brèves soirées d'été.

Elle s'appelait Jeanne; vouait une admiration sans bornes à Jeanne d'Albret avec laquelle elle n'avait pourtant aucun lien généalogique. Elle portait de longues robes en soie blanche et hantait les courtines du château comme si elle passait le plus clair de son temps à jouer au fantôme.

Ce jour-là, le vent était tombé et l'air était doux. Elle rejoignit son mari sur le donjon. En arrivant, elle dénoua ses longs cheveux couleur de feu et les étala sur ses épaules.

Sébastien regardait les champs où l'épeautre poussait mal, les prés ou broutaient quelques vaches devenues sauvages faute de fermier. Son attention fut alors retenue par un bruit de galopade. S'appuyant sur le rebord du créneau, il se pencha afin d'augmenter son champ de vision. Jeanne fit comme lui et vit Ludan et sa bande entrer dans la bourgade, s'arrêter devant le grenier à sel afin de s'y approvisionner sans crainte de représailles.

Du château d'en bas, un lieutenant leur cria qu'il ferait donner de l'arquebuse s'ils ne s'avisaient pas à déguerpir immédiatement. Ludan se contenta de cracher par terre. Le coup d'arquebuse partit en effet faisant aboyer un chien famélique et s'envoler un couple de palombes. Mais Ludan et cinq de ses compagnons ne changèrent rien à leur projet.

- Tes mercenaires s'amollissent mon époux, dit Jeanne. Ils font du bruit pour rien et se laissent détrousser sans lever le petit doigt. Quand nous n'aurons plus de sel nous serons pauvres malgré nos bijoux et nos coffres remplis de florins : personne ne viendra nous en livrer.

- C'est fait ma douce, nous n'avons plus de sel. Ils vont emporter notre dernier sac. J'ai passé commande d'un chariot, mais les routes ne sont pas sûres et je crois bien qu'il n'arrivera jamais.

- Les routes ne sont plus sûres nulle part, mon ami. Si vous sortiez de vos murs, vous pourriez peut-être nous débarrasser de tous ces chenapans. Si vos troupes étaient plus disciplinées, les marchands n'auraient pas peur d'effectuer leurs livraisons.

- Mes troupes, comme vous dites, ne sont pas les seules à courir la campagne pour nous trouver à manger. Il en vient de tous les camps. La guerre prend vilaine tournure. Je la déteste.

- Vous vieillissez mon époux. Il fut un temps où vous l'aimiez comme un fou et vous vous moquiez de moi.

- Ce chenapan que vous venez de voir emporter notre sel n'est pas comme les autres, dit le lieutenant-colonel à la fois pour changer de conversation et pour exprimer une appréhension qui le rongeait.

- Qui est-ce ?

- Ludan le fils du charbonnier et le fils de la sorcière.

- Un fils de sorcière ?

- Oui, sa mère a été condamnée au bûcher peu après sa naissance.

- Alors faites lui coller un procès de sorcellerie aux fesses et vous en serez débarrassé.

- Vous n'y êtes pas ma douce, les gens ne croient plus à rien maintenant, même plus au diable. Et puis Ludan est trop adulé. C'est un drôle d'homme. Violent et doux, autoritaire et compréhensif, illettré et intelligent. Tous les culs-terreux du coin en parlent avec admiration. Lorsqu'il recrute un compagnon il lui fait jurer de ne pas voler les paysans. C'est une vieille édentée qui mange des orties et des oignons sauvages qui m'a raconté que Ludan était sorti du ventre d'une sorcière. Elle vient tous les jours à la porte du château d'en bas pour apporter des plantes médicinales et des informations souvent intéressantes. En échange, nous lui remettons une mesure de vin et une miche de pain. Elle me dit : ''Longue vie à toi beau prince'' et me regarde d'une façon étrange comme si elle était étonnée de me voir encore vivant.

Jeanne sourit. Elle aimait entendre son mari raconter les petites anecdotes quotidiennes. Avec rien, il imaginait des histoires pittoresques qu'il narrait en faisant des grimaces désopilantes.

- C'est peut-être une sorcière, dit Jeanne Capelle.

- Peut-être. La guerre est alors une bénédiction pour elle. Car ils n'ont plus le temps de dresser des bûchers. Ludan ne laisserait pas faire, du reste. Drôles de gens. Ils l'admirent, lui obéissent et en même temps le traitent d'incube. Ce gaillard bouleverse toutes les coutumes et se moque des lois. Mais quand il crie ''à bas les seigneurs'', ils le suivent aveuglément. C'est un rebelle qui a fait de la rébellion une institution.

- Il faut le jeter en prison, le pendre haut et court alors les lois se rétabliront d'elles-mêmes.

- C'est vrai. Il faut l'éliminer ou en faire un allié. Mais il est insaisissable.

Au même moment, Ludan sortit du grenier à sel en compagnie de Rudi qui était gêné pour marcher par le manche de sa hachette battant le haut de sa cuisse. Un cheval sans cavalier fut avancé, le sac de sel arrimé au harnachement et la bande partit sans se presser.

- Ils ont l'air vulnérable ainsi, commenta le lieutenant-colonel, mais d'autres chenapans sont cachés un peu partout. Mes cavaliers n'auraient aucune chance. Dans cette ruelle étroite ils feraient une très bonne cible. D'ailleurs ils ne s'y risqueraient pas. J'ai envie de rentrer chez moi, au pays de Vaud. J'ai besoin de me reposer. Cette guerre me fatigue et ces chenapans sont des diables.

Sébastien Capelle quitta le créneau où il avait pris appui. Un aigle royal passa au-dessus du couple en criant. Il planait au-dessus de l'arête rocheuse, face à la forteresse. Jeanne l'observa avec inquiétude. Mais le rapace se laissa porter par un courant ascendant et fut bientôt si haut qu'il se mua en point noir fixé dans le ciel.

- Ludan le chenapan est comme cet aigle : hors de portée, dit le lieutenant-colonel. Lorsqu'on le poursuit il disparaît dans la forêt et un instant plus tard il réapparaît aux créneaux du château de Morimont comme s'il avait des ailes.

- Vous dites n'importe quoi.

- C'est vrai, pourtant. Il est au château et quand on s'approche de la forteresse il disparaît comme par enchantement pour nous attaquer sur nos arrières. Je crois plus opportun d'en faire mon allié. Les Impériaux accepteront sûrement mes services.

Jeanne bouda et retourna brusquement à l'escalier, soulevant sa robe blanche afin de marcher plus vite. Le lieutenant-colonel la suivit et la retint par le bras.

- Qu'avez-vous ? interrogea-t-il.

- Vous me décevez mon ami. Vous changez de camp comme de cheval. Un peu de dignité ! Vous avez rejoint Gustave-Adolphe par conviction. Le roi des Neiges était un grand roi et surtout un grand soldat.

- Il est mort et je ne me sens plus lié.

- Gardez cette seigneurie, elle vous reviendra peut-être un jour en récompense de vos loyaux services.

Sébastien Capelle fit la moue. L'idée de sa femme avait toutes les caractéristiques de l'utopie. De toute façon, se dit-il, la perspective s'érigeait en pensum. Le comté n'existait plus : ravagé, dépeuplé, exangue, presque revenu à l'état sauvage. Il consacrerait le plus clair de son existence à sa reconstruction et mourrait d'épuisement avant de récolter le fruit de ses efforts.

Cette guerre était une folie collective, pensa-t-il de nouveau. Un bouleversement à jamais gravé dans une terre-martyre. Il aurait pourtant fallu d'un rien, d'une saute d'humeur, pour que ce pays fût épargné par la tourmente. Si le généralissime Montecuculi avait pris le risque de déplaire à Wallenstein, s'il avait uni ses forces à celle de son collègue Ossa, il aurait pu repousser la horde suédoise et ce château ne serait aujourd'hui pas entre ses mains. Ah si Capelle pouvait prédire l'avenir !

Il sentait confusément que les Français nourrissaient une stratégie capable d'annexer la Basse et la Haute-Alsace. Mais dans le même temps il se faisait la réflexion que revigorés par un salutaire esprit de revanche, les Impériaux ne manqueraient pas de reconstituer leur Empire.

Son indécision l'exaspéra et il se força pour ravaler sa colère et répondre sans hausser le ton :

- Les rois, ma douce se moquent bien du destin d'un homme comme moi. Ce comté-là ne m'appartiendra jamais. Et puis, sang du Christ, vous m'agacez avec vos discours. Je n'ai encore rien décidé. Si j'apporte cette forteresse en gage aux Impériaux, la récompense m'autorisera peut-être à prendre une retraite paisible. Le métier de soldat me sort par les trous de nez.

- Ne soyez pas vulgaire, vous parlez comme un manant.

- Les manants aussi me sortent par les trous de nez. Je crois que je vais me faire moine pour me retirer du monde.

- En attendant, mon ami, une décision s'impose. Au fait, à quelle activité consacrerez-vous le restant de cette journée ?

- A tenir une réunion avec mes officiers afin de concocter un piège capable de prendre un gros gibier comme Ludan le chenapan, par exemple.

XXVI

Ludan regretta de n'avoir pas goûté à ce bienfait plus tôt. Et la pensée amère que le temps perdu ne se rattraperait jamais lui traversa brièvement l'esprit.

La peau de Catherine était douce, si douce, et ses rondeurs des coussins moelleux et voluptueux. Il était lové contre elle, ses mains éprouvant le galbe de ses fesses. Il raffolait de ce derrière large et rebondi dont il effectuait souvent le tour alternant légers attouchements et palpations prolongées.

Le jour se levait sur le château de Morimont et le chant des oiseaux emplissait l'air. Entre deux battements de paupières qu'il refusait d'ouvrir définitivement, il se rendit compte que le soleil serait de nouveau de la partie. Il brillait depuis une huitaine de jours sans désemparer plongeant la bande dans une ambiance empreinte d'insouciance et de bonne humeur.

Ludan se réjouissait de cette nouvelle journée chaude et ensoleillée : les gens se posaient moins de questions sur leur avenir et ne se torturaient pas l'esprit avec des théories fumeuses sur le péché, le purgatoire, l'enfer et le paradis.

''Je suis un mécréant heureux'', pensa-t-il avec satisfaction en prenant le large mamelon ambré de Catherine dans sa bouche.

La jeune femme gémit et serra Ludan contre elle. Le corps de son amant la fascinait et lui procurait des sensations qu'elle n'avait encore jamais connues jusqu'alors. Il avait un petit cou et des petites mains mais un thorax large et musclé. Il avait un petit derrière et de longues jambes. Il était léger sur elle et en revanche si présent quand il entrait en elle. Catherine l'aimait au point qu'elle se demandait si elle n'était pas atteinte d'une maladie inconnue et incurable.

De la cour du château, venaient les bruits familiers annonçant la naissance d'une nouvelle journée. Les chapons caquetaient dans la basse-cour en se disputant un ver de terre. Un palefrenier pansait les chevaux en chantonnant et mettait de l'avoine dans la mangeoire.

Ludan voulait prolonger et revivre les félicités de la nuit. Catherine le combla grâce à de savants câlins qui lui apportèrent une nouvelle vigueur. Ils s'unirent encore et les palpitations qui animaient progressivement le château rythmaient lentement les plaisirs qu'ils se donnaient en se prodiguant de longues caresses intérieures.

Quand enfin assouvis il se détendirent tout en restant soudés, Ludan dit :

- Il faudrait qu'aujourd'hui l'un de nous reprenne les travaux des champs et conduise les cochons à la glandée. Les mauvaises herbes envahissent les potagers et celui du château ne suffira jamais pour nourrir tout le monde.

- Toi, tu es charbonnier pas paysan. Demande aux paysans de s'occuper de ça.

- Rudi est bûcheron, Hans charpentier, des paysans, il n'y en a pas beaucoup. D'ailleurs ils ne veulent plus l'être : ils sont persuadés qu'insurgé est leur nouveau métier.

- L'idéal serait que les uns travaillent et que les autres les protègent contre les agressions.

- C'est exactement ce que proposent les seigneurs ! C'est sur ce principe apparemment honnête que tous nos malheurs ont commencé.

- Oui, mais moi je le mettrai en vigueur différemment. Je propose un échange, un travail contre un autre travail, l'activité des uns étant considérée comme l'égal de l'activité des autres. Je leur fournirai aussi du sel gratuitement ainsi que du gibier.

- Capelle va lancer ses troupes à tes trousses. On peut même s'étonner que cela ne soit pas encore fait.

- Il ne me fait pas peur.

Ludan fit cette affirmation sans forfanterie. Grossie par des paysans ruinés et les gens du château qui avaient plus d'affinité avec les chenapans qu'avec l'intendant, la bande qu'il commandait comptait maintenant vingt hommes entraînés et déterminés. Vingt gaillards pétant de santé qui connaissaient le comté comme leur poche. Ils étaient ainsi devenus insaisissables et ridiculisaient les cavaliers suédois qui d'aventure se lançaient à leurs trousses.

Ludan se leva et s'étira. Catherine le regarda, nu devant la fenêtre et remercia le ciel de lui avoir donné un si beau mari. Mais son visage s'assombrit. Le mot ''mari'' qui s'inscrivait en lettres de feu dans son esprit quand elle pensait à Ludan, ne reflétait pas la réalité et elle ne pouvait s'empêcher de regretter qu'aucune cérémonie n'eût scellé leur union.

- Je vais réunir le conseil, dit le jeune homme, afin de mettre au point une méthode d'approvisionnement. L'hiver sera rude. Il faut le préparer sinon la famine sévira.

Le silence voluptueux qui règnait dans la chambre où Catherine avec des gestes lascifs démêlait ses cheveux noirs, fut alors interrompu par des coups sourds frappés à la porte. Ludan se vêtit en hâte d'une chemise et d'une culotte et alla ouvrir. Sur le seuil, il découvrit Rudi en tenue de combat, l'oeil brillant.

- Une pauvre vieille, dit-il excité, vient de se présenter à la porte du château. Elle a réussi à s'échapper. Elle dit que des hommes de Capelle sont chez elle. Ils font boire le breuvage des Suédois à son mari.

Ludan se précipita au-dehors avec Rudi sur ses talons. C'était le genre d'appel au secours qui le faisait bondir. Son coeur battait la chamade et ses pensées étaient envahies par un seul désir : délivrer ses compatriotes des mains de leurs tortionnaires. Il appela ses compagnons qui, saisis par la même fébrilité, furent à cheval en quelques secondes.

De sa fenêtre, Catherine les vit partir et les entendit galoper en direction d'Oberlarg. Ils atteignirent Durlinsdorf en moins de vingt minutes.

Le village était désert et la petite troupe - la moitié des effectifs était restée à Morimont pour garder le château - s'arrêta au milieu de la rue principale traversée par un trio d'oies. Les chenapans furent surpris de ne pas entendre crier, de ne voir aucune chaumière en flamme et de ne pas apercevoir de chevaux suédois.

Ludan eut un mauvais pressentiment lui disant qu'il avait été berné. Il voulut avertir ses amis qu'un danger les guettait. Mais à l'instant précis où il ouvrait la bouche, des cavaliers se placèrent au travers de la ruelle à l'entrée et à la sortie du village. Ils mirent des chariots en place afin de consolider le barrage.

Une peur atroce broya soudain le ventre de Ludan.

C'était la fin. Pris au piège comme un rat. Il maudit sa bêtise et sa naïveté. Il maudit sa propension à s'élancer lorsqu'il entendait un appel au secours, sans prendre le temps de la réflexion.

Rudi avait déjà une hachette à la main et Ludan tenait son arbalète prête à tirer. Les cavaliers avaient, quant à eux, mis sabre au clair tandis que des fenêtres s'ouvrirent laissant apparaître des dizaines de mousquets.

Combien étaient-ils au juste ? Ludan eut le sentiment d'être cerné par toute une armée.

Le lieutenant-colonel Capelle fit effectuer trois pas en avant à son cheval blanc, harnaché de noir. Il portait un grand chapeau marron orné de somptueuses plumes immaculées, des gants de velours vert et une cape de la même couleur.

- Rends-toi Ludan, cria-t-il. Epargne la vie de tes compagnons. Déposez vos armes ou je ne ferai pas de quartier.

Sébastien Capelle triomphait. Mais son triomphe était tempéré par la déception. Ainsi ce héros, cette grande figure de la révolte paysanne, ce mécréant sympathique, s'était fait prendre sans coup férir, sans coup d'éclat. Lamentablement.

Le lieutenant-colonel se fit la réflexion qu'à l'évidence seul un militaire de profession savait se battre et mourir en homme. Un manant restait un manant. Il faillait être bien né pour mourir en combattant.

Ludan restait muet et immobile. Il était désemparé. Il avait beau jeter de furtifs coups d'oeil autour de lui, cherchant l'inspiration, l'idée de génie qui lui permettrait de sortir de ce piège mis en place de main de maître.

Sébastien Capelle se trompait pourtant sur un point : Ludan n'avait pas peur de mourir mais il était mortifié d'avoir entraîné ses compagnons dans la chausse-trappe. Il cherchait une faille et dut admettre que seul un miracle pouvait les sauver.

Le miracle se manifesta sous la forme d'un formidable coup de canon qui fit sursauter tout le monde. Mais les Suédois tressaillirent plus fort que les autres car un boulet fusa dans leurs rangs défonçant la croupe d'un cheval qui fit un écart et s'écroula les chairs à vif et pissant le sang. Les autres montures se cabrèrent puis détalèrent la queue en l'air.

Ludan recouvrit aussitôt ses réflexes de combattant. Il décocha une flèche qui se planta dans la selle du lieutenant-colonel. Il donna l'ordre d'attaquer. Ses hommes effrayèrent les chevaux ennemis davantage en criant comme des forcénés. Ils se jettèrent ensuite sur les Suédois occupés à maîtriser leurs montures. Ils les défirent à coups de hache, de pique et de pistolet. La deuxième partie de la compagnie qui se tenait à l'autre extrémité de la ruelle, voulut venir à la rescousse. Mais la gueule du canon tout à coup planté au milieu de la ruelle, les fit hésiter d'abord et reculer ensuite.

Le lieutenant-colonel qui avait perdu son chapeau dans l'empoignade, cheveux au vent, leur commanda de se hâter, d'avancer quand même, nom de Dieu, sinon je vous ferai pendre. Mais ses ordres ne furent pas exécutés. Il n'arriva d'ailleurs plus à ordonner quoi que ce fût car Ludan avait réussi à sauter à l'arrière de son cheval et appuyait sa main sur la bouche de l'officier tandis que de l'autre il piquait un poignard dans les côtes. Les Suédois complètement déboussolés, décidèrent de battre en retraite. Le tumulte cessa alors aussi vite qu'il avait commencé.

Ludan ordonna à son prisonnier de galoper jusqu'à la forêt. Il ne se sentait à l'aise et en sécurité que sous la voûte sylvestre. Après s'y être enfoncé de quelques toises, il mit pied à terre pour reprendre son souffle. Il lâcha Capelle, mais comme Rudi les avait rejoint, l'officier ne put rien tenter pour s'enfuir.

Ludan comprit alors que le miracle espéré devait le jour à la perspicacité de Catherine. Une Catherine méconnaissable chevauchant en Amazone le petit cheval norvégien que Ludan lui avait offert. Elle raconta que la vieille femme qui s'était fait passer pour une paysanne agressée s'était trahie.

Interrogée par Catherine, elle avait commis une grossière erreur de géographie. Confondue et, semblait-il satisfaite de l'être, elle avait avoué que Capelle préparait un guet-apens.

Catherine avait alors conçu la merveilleuse idée de faire charger un de ces canons légers en cuir utilisés par les Suédois et de le mettre en batterie derrière les cavaliers du lieutenant-colonel. Et tandis que les mercenaires se remettaient de leur surprise, les chenapans avaient transporté la pièce au milieu de la ruelle afin de tenir l'autre partie de la compagnie en respect. C'était simple mais efficace.

Le lieutenant-colonel demanda et obtint l'autorisation de s'asseoir au pied d'un chêne.

- Pendons-le, suggéra Rudi toujours très pragmatique.

Ludan ne répondit pas. Il songeait que le restant de la compagnie qui avait pris la fuite risquait de revenir en force. Il fit donc placer des sentinelles. Il avait également envie de s'asseoir un peu mais eut conscience que ce ne serait pas là une attitude de vainqueur. Car il avait triomphé une fois de plus et cette certitude lui insuffla un exaltant sentiment de puissance.

Un juste retour des choses aurait dû l'inciter à faire boire le breuvage des Suédois à ce Suédois-là. Il pensa cependant que la vraie grandeur ne se satisfaisait de ce genre de basse vengeance.

Ludan décida donc de se donner le temps de la réflexion et serra Catherine dans ses bras feignant d'ignorer l'officier tout en lui faisant ainsi comprendre qu'une femme, une simple paysanne, avait réussi à déjouer son plan de stratège professionnel.

Capelle ne dissimulait d'ailleurs pas son humiliation. L'heure de la retraite avait résolument sonné pour lui. Son intelligence lui commanda de ne pas donner libre cours à un orgueil mal placé de commandant buté qui ne traite pas avec l'ennemi.

- Votre piège a failli réussir messire, reconnut Ludan qui éprouva de la sympathie pour cet homme. Ce sera une leçon inoubliable pour moi.

C'était une constante chez lui : l'humilité des vaincus suscitait en lui plutôt un sentiment de pitié que de haine.

L'officier précisa :

- La chance vous a en effet tiré d'un bien mauvais pas, il me semble.

- Ma chance c'est de me battre pour une bonne cause, une cause juste, monsieur l'officier. Vous, vous ne défendez aucune cause. Vous faites un travail déplaisant. Sous prétexte de servir une religion vous êtes le valet d'une partie d'échecs où seuls les rois et les reines et à la rigueur les fous avancent les pions.

- J'ai servi sous la bannière de l'Empereur avant de suivre Gustave-Adolphe, avoua Capelle.

- Par conviction religieuse ?

Le lieutenant-colonel haussa les épaules. Religion ? Raison d'Etat ? Cupidité ? Il ne savait plus quelles étaient ses motivations profondes. Ludan le comprit et déclara donc à toutes fins utiles :

- Si vous reveniez à votre première bannière ? Vous à Ferrette, moi à Morimont, vivant tous les deux en bonne intelligence. Ce comté serait peut-être enfin en paix.

Le lieutenant-colonel Capelle se dit alors que le sort, somme toute, lui était favorable. Il lui avait permis de réaliser les deux voeux qu'il avait exprimés : il avait tendu un piège à Ludan et en avait fait son allié !

XXVII

Le lieutenant-colonel Capelle traversa le pont en pierre qui enjambait l'Allaine et fut impressionné par l'architecture majestueuse du château de Porrentruy. A la porte Saint-Germain, il présenta le sauf-conduit que lui avait procuré l'intendant de Morimont. Foulant ensuite les pavés de la haute ville, son cheval l'emmena au Collège des Jésuites.

Dans la cour, il rencontra quatre hommes parmi lesquels il reconnut d'entrée le père supérieur et l'évêque de Bâle, Prince du Saint-Empire. Il s'agenouilla devant ce dernier et baisa la grosse bague qu'il portait au médium de la main gauche.

Le Prince-Evêque, un homme aux joues flasques et au regard pénétrant dit que Dieu et son Fils bien aimé ne rejettent jamais un repentir sincère. Sébastien se comprit immédiatement sondé par ce prélat que craignaient autant les Impériaux ses alliés que les Suédois ses ennemis.

- Monseigneur, dit Capelle, je suis sincère. J'ai compris mon erreur et ma très grande faute. Je reviens à la foi catholique, la seule et unique.

- Vous revenez à Dieu.

- Oui, souffla Capelle.

Ces déclarations n'étaient pas exemptes d'une certaine dose d'hypocrisie dont tout le monde avait plus ou moins conscience mais que personne, militaire, aristocrate ou ecclésiastique n'avait le courage de dénoncer. Ils savaient tous que les Européens ne se livraient pas à une guerre barbare dans le seul but de glorifier le Christ.

- Cette foi vous l'aviez reniée, souligna le Prince-Evêque.

- Oui et je le confesse comme un péché mortel. Mais mortifié, je demande maintenant pardon à mon évêque et à mon Eglise. J'abjure la Réforme et ses enseignements diaboliques.

Sébastien Capelle avait l'impression de prononcer des mots de passe, des phrases qui n'avaient pour lui aucune signification profonde mais qui lui permettaient d'obtenir ce qu'il voulait. Au fait, savait-il ce qu'il voulait au juste ? Vivre sans craindre qu'on lui plante un couteau dans le dos et sans se faire haïr. Tout simplement.

En se rendant au Collège des Jésuites de Porrentruy, il avait fait un choix décisif. Le Prince-Evêque semblait apprécier son retour à la foi et Capelle se demandait s'il réussirait aussi à convaincre la personnalité laïque qui accompagnait le prélat.

Longs cheveux poivre et sel recouvrant la nuque, une barbichette grisonnante de vieux bouc, une moustache réduite à un trait blanc, un large col en dentelle blanche étalé sur son pourpoint noir, le chancelier Isaac von Volmar, l'homme fort de la Maison d'Autriche, examinait Sébastien Capelle sans haine mais sans sympathie. Son visage, en tous cas, n'exprimait aucune émotion, comme un chirurgien qui examine une plaie purulente avant d'opérer.

- Je tiens toutes les places fortes du comté de Ferrette, continua le lieutenant-colonel Capelle, en gage de fidélité à l'Empereur et à l'archiduchesse Claudia de Médicis, je jure de les livrer à la Régence d'Ensisheim. L'Autriche antérieure ne tardera pas ainsi à recouvrer ses possessions d'antan.

Etrangement, le chancelier, Régent d'Ensisheim, n'avait pas l'air très enchanté par cette proposition qui aurait pourtant dû l'enthousiasmer. Pouvait-il faire confiance à un officier qui change de camp à tout bout de champ ?

Certes la politique suscite des raisons que la stratégie ignore mais un militaire qui se prend pour une girouette est aussi capable de faire tourner le vent au mauvais moment.

De l'autre côté de la balance, pesait un grand territoire repris sans peine aux hérétiques et à ces renégats de l'Union Evangélique qui, sous prétexte de mieux connaître l'évangile, venaient piller les plus belles terres des Habsbourg.

- L'Archiduchesse, dit-il, n'entend pas enrôler un mercenaire de plus, je veux dire un officier qui vend son fanion à n'importe qui et n'importe comment. Elle veut surtout recouvrer ses landgraviats perdus et aider ses sujets à renouer avec leur prospérité d'antan.

En clair cela signifiait que l'Archiduchesse espérait être en mesure de lever des impôts le plus tôt possible. Le lieutenant-colonel fit un geste de la main comme s'il se proposait de prêter serment.

- Que demandez-vous en échange de votre ralliement ?

- A demeurer en garnison à Ferrette, à garder le château dont vous voudrez bien me confier la gestion. Monsieur le chancelier, l'Autriche fait ici une bonne affaire : elle récupère un territoire perdu sans livrer bataille et sans bourse délier.

Isaac von Volmar sourit. Le raisonnement se tenait. Il ne pouvait le réfuter sans se renier, sans passer pour un allié des hérétiques. A n'en pas douter l'offre était alléchante. Il s'inclina :

- Au nom de l'Archiduchesse, j'accepte. Mais je crois que votre ralliement serait encore plus efficace s'il était entouré du secret le plus total. Il serait bon que le colonel De Harpf n'en soit pas averti et qu'il vous croie toujours se son côté. Vous pourriez alors le prendre à revers en temps opportun.

- Il serait quand même prudent d'avertir la population, suggéra Capelle qui voulait ainsi officialiser sans le dire sa collusion avec la bande de Ludan.

Volmar prit un air inspiré en se pinçant les lèvres. Puis il s'employa à démontrer la supériorité des politiques sur les militaires en affirmant d'une voix docte :

- Quand on veut gouverner, monsieur l'officier, on laisse la populace dans l'ignorance et on n'étale pas une stratégie sur la place publique. Celui qui est craint est aussi obéi et vous en imposerez davantage comme Suédois et en taisant votre appartenance autrichienne, bien que vous soyez Suisse, que vous parliez français et que vous exprimiez le souhait de vous établir dans une contrée où l'on entend l'allemand. Le peuple restera le peuple aussi longtemps qu'il se soumet.

Isaac von Volmar sourit à nouveau, content de son exposé. Le Prince-Evêque en fit autant par politesse tandis que le jésuite demeura de marbre. Ce genre de diarrhée verbale ne l'impressionnait guère.

Le chancelier fit un signe à son greffier qui se tenait à l'écart de la conférence. Légèrement voûté, l'homme approcha à petits pas et fit une courbette obséquieuse devant ces personnalités qui allèrent prendre place sur des tabourets installés dans le patio du Collège.

Le jésuite chercha une petite table et le greffier y déroula un parchemin où il inscrivit laborieusement le texte que lui dictait Isaac von Volmar. Il tendit ensuite la plume à Capelle en le priant de parapher le document. Le chancelier ayant signé à son tour, le greffier fit couler un rond de cire rouge et y apposa le sceau de la Régence d'Ensisheim. Après quoi, le chancelier prit précitemment congé allégant que sa présence à Brisach où il avait trouvé refuge, était indispensable.

Sébastien Capelle salua également le Prince-Evêque et le jésuite et quitta le Collège. Cependant, le Supérieur fit un signe de connivence à l'évêque qui laissa partir le lieutenant-colonel et resta en compagnie du prêtre. Les deux ecclésiastiques continuèrent d'arpenter le patio.

- Des nouvelles alarmantes, déclara le jésuite, me viennent de la seigneurie de Morimont, Monseigneur. Un charbonnier, votre charbonnier a pris la tête d'une bande armée.

- J'ai en effet eu l'occasion d'échanger quelques mots avec ce garçon qui m'a paru très intéressant. Ses connaissances en zoologie sont tout simplement étonnantes, dit le prélat d'une voix paisible contrastant avec l'expression tendue du jésuite. Je ne suis qu'à moitié surpris que ce Ludan ait pris les armes contre les hérétiques. Bien qu'il se sente en Ajoie comme un poisson dans l'eau, c'est un Sundgauvien bon teint : une tête brûlée. Insoumis et bon catholique. Les temps ne sont plus ce qu'ils étaient, il faut pardonner aux paysans qui prennent les armes mon père car ils agissent en victimes. Nous ne pouvons pas leur demander de se laisser massacrer sans mot dire en faisant le signe de croix. Rappelez-vous : si nous-mêmes n'avions pas réagi d'une façon un peu musclée la Réforme aurait gangréné la Haute-Alsace. Vous les Jésuites, vous êtes bien placés pour le savoir.

- Ludan est un homme très habile, un meneur, un révolté que les paysans admirent. Nous avons appris qu'il a tenu le lieutenant-colonel à sa merci et qu'il lui a dicté ses conditions. C'est un chenapan singulièrement rusé, mais un chenapan quand même, Monseigneur.

- Oui, un chenapan intelligent tout simplement. J'ai moi aussi quelques informations et je ne suis pas sans ignorer ce qui se passe dans ce château. Je concède que ce n'est pas très orthodoxe mais, d'un autre côté cette région du Sundgau semble revenir à son statut d'antan, les catholiques pourchassent les hérétiques et nous ne pouvons que nous en féliciter. Envoyez-lui des missionnaires si vous craignez que l'Eglise n'y trouve pas son compte.

- Ce qui me paraît alarmant, Monseigneur et c'est pourquoi je me permets d'insister, c'est que Ludan est un mécréant. Il le dit à qui veut l'entendre et fait du prosélytisme. Il entraîne ses compagnons sur le chemin de l'athéisme. Il travaille à la création d'une société sans maître et sans Dieu. Ce fils de sorcière renie et la religion et l'autorité seigneuriale. Il érige le blasphème en devise.

- Un fils de sorcière ?

- Vous ignorez que sa mère avait été condamnée au bûcher ?

- Je l'ignorais en effet et je dois dire que maintenant vous m'alarmez.

- D'autant que Capelle semble maintenant épouser la philosophie de ce chenapan. Mais il y a plus terrible encore : il a osé tourner en dérision le sacrement du mariage et commettre le sacrilège le plus infâme qui soit : il a célébré un mariage !

Le Prince-Evêque perdit soudain la sérénité qui l'habitait jusqu'alors. Il scruta le jésuite avec insistance comme s'il doutait de sa sincérité et comme s'il voulait détecter un mensonge. Il dissimulait mal son irritation de voir le jésuite mieux informé que lui . Il n'osait encore croire à une telle ignominie et au lieu de s'insurger, il préféra laisser entendre au prêtre qu'il était plus ou moins au courant tout en se promettant de tancer l'intendant qui ne lui réservait pas l'exclusivité de ses messages.

- Ce que vous me racontez a dû se passer un soir de libations. Ces Alsaciens, quand ils boivent, ne savent pas se retenir.

- J'ai la certitude que Ludan n'était pas ivre et qu'il avait parfaitement conscience de ce qu'il faisait, martela le jésuite. C'est un séditieux ou un païen. Et ce Capelle est son complice. Dans la seigneurie de Morimont règne désormais le Diable.Le militaire et le charbonnier s'entendront maintenant comme deux suppôts de Satan.

Le Prince Evêque réfléchissait. Il prenait soudain toute la mesure d'une conjoncture intolérable à laquelle il avait lui-même donné sa caution.

- Pourquoi n'avez-vous rien dit au chancelier ? interrogea-t-il avec impatience.

- Ce Volmar est un politicien de la pire espèce. Il fait passer les intérêts de l'Autriche avant la sauvegarde de notre Sainte Mère l'Eglise. Il est capable d'assister à son viol sans broncher s'il peut en tirer profit.

- Quelle époque ! Quelle époque, mon Père !

- Oui, hélas, quelle époque, Monseigneur ! Le cas de conscience est pourtant simple : il faut choisir entre les hérétiques qui ont tout de même le mérite d'adorer le Christ et ses païens qui militent pour l'antéchrist.

- Que voulez-vous dire ?

- Je veux dire qu'une collusion entre Ludan et Capelle ne peut être tolérée. Nous ne pouvons permettre cette expérience. Il vaudrait, somme toute, mieux que règnent encore pour quelques temps sur Ferrette des Suédois capables de mettre Ludan hors d'état de contaminer ce pays. La chance lui a sourit trois fois. Trois fois il a échappé à la mort comme par miracle. Une trinité mal venue qui risque encore de le faire passer pour un homme exceptionnel, placé sous la protection divine.

Le Prince-Evêque regarda fixement sa bague. Il devait se l'avouer : le jésuite avait raison. C'était contrariant car les jésuites avaient, selon lui, trop souvent raison, mais indiscutable et insupportable.

- Je ne puis contrarier la décision de Volmar sans me compromettre mon père. En recevant ces gens ici je leur ai donné, en quelque sorte, ma bénédiction.

- Je le sais, nous nous efforcerons donc de trouver une solution.

- Faites pour le mieux.

Quatre jours plus tard, la compagnie commandée par Sébastien Capelle tomba dans une embuscade à une lieue de Mülhausen. L'effet de surprise fut total pour Capelle qui mourut en se demandant d'où venait la trahison.

Persuadé que les Suédois ingnoraient tout de son accord avec le chancelier Isaac von Volmar, il avait répondu en toute confiance à l'appel que lui avait adressé son collègue, le lieutenant-colonel Kaltenbach. Il avait donc quitté Ferrette avec l'intention de lui prêter main forte.

Mais Kaltenbach ne lui laissa aucune chance.

Il décapita lui-même le traître et fit exposer sa tête sur un piquet au bord de la route. Délivrant ainsi, à toutes fins utiles, ce message : à vouloir trop souvent changer de camp on finit par perdre la tête.

XXVIII

Lorsque les coups de mousquet crépitèrent et qu'Otto Risach tomba de cheval la poitrine éclatée, Ludan, l'espace d'un très court instant, fut prit de panique. Rudi le bûcheron eut fort heureusement le bon réflexe : battre en retraite avant que les tireurs embusqués derrière les murs du château de Ferrette n'aient le temps de recharger.

Il s'employa donc à faire demi-tour sur la rampe étriquée qui autorisait l'accès à la citadelle. Les dix autres chenapans voulurent suivre son exemple en toute hâte. Mais ce repli s'effectua, évidemment, dans la confusion, les chevaux glissant et piaffant sur la pente.

Une deuxième rafale éclata au moment où Ludan parvenait également à prendre un peu de recul, suivi d'Eriksen. Celui-ci, tout en cravachant sa monture, proclamait déjà qu'il n'y avait pas plus retors qu'un lieutenant-colonel vaudois. Derrière lui, Hans Salzmann cria : Verdammi, Verdammi ! en se tenant la cuisse d'où giclait le sang.

La petite troupe parvint toutefois à se placer hors de portée des balles. Ludan se retourna pour s'assurer qu'ils n'étaient pas poursuivis.

Apercevant des cavaliers qui s'élançaient derrière eux, il alerta ses amis tout en éperonnant son cheval : ''On fonce dans la forêt la plus proche !'' Ils réussirent ainsi à échapper aux Suédois et se trouvèrent bientôt définitivement à l'abri au château de Morimont, décontenancés et inquiets.

Hans avait perdu tellement de sang qu'à peine arrivé, il s'évanouit. Une vieille servante vint le soigner et lui fit une compresse d'eau de vie et de feuilles de laurier. On décida de lui retirer la balle tout de suite. L'opération s'effectua sur la table de la salle à manger.

Ludan n'arrêtait pas de penser à cette embuscade. Elle lui apparaissait à la fois comme un signe et comme un mauvais présage. Par trois fois il avait échappé à la mort. Dame chance l'avait peut-être maintenant quitté. Il chercha à savoir quelle nouvelle conjoncture avait bien pu inciter Sébastien Capelle à revenir sur la parole donnée.

Il tenta de se remémorer chaque instant de leur entretien, chaque phrase prononcée afin d'y déceler les prémices de la trahison. Il y renonça parce que rien, dans ses souvenirs, ne lui permit de constater a posteriori que l'officier n'avait pas été sincère.

Catherine posa la main sur l'épaule du jeune homme.

- Il n'y a rien de changé, tout continue comme avant, dit-elle résumant ainsi la situation avec une évidente simplicité.

- Il nous a bien eu, approuva Ludan.

La déception le rongeait. Il était déçu d'avoir cru en cet homme. Il était déçu de lui-même, se reprochant la fierté qu'il avait éprouvée en traitant d'égal à égal avec un lieutenant-colonel et en fraternisant avec un gentilhomme. Il était enfin mortifié par cet échec qui l'arrimait seul à la tête de sa bande sans savoir quand leur statut de chenapan prendrait fin.

Catherine alla à la fenêtre. Elle vit entrer l'intendant dans le château. Il apportait un ballot de chanvre à sa fille, saisie d'une soudaine passion pour le rouet. Il revenait du marché de Porentruy et semblait vaquer à ses travaux, comme si l'agression dont avaient été victimes Ludan et les siens l'indifférait. Il avançait à petits pas et posa son paquet à côté du puits. Après quoi il tira sur la corde et fit monter un seau d'eau. Il y plongea une louche en bois qui lui permit de se désaltérer à petites gorgées.

- Il ne me plaît pas ce Balthazar, dit Catherine. Il est censé tra-

• *Au collège des Jésuites de Porrentruy, le lieutenant-colonel Capelle jura fidélité au Prince-Evêque de Bâle.*

vailler pour Mülhausen et n'arrête pas de hanter le Collège des Jésuites ou de demander audience au Prince-Evêque. Il n'est pas avec nous, Ludan. Je me demande si tu le surveilles assez. Tu fais trop confiance aux gens. Ce n'est pas parce que sa fille se pâme dans les bras de Rudi qu'il ne faut pas se méfier de lui.

- Je ne peux tout de même pas me méfier de tout le monde.

- Je voudrais que la guerre s'arrête.

- Quand elle s'arrêtera nous serons obligés de retourner aux champs.

- Et alors ? Ce n'est pas plus mal : quand on travaille dur aux champs on dort bien la nuit et on ne voit pas les journées passer.

Ludan se tut. Il crut, un bref instant, entendre parler Clara. Mais il effaça cette idée de son esprit et décida qu'il avait tout lieu d'être satisfait, Catherine jouait le rôle qu'il voulait qu'elle joue : être sa confidente et sa conseillère. Avec elle, il parlait de tout, pesait le pour et le contre. Il supportait ainsi mieux la fatigue qui l'accablait parfois quand il prenait conscience qu'il ne voyait pas le bout de son aventure. Aujourd'hui, une fois de plus, il avait l'impression de se trouver dans le noir, au milieu du souterrain, sans chandelle et sans briquet, sans savoir où est l'issue.

Il se disait que ce serait désespérant si le retour aux champs s'effectuait comme avant la guerre. Les efforts fournis et le sang versé l'auraient été en pure perte. Passerait une armée, viendrait un curé pour prélever plus de la moitié des récoltes en impôts.

Il souhaita que se succèdent quatre saisons sans qu'une autorité quelconque ne vînt réclamer un dû qui ne lui était pas dû.

Ludan pensa encore à Capelle et au sort qu'il entendait lui réserver pour lui donner la leçon qu'il méritait. Le comportement de Balthazar le préoccupa aussi, bien que Rudi crût dur comme fer en sa loyauté et ne tolérât aucune allusion la remettant en cause.

C'était le moment de dresser un bilan. Il saisit une cruche rangée sur un tabouret, dans un coin de la chambre. Il se versa un gobelet de vin qu'il but lentement, assis sur le bord de son lit.

Après tout, il tenait toujours le château et une réalité réconfortante lui revint à l'esprit : l'intendant ne connaissait qu'une seule entrée du souterrain, celle du fossé aux cerfs. Si d'autre part, ils étaient contraints de quitter le château, Ludan et sa bande trouveraient refuge en forêt où ils se sentiraient comme chez eux.

Balthazar quitta le puits pour venir se planter devant le logis et appela Ludan. Celui-ci apparut à la fenêtre.

- Sébastien Capelle a été tué par les Suédois, l'informa Balthazar. Sa tête a été plantée sur un épieu pendant deux jours à Dietwiller. Le lieutenant-colonel Mandalin l'a remplacé à Ferrette. C'est lui qui vous a accueilli à coups de mousquet. A ta place, Ludan, je resterais terré pendant quelques jours. Les Suédois sont très en colère.

- Nous avons été trahis ! rétorqua Ludan hors de lui. Il y a un traître parmi nous. Si je le démasque je lui couperai la tête et la planterai sur un épieu.

Ludan était trop éloigné pour constater que l'intendant de la seigneurie de Morimont avait soudain pâlit.

XXIX

Les mois passèrent ponctués d'événements suscités par les rois, les ministres, les cardinaux, les princes, les ducs, les évêques, les maréchaux d'Empire, les généraux, les comtes Palatins.

Alternaient batailles, victoires, défaites, replis stratégiques, reconquêtes, razzias, massacres, exécutions, incendies. Les paysans mettaient à profit de rares accalmies pour tenter de s'établir sous des cieux plus cléments.

Les Suédois s'en allèrent étriper des papistes ailleurs et revinrent plus agressifs que jamais pour écraser les Impériaux à Wattwiller, au pied des Hautes-Vosges et parader dans le landgraviat de Haute-Alsace exangue.

Une victoire qui ne les empêcha pas de battre piteusement en retraite à Nördlingen en Allemagne et de passer le flambeau à l'armée levée par Louis XIV et Richelieu, pressés de mettre fin à l'hégémonie des Autrichiens en Europe et de ravir aux Habsbourg leurs possessions alsaciennes. Les Français entrèrent donc dans la danse avec des forces fraîches.

Les mouvements de troupes, les revers, les succès furtifs, les informations les plus diverses qui couraient à travers le pays relevaient de la simple routine pour Ludan et ses amis. Ils ne prêtaient plus attention à la couleur de l'uniforme pour tendre une embuscade ou pour détaler et disparaître dans la nature lorsque l'ennemi se révélait trop pugnace pour eux. Mais ils réservaient en priorité leurs coups de main aux Suédois. Ceux-ci avaient fini par jeter leur dévolu sur l'Ajoie qu'ils ravageaient avec cette enthousiasme qui avait fait leur sinistre notoriété.

Les Français s'étaient bien installés en Alsace et l'ancien chef huguenot, le duc de Rohan, avait sympathisé avec le Magistrat de Mülhausen, tandis que le duc de Lorraine avait investi la vallée de Thann. Toutes ces armées généraient leurs maraudeurs et leurs brigands qui ne laissaient pas de répit à une population de plus en plus évanescente.

Deux événements vinrent interrompre la monotonie de l'existence de chenapan et la vie de château. Deux événements dont le premier avait rendu possible la perennité du deuxième.

Deux jours après l'équinoxe de l'automne 1636, Catherine donnait le jour à une petite fille qu'elle prénomma Gertrude. On fit une fête. Une de plus. Les hommes s'ennuyaient et pour tromper l'ennui tout était prétexte à des démonstrations de joie parfois un peu forcées. Car le plus souvent ils avaient mauvaise conscience, face à la misère noire littéralement homicide qui décimait les paysans. Ils essayaient de se racheter, le lendemain, en faisant la charité aux mendiants qui hantaient le comté.

Ludan avait dû entamer ses propres réserves cachées dans une ancienne tannière de loup au coeur de la forêt, à une lieue du Peccal. Mais la naissance de la petite, ce don du ciel, ne pouvait être saluée que par un repas digne d'elle. Et Rudi avait accepté d'être son parrain.

Quelques jours plus tard, Catherine se releva des couches et allaita le bébé devant les yeux émerveillés de tous les chenapans qui trouvaient ainsi un divertissement inédit.

Catherine. à mesure que Gertrude prenait du poids, partageait cependant de moins en moins leur enthousiasme. Ludan la voyait soucieuse, trop souvent absente, regardant sa petite fille d'une façon étrange. Le quinzième jour, n'y tenant plus, il interrogea :

- Que t'arrive-t-il, Catherine ? Tu n'es plus la même. Tu n'as pas l'air d'être heureuse d'être maman d'une si jolie petite fille qui a tes yeux, mon intelligence, qui sera la reine de la forêt, chevauchera un cerf et chantera avec les loups !

- Tais-toi Ludan. Ne dis pas n'importe quoi, comme si tu étais ivre. Ma fille ne sera pas une sauvageonne et encore moins une succube !

Ludan se rembrunit. La moindre allusion au drame qu'avait vécu sa mère le mettait hors de lui. Elle lui apporta la conviction que Catherine avait changé : avant la naissance de Gertrude jamais elle ne se serait autorisée une remarque aussi sévère.

- Aimer les animaux et la forêt n'est pas une pratique de sorcellerie mais au contraire une preuve que l'on aime la vie et son Créateur.

- Je te demande pardon pour cette phrase idiote qui m'a échappée, se repentit aussitôt Catherine. Ludan, il faut me comprendre je suis en souci parce que je voudrais que notre enfant soit baptisé. Je refuse que notre fille vive et meurt comme une païenne. Voilà.

Pas étonnant, dès lors, que Catherine ait cru à une intervention divine lorsque neuf mois plus tard, Ludan et ses amis ramenèrent un jésuite sur une civière confectionnée avec des branchages et des peaux de mouton.

Ils patrouillaient à la limite de leur territoire à deux ou trois lieues du château. Une petite pluie fine tombait. Ils approchaient de Liebenswiller où demeurait un vieux berger qui n'avait plus de moutons à garder. Il réussissait, en revanche, à élever des lapins qu'il échangeait contre une miche de pain et un muid de vin.

Ils avançaient vers le village abandonné en passant par la forêt, comme d'habitude, afin de mieux éventer un piège et de constater d'abord que des cavaliers ne rôdaient pas dans les parages. Ils progressaient lentement et prudemment. A la lisière, Ludan marqua un temps d'arrêt parce qu'à cet endroit-là il ne manquait jamais d'admirer le paysage qui s'offrait à ses yeux : au loin, noyés dans la brume, se profilaient les "Ballons" vosgiens qui semblaient lui signifier que le Sundgau s'étendait du Jura aux Vosges, d'une montagne à l'autre.

Ludan perçut ainsi des gémissements. Dans un fourré, ils découvrirent un jésuite, recroquevillé sur lui-même, le visage ensanglanté, se tenant les côtes. Ludan s'agenouilla à côté du malheureux et demanda à Rudi d'apporter de l'eau. En lavant cette figure au crâne rasé et envahie par une épaisse barbe noire, il fit apparaître une cicatrice barrant la joue droite. Il pouvait avoir quarante ans et ses joues creuses indiquaient qu'il ne faisait pas souvent bombance. Sa cape noire était déchirée et ses sandales en cuir usées au point qu'il aurait tout aussi bien pu marcher pied nu !

Dès qu'on le remuait un peu, il fermait les yeux et se mordait les lèvres pour ne pas crier sa souffrance. Il expliqua, en mettant un temps infini à prononcer chaque mot, qu'il avait été surpris par les hommes de Mandalin, roué de coups et malmené au point qu'ils l'avaient laissé pour mort.

''Ils voulaient m'arracher une conversion à la Réforme, expliqua-t-il, mais la mort m'était plus douce qu'une telle extrémité si bien qu'ils en ont eu assez de jouer ma vie. J'ai deux ou trois côtes cassées''.

Plus tard, le jésuite qui se faisait appeler Philippe, expliqua qu'il avait appartenu au Collège d'Ensisheim et qu'ayant dû le fuir il parcourait le pays pour apporter le réconfort à toutes les malheureuses victimes de la guerre. Il entendait aussi réveiller les consciences en ces temps troublés où les moeurs se relâchaient scandaleusement, où se multipliaient les mariages mixtes et les unions sacrilèges et où les hommes n'étaient plus des hommes.

- A Mülhausen, raconta-t-il d'une voix cassée par l'émotion, dans cette ville vouée au diable, j'ai vu des réfugiés mourir de faim par dizaines avant que le Magistrat ne leur vienne en aide, sans qu'aucun bourgeois ne se décide à accomplir son devoir de chrétien. J'ai vu, mes frères, des gens mourir de faim au fond d'un bois où ils avaient été mordus par des chiens enragés. J'ai vu des femmes rendues folles par la famine, étrangler leur bébé pour le manger ! J'ai vu des désespérés déterrer des cadavres pour tenter de calmer leur faim. Repentez-vous mes frères car le Royaume de Dieu est difficile à gagner.

Arrivé au château, le père Philippe avait perdu connaissance. Catherine le soigna avec diligence tout en priant pour lui. La jeune femme cachait à peine : elle était très émue par cette intrusion inespérée car elle comptait bien demander au jésuite de baptiser sa fille. Elle entra en conflit avec Ludan qui détestait les jésuites depuis qu'il avait appris que Sébastien Capelle avait signé son ralliement au Collège de Porrentruy. Catherine le tança vertement et s'employa à lui démontrer que ce Compagnon de Jésus était porteur de bienfaits.

Le père Philippe se rétablit vite, prouvant que Dieu l'avait en sa sainte garde. Il mangea beaucoup et but sans retenue. De trop pensait Ludan que la gourmandise du prêtre étonnait.

Mais il avait fini par céder aux insistances de Catherine qui voulait absolument offrir une hospitalité de longue durée au jésuite afin de lui permettre de poursuivre son oeuvre de missionnaire. Tout paraissait au mieux dans le meilleur des mondes si quarante-huit heures après l'arrivée du père Philippe, Eriksen n'avait pas été trouvé mort dans la cour du château avec un poignard dans le dos et si une courte enquête n'avait pas établi qu'il avait été assassiné par quelqu'un de Morimont !

XXX

Après la mort d'Eriksen, la situation se dégrada. Ludan observait que les bonnes résolutions cédaient la place aux vieilles habitudes et aux convictions qu'il croyait surannées. Le jésuite avait même été sollicité pour célébrer des offices religieux et il avait bizarement refusé sous prétexte qu'il manquait un autel consacré.

Il ne refusait en revanche aucune confession. Et Ludan appréhendait à tout moment que l'entrée secrète du souterrain ne lui fût révélée.

Catherine, insensiblement, malgré toute sa bonne volonté pour épouser les idées de Ludan, ne pouvait s'empêcher de rêver à haute voix, de parler de maisons recouvertes de tuiles, de ''Stube'' chaude et confortable, de moisson ensoleillée et de traite de vache embaumée. ''Il n'y a rien de plus ridicule, lâchait-elle, qu'un paysan qui veut péter plus haut que ses fesses et qui n'y arrive pas''.

Ludan se disait qu'il n'était pas concerné par cette analyse puisqu'il était charbonnier et chasseur d'ours. Mais il n'en avait pas la certitude. Pour changer la société, constatait-il, il lui fallait aussi changer les hommes. Mais il ne savait pas comment s'y prendre pour les convaincre que l'expérience valait la peine d'être vécue, qu'elle demandait un effort quotidien et que rien, somme toute, n'était facile. Il remarquait aussi qu'ils manquaient tout simplement de grandeur d'âme pour instaurer une nouvelle manière de vivre, de se comporter en hommes libres et non en compagnons serviles.

Le jésuite n'arrangea rien et fit un insidieux travail de sape ne cessant de mettre les chenapans en garde contre les flammes de l'enfer.

Il avait poussé des soupirs d'agonisant et fermé les yeux quand Ludan, histoire de le provoquer un peu, avait essayé de lui faire admettre que la Vierge n'était pas vierge et que sur cette question précise il fallait donner raison aux hérétiques :

- Pourquoi voulez-vous qu'elle reste vierge puisqu'elle ne savait pas qu'elle deviendrait la Vierge ? Moi je dis que Jésus avait des soeurs et des frères. Un point c'est tout. Et ce pauvre Joseph pourquoi voulez-vous qu'il n'ait pas fait comme tous les maris ? Pourquoi voulez-vous que ce soit le seul juif au monde qui n'ait pas passer sa nuit de noces dans les règles de l'art ?

- Mon fils, mon fils, chevrota le père Philippe, vous blasphémez. Ne blasphémes pas, Dieu du Ciel ! Pas étonnant que l'évêque ait mis votre comportement à l'index.

- Comment l'évêque sait-il ce que je pense de la Vierge ? Tout simplement parce que quelqu'un le lui a dit. Il y a un traître ici et je le démasquerai.

- Les voies du...

- Ah, ne me dites pas que les voies du Seigneur sont impénétrables. Avec cette formule magique les inquisiteurs et les curés font faire n'importe quoi aux catholiques.

- Et les pasteurs aux protestants. Vous êtes pire qu'un hérétique vous êtes un antéchrist.

- Je suis un chenapan lucide.

Au château, les amis de Ludan n'aimaient pas qu'il croisât ainsi le fer avec le jésuite et qu'il se mêlât de théologie. D'autant que le saint homme prenait un air si peiné qu'il faisait pitié ; les phrases lancées par Ludan semblaient être une source de souffrance.

Mais cela n'empêchait pas Ludan de nourrir parfois la désagréable impression que le jésuite riait sous sa barbe qu'il ne cessait de lisser comme s'il pouvait tirer la sagesse divine de ses longs poils noirs.

En revanche, dès qu'ils cheminaient en forêt, les hommes de Ludan se rangeaient de son côté, lui donnaient raison, retrouvaient une sorte de vigueur morale qu'alimentait le bonheur de s'embusquer sans un fourré pour traquer un sanglier, observer un cerf ou tomber à bras raccourcis sur une bande armée.

Les Français tournaient autour de Porrentruy et se conduisaient comme chez eux en Ajoie. Le bruit courait que Richelieu avait signé un pacte avec Bernard de Saxe-Weimar lui accordant les possessions autrichiennes en Haute-Alsace afin de récompenser ses loyaux services et sa fidélité au roi Très Chrétien.

Mais en forêt ces nouvelles-là n'avaient aucune signification. Tout était différent. Il suffisait de marcher une demi-heure pour se trouver loin de la politique et pour penser à autre chose qu'à la guerre qui n'en finissait pas. Deux sujets de conversation revenaient pourtant inévitablement : la mort d'Eriksen et celle de Sébastien Capelle. Et à chaque fois, quelqu'un ne pouvait pas s'empêcher de suggérer qu'une puissance occulte mettait tout en oeuvre pour ruiner les ambitions de la bande à Ludan.

Ce jour-là, le 22 juillet 1637, règnait une chaleur torride qui n'épargna pas le Jura alsacien. Tout le monde n'avait qu'une envie : s'immobiliser à l'ombre et attendre des températures moins insupportables.

Balthazar Schönberger avait ainsi installé une paillasse dans la cave voûtée, à côté de la fontaine et certains valets l'avaient imité en riant et en affirmant que le bougre ne manquait décidément jamais de bonnes idées.

Le père Philippe s'était assoupi sous un arbre dans la cour et, malgré sa sainteté, ronflait comme un mécréant.

Les femmes gardaient la chambre parce qu'elles pouvaient s'y dévêtir à l'abri des regards indiscrets. Catherine berçait sa petite fille qui, incommodée par la chaleur, n'arrivait pas à fermer les yeux.

Rudi dormait, le dos appuyé contre le muret du puits. Ludan qui n'aimait pas rester inactif taillait une flèche d'arbalète en rêvant à Léo le lynx qui n'était plus jamais réapparu et que les événements ne lui avaient pas permis de remplacer. Tout le monde économisait ses mouvements et se livrait aux bienfaisances de la sieste, persuadé qu'avec une canicule pareille il ne viendrait à l'idée d'aucun militaire de se mettre en campagne.

C'était mal connaître l'état d'esprit des Français qui avaient horreur d'étriper et de piller par temps de pluie et se sentaient d'attaque quand il faisait chaud.

Ludan rejoignit Catherine dans sa chambre et lui proposa une baignade dans l'étang. Elle trouva que c'était une bonne idée pour trouver une fraîcheur salutaire et confia la petite Gertrude à la surveillance d'Agathe.

Ils avaient disparu depuis une bonne heure quand le jésuite se faufila jusqu'au pont-levis qu'il réussit à descendre avec des gestes mesurés, sans attirer l'attention. Les gardes dormaient écrasés de chaleur. Lorsqu'ils se réveillèrent ce fut pour exhaler un gargouillis sanglant.

Les mercenaires du colonel De Hailly leur avait tranché la gorge.

Les Français avaient laissé leur chevaux au bas de la rampe et avaient marché jusqu'à la première porte sur la pointe des pieds. Personne ne les avait entendus.

Leur intrusion fut si aisée et la réaction des chenapans de Ludan si gauche et si ensommeillée qu'ils trucidèrent ci et là tout ce qui passait à portée d'épée en se tordant de rire. Rudi fut cependant moins long à reprendre ses esprits et à jauger la situation. Comprenant qu'il se révélait bien trop tard pour empêcher cette invasion et, sous les yeux ahuris de l'intendant, il se précipita dans la cave puis dans le souterrain, suivi de sa femme et de Richard.

Désemparés, les autres se réfugièrent dans le donjon. Les Français entassèrent du foin et de la paille dans l'escalier et les enfumèrent sans s'arrêter de rire à gorge déployée, ravis d'avoir réalisé une farce aussi désopilante. Ils attrapèrent les femmes et s'amusèrent avec elles, inondés de sueur.

Ce goût immodéré pour la facétie les conduisit à mettre le feu au manoir et à démolir tout ce qui pouvait se fendre à coups d'épée. Ils mirent méticuleusement à sac la cave à provisions et se rafraîchirent en s'aspergeant le visage de vin blanc.

L'intendant Schönberger fut épargné car il eut la présence d'esprit d'offrir des pièces d'or à un officier et de lui expliquer qu'il était le serviteur du Prince-Evêque de Bâle.

- Le Saint homme est sous notre protection, dit en riant le colonel De Hailly. Et comme vous êtes sous la protection de sa Sainteté, par conséquent, vous le serez également sous la mienne.

Cette attitude compréhensive ne l'empêcha cependant pas

d'emporter tous les objets de valeur que recelait le château. Il exprima avec emphase son admiration pour les tapisseries françaises. Il les fit décrocher en déclarant que les temps étaient durs, foutre diable, à des gens qui étaient particulièrement bien placés pour le savoir.

Le père Philippe, ce brave homme, bénéficia d'un traitement de faveur. Sous les regards ahuris et scandalisés des rescapés, De Hailly lui remit un cheval et un gousset de guldens.

Tandis qu'un autre officier le remerciait encore pour son heureuse initiative, le prêtre expliqua content de lui :

- C'est Bernard de Saxe-Weimar mon seigneur qui m'a demandé de vous rendre ce service. Il sait qu'il peut compter sur votre reconnaissance.

Après quoi, le jésuite se transforma en capitaine de l'armée weimarienne.

L'officier français le salua et dit :

- Dites à votre chef qu'il peut compter sur nous. Ce filou sait ce qu'il fait. Il veut créer un Etat indépendant en Haute-Alsace avec l'aide de Richelieu et a trouvé un moyen peu onéreux pour se débarrasser de cette bande de chenapans, sans se salir lui-même les mains et sans s'attirer la colère de ses futurs sujets. Le comté est maintenant assaini. Au fait, où est-il ce Ludan qui emmerde tout le monde ?

On le chercha partout en vain et le jésuite défroqué quitta précipitamment le château.

Au même instant, Ludan et Catherine reprenaient le chemin de la forteresse. Mais, comme à l'accoutumée, le couple s'approcha du Morimont avec prudence. Sage précaution qui, cette fois-là, ne fut pas prise en vain car Ludan aperçut une volute de fumée et comprit que quelque chose d'inquiétant se tramait.

Il repéra ainsi un capitaine de l'armée weimarienne galopant à brides abattues. Par réflexe, il arma son arbalète et décocha une flèche.

XXXI

Blessé à la jambe par la flèche de Ludan, le cheval de Laplante culbuta. Ludan ne laissa pas le temps au pseudo-prêtre de se relever. En deux ou trois enjambées, il fut sur lui et le maintint à terre en lui serrant le cou.

La fumée qui formait un panache ocre au-dessus du château de Morimont, les cris des valets et domestiques pris dans le donjon les coups de mousquet, apprirent à Ludan que la place était tombée entre les mains de l'ennemi. Le déguisement étrange de celui qui s'était fait passer pour un membre de la Compagnie de Jésus, le persuada qu'il était à l'origine de la catastrophe.

- Qui es-tu ? s'écria-t-il en l'étranglant.

Comme l'autre se taisait, il lui cogna furieusement la tête contre une pierre :

- Tu n'as jamais été jésuite. Tu n'es rien d'autres qu'un chenapan, comme moi. Pire que moi : tu es venu chez moi pour me trahir, me surveiller et me livrer aux Français.

Un sourire apparut sur les lèvres de Laplante malgré la douleur que lui infligeait Ludan Hold.

- Arrête, gémit-il, je te dirai tout.

Ludan relâcha sa prise et sa victime poursuivit :

- Si tu avais la mémoire des visages, tu m'aurais reconnu. Eriksen l'a fait. Il paraît qu'il ne pouvait oublier mes yeux. Sa mémoire infaillible l'a tué. Tu ne te souviens donc pas du capitaine Laplante ?

Entre temps, les cavaliers du colonel De Hailly avaient découvert le dernier foudre de vin que Balthazar Schönberger avait dissimulé dans la cave, le conservant précieusement comme monnaie d'échange en prévision de l'hiver.

Les cris de joie qu'ils poussèrent en le défonçant retentit comme une clameur faisant écho de montagne en montagne. S'y ajoutaient les cris des femmes violentées et les hennissements des chevaux effrayés par l'incendie de leur écurie.

Ce vacarme apocalyptique intensifia le malaise de Ludan. Il était honteusement fâché contre lui-même et son manque de perspicacité. Cet instant d'incouciance avait tout fait basculer. Il avait laissé entrer le ver dans le fruit. Il regarda fixement Laplante et le reconnut enfin. Mais il dut admettre que sa cicatrice, son crâne rasé et sa forte barbe le rendaient méconnaissable.

Il s'était laissé abuser par l'habit malgré la mauvaise intuition qui l'avait hanté. Toute la guerre ne reposait que sur une robe de bure ! Pas seulement l'habit mais aussi ce respect angoissé et parfois morbide des choses de la religion dont il s'était affranchi et qui continuait cependant de coller à la peau de ses amis, comme un eczéma dont on n'arrive jamais à se débarrasser tout à fait.

Oui, il avait été berné parce que Laplante, in fine, était encore plus mécréant que lui, ne craignant pas de commettre une sorte de sacrilège permanent, distribuant les bénédictions, écoutant les confessions qui lui permettaient de recueillir de précieuses informations et de rigoler un bon coup...

Il le reconnaissait maintenant, avec ses yeux ou scintillait sa ruse malveillante.

- Le château est ruiné à cause de toi, dit-il entre les dents. Tu voulais t'y installer avec ta bande.

- Je n'ai plus de bande. La guerre est cruelle pour tout le monde, même pour les chenapans. J'ai rejoint la bannière de Bernard de Saxe-Weimer, l'un des plus grands généraux de tous les temps. Je le sers avec fidélité. Tu devrais en faire autant, ce n'est pas un ingrat. C'est lui qui m'a confié cette mission : tout mettre en oeuvre pour ébranler ton pouvoir et résorber cette poche de résistance que tu as créée. Je n'ai finalement pas eu grand chose à faire pour amadouer tes amis. Il suffisait de leur parler de péché et des flammes de l'enfer. Je leur ai foutu la trouille. Bernard de Saxe-Weimar veut installer ici un Etat indépendant dont il sera le premier roi. Bernard Ier, ça sonne bien n'est-ce-pas ? Il ne pouvait évidemment pas y tolérer une enclave placée sous l'autorité d'un...

Laplante s'était brusquement arrêté de parler, prenant sans doute conscience que sa vie était suspendue au mot dangereux qu'il avait failli formuler. Il ne s'était pas trompé mais Ludan lui serra derechef le cou en exigeant qu'il terminât sa phrase.

L'officier de Saxe-Weimar ne put s'empêcher de prononcer "paysan" avec une pointe de mépris dans la voix. Ludan lui ôta alors définitivement l'envie de dire du mal de la paysannerie en lui enfonçant sa dague dans le coeur.

Il lâcha en guise d'oraison funèbre :

- Le jour où ceux qui ont besoin des paysans pour se nourrir ne s'obstineront plus à les mépriser, la rébellion aura enfin servi à quelque chose.

Catherine sanglotait. Le sang qui avait jailli de la blessure mortelle de Laplante avait éclaboussé sa chemise blanche. Elle était lasse, fatiguée de tout, fatiguée et écoeuré de cette vie qui lui parut soudain d'une absurdité insupportable.

- J'en ai assez ! Sainte Marie mère de Dieu, j'en ai assez ! Cette guerre, cette violence, ce sang qui n'arrête pas de couler, ces hommes qui n'arrêtent pas de comploter et de convoiter des territoires qui ne leur appartiennent pas, pire que des bêtes sauvages. C'est trop pour nous. C'est beaucoup trop pour nous, Ludan. Notre petite fille est là-bas dans les flammes !

Ludan sursauta, pris d'un haut-le-corps. Il mesurait toute l'horreur de la situation. Les incendiaires ne vérifiaient jamais si les demeures qu'ils enflammaient étaient habitées. Au contraire. Certains étaient charmés par la douce musique que composaient les cris apeurés des victimes et se délectaient des sérénades qu'elles poussaient aux fenêtres...

Blanc comme les plumes qui ornaient le chapeau du capitaine Laplante, Ludan prit Catherine par la main et l'entraîna en courant jusqu'à l'entrée secrète du souterrain. Il trouva une chandelle et un briquet dans une cache. A la lumière vacillante de la flamme de la chandelle, le couple atteignit la pièce aménagée dans la muraille. Ils y découvrirent avec soulagement Agathe et Rudi qui avaient emmené la petite avec eux.

Catherine l'arracha presque à son amie pour la serrer dans ses bras, la presser contre sa poitrine. Elle dit que c'était un miracle et que la Vierge qu'elle avait priée l'avait exaucée. Ludan l'écoutait et murmurait qu'elle avait sûrement raison. Il essaya de la consoler et de se faire pardonner Dieu seul savait quoi.

Ils demeurèrent un instant debout et silencieux dans la pièce, en penchant légèrement la tête en avant parce que le plafond n'était pas très haut. C'était une sorte de caveau avec une ouverture de chaque côté et une aération qui montait jusqu'aux créneaux du rempart. La lumière du jour n'y pénétrait pas et il fallait brûler des chandelles l'une derrière l'autre. Le réduit était meublé d'une table, d'un coffre en bois contenant des vivres, d'un quartaut d'eau potable et de quelques paillasses drapées de couvertures et de peaux de cerfs.

A travers les murs, parvenaient à peine perceptibles, les bruits de la fête que les Français organisaient dans les ruines du château de Morimont où, grisés, ils assistaient au spectacle fascinant que leur offrait la danse lascive des flammes. Ils criaient à tue-tête et tiraient des coups de mousquet en l'air, heureux, comme des enfants, de faire sauter ces pétards.

Rudi alla s'assoir à la table et fut bientôt rejoint par Ludan.

Le bûcheron cracha, les traits durcis par la haine :

- C'est ce jésuite qui leur a descendu le pont-levis. Un homme du diable, pas un homme de Dieu.

- Ce n'était pas un prêtre, précisa Ludan, mais un ancien mercenaire suédois qui s'est mis au service de Bernard de Saxe-Weimar. C'était ce fourbe de Laplante. Il était venu m'espionner, m'affaiblir, m'empêcher de devenir le maître du comté afin que son duc en devienne le Roi. Il a réussi en partie parce qu'il voulait sans doute aussi me tuer. Maintenant c'est lui qui est mort avec mon poignard planté dans le coeur.

Rudi approuva l'exécution du traître d'un hochement de tête. Puis il raconta à son tour :

- Nos guetteurs sont des imbéciles : ils se sont endormis et ils se sont laissés surprendre. Ils sont morts et n'ont eu que ce qu'ils méritaient.

- Etes-vous les seuls rescapés ?
- Je le crois, hélas. Certains ont tenté leur chance par l'autre sortie. D'autres, au lieu de fuir, ont essayé de se défendre. Ils ont été massacrés. Il me semble que l'intendant a été épargné. Je suis sûr que c'est lui qui a rapporté tous nos faits et gestes au Prince-Evêque. A cette heure il est sans doute en train d'évaluer les dégâts !
- Je me demande s'ils vont rester longtemps au château, dit Ludan.
- Je ne le pense pas. C'est juste un coup de main. Presque un amusement. Ce colonel-là préfère cantonner à Porrentruy. Les Français vont sûrement annexer cette ville.
- On attendra donc qu'ils disparaissent.

Deux heures plus tard, Ludan et se compagnons d'infortune eurent tout le loisir de constater les dégâts. Les Français étaient partis avec la conviction que cette forteresse-là ne serait plus jamais classée parmi les citadelles imprenables.

Les ruines fumantes jonchées de cadavres, bouleversèrent Catherine. La chambre à coucher qu'elle considérait comme sienne était devenue inhabitable à l'instar de tout l'édifice.
- Ils ont tout emporté, remarqua Rudi.
Il parlait sur un ton désabusé. Plus rien ne l'étonnait, plus rien ne l'émouvait hormis les seins de sa jeune épouse. Il les touchait à intervalles réguliers un peu comme une mauvaise habitude dont il n'arrivait pas à se défaire. Elle lui tapait sur la main en le tançant d'une voix douce puis attendait patiemment que son bûcheron de mari veuille bien la lâcher.

Présentement, un peu moins préoccupé par la poitrine d'Agathe, Rudi attendait que Ludan prît une initiative de bon aloi. Et il répéta :
- Ils n'ont rien laissé les bougres, sacrédjé, pas le moindre petit bout de nourriture, même pas une mesure de vin. Ils ont bouché le puits. Avec la chaleur qu'il fait...
- On trouvera bien de quoi manger, l'interrompit Ludan. Il nous reste encore une ou deux caches et le gibier n'a pas complètement déserté la forêt. Au contraire les sangliers se multiplient, dans les champs en friche. Et puis ce souterrain-là personne ne le connaît. Ici, nous serons à l'abri.

Catherine qui, visiblement, n'approuvait pas cette proposition s'écria, rouge de colère :

- On ne va pas rester dans ce trou à rats. Les Français ou les soldats de Saxe-Weimar reviendront. Je ne veux pas que mon enfant croupisse ici sans voir le ciel. Il faut trouver autre chose Ludan. Tu ne vois donc pas que nous ne sommes plus rien ? Plus rien que des chenapans complètement démunis. Des miséreux comme tout le monde. Tu trouveras peut-être à manger mais plus en partant à la maraude : en exerçant ton métier !

XXXII

La vie en forêt est paradisiaque quand brille le soleil.

La vie en forêt est un enfer quand il pleut.

Il pleuvait à seaux depuis trois jours sans discontinuer. L'eau coulait des feuilles comme autant de fontaines. Le sol était trempé, draîné par d'affreuses limaces brunes et noires. L'automne était revenu.

Altkirch avait été incendiée par les Français et ses habitants avaient quitté la ville. Le dépeuplement de la Haute-Alsace prenait des proportions dantesques. Derrière les remparts de Brisach, cependant, De Reinach continuait de résister héroïquement à Bernard de Saxe-Weimar.

Ludan avait installé un gîte dans une grotte que la nature avait creusée dans le flanc de la montagne, face au Morimont. Les fientes que Catherine avait balayées hors de la caverne indiquaient que Ludan avait élu domicile sur une aire de nidification de hiboux grand-duc. Il avait nettoyé la place sans rien dire à ses amis. Il savait bien que le "Prince de la Nuit" ne viendrait pas revendiquer le site à coups de bec et qu'il se contenterait de s'installer ailleurs.

Il était révolu le temps où Ludan et ses chenapans paradaient dans les villages. Ils n'avaient plus de chevaux et avaient perdu à la fois superbe et entrain.

Rudi toussait. Agathe boîtait. Catherine avait des furoncles. Ludan se grattait pour chasser les puces et une collique tenace torturait la petite Gertrude.

La grotte avait toutefois été correctement aménagée. Ludan avait consacré plusieures nuits à ce travail. Il y avait transporté les couvertures du château et installé une crémaillère. Il avait isolé les parois avec du bois sec et formé des couches acceptables avec des paillasses.

Ludan avait observé que ce n'était somme toute guère plus confortable que le caveau du souterrain et Catherine lui avait répondu qu'au moins, ici, on respirait l'air frais et que, du fond, on voyait l'ouverture.

Agathe, Catherine, Rudi et Ludan étaient donc assis au centre de leur habitation troglodyte, attendant que la pluie veuille bien s'arrêter de tomber. La petite Gertrude s'amusait avec deux ou trois bouts de bois. Une soupe chauffait dans la marmite en fonte suspendue au-dessus du feu.

Agathe regardait fixement les flammes, absorbée dans ses pensées : elle se demandait si elle avait bien fait de suivre son lanceur de haches. Il lui donnait certes des satisfactions appréciables au lit mais elle avait maintenant des motifs pour réviser son jugement et elle souhaitait moins de fougue et plus de chaleur.

Son père qui avait pris la route de Porrentruy afin d'y jouir, si possible, d'une retraite bien méritée, lui avait vivement conseillé de ne pas prendre à la lettre une union qui ne valait pas un clou : scellée par le fils d'une sorcière et confirmée par un imposteur. Mais Agathe avait finalement cédé au plaisir de contrarier son papa maniaque et au plaisir tout court sans savoir ce que ce choix lui coûterait. Quoi qu'il en fût, les vicissitudes de la vie lui apprenaient que bien faire l'amour était un bienfait d'autant plus agréable qu'il s'accompagnait d'un certain confort.

De son côté, Ludan ne cessait d'évoquer une époque où tout lui réussissait. Il avait connu une trinité triomphale et maintenant il vivait une trinité de la défaite. Tout s'effilochait. Il était et restait un misérable, la plus petite pièce de l'échiquier. Il avait damé le pion, gêné les cavaliers et pris une tour mais c'était quand même

lui qui avait été mis échec et mat. Pour lui, la partie était finie et il ne pouvait s'y résoudre. La forêt était sa seule alliée.

Même Catherine ne le soutenait plus. Il la sentait hostile. Il la regarda et fut touché par son visage décharné, son teint blême, ses mains rugueuses, zèbrées de coupures. Elle jetait de temps à autre un oeil attendri sur la petite fille qui jouait avec une insouciance émouvante.

Pourtant Ludan voulait encore y croire. Il devait croire aux félicités de cette vie en-dehors des lois et affranchies des us et coutumes.

Catherine desserra les lèvres. Elle ne parla pas fort. Sa voix était si douce que Ludan eut l'impression qu'elle lui chantait une sorte de mélopée triste et plaintive :

- Je veux qu'à Noël cet enfant, ton enfant Ludan, ait une vraie maison. Je ne retournerai pas au château, ce n'est plus une demeure pour nous et elle ne l'a d'ailleurs jamais été. Je veux retourner chez moi, à Ottendorf. Et j'y retournerai. Sans toi, si tu préfères vivre comme une bête sauvage et hurler avec les loups.

C'était clair et sans appel bien que dit sans animosité mais au contraire avec amour. Ludan scruta Rudi qui choisit diplomatiquement ce moment pour mettre une bûche au feu. Il comprenait qu'une prise de position aurait été mal venue en l'occurrence.

Ludan pensa qu'il devait en effet se préoccuper de son enfant. Il lui appartenait de couver sa petite fille et il ne pouvait prendre le risque de la perdre. Il savait qu'en hiver la forêt était éprouvante et que même dans cette grotte les nuits seraient longues et glacées.

- Quand il s'arrêtera de pleuvoir, dit-il, nous irons à Ottendorf. Il n'est effectivement pas impossible de reconstruire une maison d'ici à l'hiver.

- Allons voir tout de suite, lâcha Catherine. La pluie ne me fait pas peur.

Agathe vint à la rescousse :

- Bien sûr, elle a raison, pourquoi attendre !

Ludan aurait souhaité différer cette visite parce qu'il savait que le soleil détendait l'atmosphère et rendait les gens optimistes et joviaux. Mais il se vit acculé par la détermination des deux femmes. Ni lui, ni Rudi n'avaient le courage de les contrarier car ils ne pouvaient pas se passer d'elles.

- Bon, prononça-t-il, en saisissant sa cape et son arbalète, alors allons-y.

Tandis que Agathe et Rudi atteignaient l'entrée de la grotte, Catherine interpella Ludan et le retint en lui tenant la main :

- Il faut que tu le saches maintenant : j'attends un deuxième enfant.

Ludan se râcla la gorge pour dire merci. Et Catherine comprit qu'il la remerciait surtout de ne pas avoir utilisé cette nouvelle pour lui arracher la décision de retourner au village.

Le petit groupe s'approcha d'Ottendorf en restant à couvert dans la forêt parée des somptueuses couleurs de l'automne. Ludan fut le premier à sortir du bois afin d'entrer dans le village en éclaireur : on ne prenait jamais assez de précautions.

Il s'immobilisa et, dans le même mouvement, s'accroupit en atteignant le faîte du vallonnement d'où partait le pré du Peccal.

Quelque chose bougeait dans le village.

Ludan entendit un bruit qui lui parut rassurant. Il s'approcha encore et constata que quelqu'un fendait du bois ! Pas à l'extérieur, mais dans la seule grange épargnée par les flammes. Quelques pas de plus l'installèrent dans la certitude que quelqu'un donnait un peu de vie au village mort. Il hésita un instant, se demanda s'il devait prévenir les autres ou recueillir de plus amples informations. Il opta pour la deuxième solution.

Ludan se faufila donc silencieusement, entre les ruines, jusqu'à la grange d'où venait le bruit. A travers le portail à demi calciné, il entrevit un homme qui, manches retroussées, cassait du bois. Il leva son arbalète, fit encore un pas, regarda mieux puis baissa son arme.

Le premier moment de surprise passé, il laissa éclater sa joie. Il avait reconnu Ulrich, le frère aîné de Sarazin. Ses tempes avaient blanchi mais sur son visage n'étaient pas gravés les stigmates des privations qui marquaient la plupart des paysans du Sundgau.

Se sentant observé, Ulrich qui avait quelques années de plus que Ludan, leva la tête. En apercevant le chenapan, sa main serra le manche de sa hache davantage. Puis, tout de suite après, un grand sourire éclaira le visage des deux hommes. Ils se saluèrent fraternellement en se touchant les épaules. Ludan lança joyeusement :

- Voilà enfin une apparition réconfortante.

- Je suis revenu chez moi.

Ulrich Sarazin parlait le dialecte avec un accent valaisan qui avait modifié le timbre de sa voix. Il marqua une petite pause, comme pour souligner d'une minute de silence la phrase importante qu'il venait de prononcer. Puis il reprit en montrant le toit troué de sa grange.

- Je suis revenu chez moi, je ne tenais plus là-bas. Je voulais voir comment c'était ici. D'ailleurs je ne suis pas seul à désirer rentrer. Surtout depuis que nous avons appris que les choses se sont un peu calmées par ici et que les Suédois se retirent.

- C'est vrai, mais Bernard de Saxe-Weimar et les Welche les remplacent. Ils veulent le pays. Mais c'est effectivement beaucoup plus calme. De toute façon il n'y a plus personne pour les combattre. Tu ne reconnaîtras plus la Haute-Alsace !

- Tu n'as pas bougé d'ici ?

- Je te raconterai. Les événements n'ont pas manqué depuis que vous êtes partis. C'est drôle de te voir là, en train de couper du bois, comme si rien n'était arrivé. Couper du bois, quelle joie ! Ça sent déjà le genévrier et la chaleur de la Stube. Ça sent la paix et la fin de la guerre.

Ulrich sourit. Il était content. Il jouissait en effet d'un plaisir qui paraissait nouveau : fendre des bûches chez soi, chez lui, là où il était né et où il avait grandi.

- Je crois que le poêle est presque intact, dit-il avec gravité comme si cette découverte lui procurait une émotion intense. J'ai constaté en arrivant qu'il avait tenu le coup. Il y a juste quelques réparations à faire. J'ai aussi réparer le plafond. Viens, je te montre.

Ludan suivit le revenant dans la maison entourée d'herbes folles. Toute la partie avant était ouverte à la pluie et déjà envahie de ronces. La chambre chauffée avait effectivement résisté aux flammes et aux intempéries. Ulrich avait installé un toit, de fortune avec des planches et des branchages. Et, c'était fabuleux : le poêle fonctionnait correctement et dispensait une chaleur réconfortante. Ludan admira l'optimisme d'Ulrich et eu envie de le partager.

Celui-ci continua, tout à son affaire :

- Je vais reconstruire la maison et je ferai revenir ma famille. J'ai un garçon de plus. Il aura bientôt six ans. Tu es seul Ludan ?

La question fit l'effet d'un coup de fouet et sortit Ludan d'une sorte de torpeur onirique. Il gratifia l'épaule d'Ulrich d'une tape joyeuse :

- Non, je ne suis pas seul. Catherine est avec moi ainsi que Rudi le bûcheron et Agathe Schönberger la fille de l'intendant. J'ai aussi une petite fille. Je vais les chercher.

Un peu plus tard ils passèrent un long moment à s'embrasser, essuyer leurs larmes, raconter leurs vies, se promettant que le lendemain tout le monde s'y mettrait pour rendre cette maison habitable.

C'était exaltant la reconstruction. La petite compagnie s'entendait à merveille. Rudi et Ludan prirent un plaisir presque naïf à cette nouvelle activité. Si bien qu'ils s'attaquèrent aussi à la maison de Catherine en se donnant jusqu'à Noël pour lui conférer bonne allure.

Au fil des semaines, d'autres anciens villageois arrivèrent et se mirent au travail.

Ottendorf renaissait, Ottendorf se refaisait une existence.

La ressurrection était irréversible et Ludan tenta de lui insuffler quelques unes de ses idées : il proposait de reconstruire simultanément un nouveau village et une nouvelle vie. Ils l'écoutaient mais ne l'entendaient pas. La maison d'abord et tout le reste n'était que littérature !

Des immigrés suisses vinrent en renfort encouragés par les Français qui distribuaient des terres. Des Ajoulots aussi décidèrent de défricher. Le village se peupla de gens qui ne comprenaient et ne parlaient pas l'Alsacien. Ils furent rejoints par un curé qui ouvrit un nouveau registre paroissial et Catherine dit à Ludan qu'elle voulait y figurer sous la rubrique des mariages.

Ludan n'eut pas le courage de la contrarier mais il pensa qu'une révolution ne pouvait aboutir que si elle obtenait le soutien des femmes et des curés.

Quand il apprit que les Français étaient devenus les nouveaux maîtres de l'Alsace, qu'Ottendorf s'appelait désormais Costchâvon[1], lui qui n'avait jamais su s'il était Alsacien ou Ajoulot, se dit que peut-être, après tant d'années de guerre, il y avait quand même quelque chose de changé.

---

[1] Courtavon

APRES

Dans la ''Stube'', Marguerite Noblat, petite fille de Gertrude Hold était assaillie par les douleurs de l'enfantement. La sage-femme se tenait à son chevet et avait pris sa main dans la sienne.

Mathias Sarazin, le mari de Marguerite, bourrait le poêle de genévrier afin de conférer à cette nuit mémorable un parfum plus capiteux que les senteurs de lard fumé, d'échalote et d'étable.

- Pousse, pousse ma fille, disait la matrone que Mathias avait fait appeler d'urgence dans le village voisin.

Mais Marguerite ne semblait soudain plus souffrir. Ses lèvres gercées, légèrement entrouvertes, dessinaient un sourire satisfait. Alors que cet accouchement qui coïncidait avec le passage du dix-septième au dix-huitième siècle était imminent, Marguerite semblait déjà goûter à la béatitude de la délivrance.

- Sang du Christ, vous m'avez gâché mon Réveillon, observa la sage-femme.

Au même moment, Marguerite leva la main droite et prononça d'une voix de petite fille que Mathias ne lui connaissait pas :

- Je vous le dis : ce siècle qui nous arrive sera un grand siècle pour les paysans et les culs-terreux. Ils seront les maîtres et les maîtres seront leurs valets. Ils seront les seigneurs et les seigneurs auront la tête tranchée. Ils brûleront les églises, prendront les biens du Clergé et seront enfin libres. Je vous le dis, avant la fin de ce siècle les paysans et les culs-terreux seront des rois.

Puis, Marguerite mit au monde un petit garçon dont les cris furent à peine audibles. Comme si elle n'avait jamais prononcé sont étrange prédiction, Marguerite murmura, le visage rayonnant :

- Je savais que nous aurions un fils, Mathias. Il s'appelle Ludan.

Le lendemain, la sage-femme raconta comment Ludan Sarazin avait vu le jour. Sa narration apocalyptique parvint aux oreilles du prévôt, du bailli et du nouveau seigneur de Ferrette. Une semaine plus tard, le Tribunal des Maléfices décida d'interroger Marguerite Sarazin soupçonnée de sorcellerie.

Lorsque le bourreau enferma ses chevilles dans des brodequins et qu'il tourna la vis jusqu'à ce que jaillisse le sang et craquent les os, Marguerite avoua tout ce qu'ils voulaient qu'elle avoue. Oui, je suis une servante du Prince des Ténèbres ; oui, j'ai signé un pacte avec lui au cours d'un sabbat qui s'était tenu dans les ruines du château de Morimont où je me suis rendue à califourchon sur une chauve-souris géante.

Les juges étaient satisfaits : la vérité éclatait.

Marguerite fut condamnée au bûcher mais comme les moeurs avaient quand même un peu évolué, le bourreau l'étrangla avant de l'attacher au poteau et de mettre le feu aux fagots.

Le verdict et l'exécution ne révoltèrent personne.

Justice était faite car seul Satan avait pu lui inspirer ces inepties.

FIN

LA GUERRE DE TRENTE ANS EN QUELQUES DATES

1618 : En Bohème, les Tchèques luthériens se soulèvent contre les Habsbourg.

1619 : Des régiments venus d'Espagne et des Pays-Bas passent par Burnhaupt pour se rendre en Bohème.

1620 : Les troupes du roi de Bohème sont mises en déroute. L'équilibre politique et religieux de l'Empire est bouleversé, la reconquête catholique et impériale est en marche.

1621 : Strasbourg se retire de l'Union évangélique. Le comte de Mansfeld s'empare de Lauterbourg et de Wissembourg

1622 : Le couvent de Schoenensteinbach, près de Wittenheim, est pillé par Obertraut, au service de Mansfeld

1626 : Le roi du Danemark s'engage dans la guerre pour soutenir les protestants.

1630 : Gustave Adolphe, le roi de Suède, entre également en guerre et envahit l'Allemagne pour apporter son soutien à l'Union évangélique. En septembre, il avance dans la vallée du Rhin.

1632 : Le Magistrat de Strasbourg conclut un accord avec le roi de Suède, le pont de Strasbourg est alors offert à ses troupes.

- L'armée commandée par Gustave Horn et le rhingrave Othon Louis occupe Erstein, Obernai et Benfeld. Le siège de Benfeld dure six semaines.

- Othon Louis défait les Impériaux à Wittenheim puis occupe le couvent de l'Oelenberg, Reiningue et Ensisheim.

1633 : Les Suédois entrent à Altkirch le jour de l'An puis s'emparent de Ferrette.

- Les paysans se révoltent, prennent le château de Ferrette mais sont écrasés à Blotzheim par Sébastien De Harpf.

1634 : Les généraux protestants, Gustave Horn et Bernard de Saxe-Weimar sont défaits à Nördligen.
- Richelieu décide de voler à leur secours et entre en guerre. C'est désormais un conflit à l'échelle européenne qui a l'Alsace pour épicentre.
- Les Impériaux subissent une défaite à Wattwiller, les Suédois pénètrent en Ajoie.

1635 : Les lorrains entrent à Riquewihr.
- Le duc de Rohan pille Altkirch.
- Richelieu promet le Landgraviat d'Alsace à Bernard de Saxe Weimar.
- Colmar se place sous la protection des Français.

1636 : Belfort est pris par les Français.

1640 : L'Alsace passe sous la protection des Français après le décès de Bernard de Saxe Weimar.

1644 : Des négociations de paix sont entamées et aboutissent au traité de Westphalie

1648 : Le traité de Westphalie est signé à Munster avec la France et à Osnabrück avec la Suède.

Achevé d'imprimer en septembre 1989 sur les presses de
ART'REAL - 68500 GUEBWILLER
Dépôt légal : 3e trimestre 1989 - N° 748